はだかんぼうたち

江國香織

角川文庫
19554

目次

十一月 ... 五
二月 ... 一〇六
五月 ... 一五六
八月 ... 一九六
九月 ... 一九八
十一月 ... 二一〇
二月 ... 二三〇

解説　山本 容子 ... 二三七

十一月

桃が帰宅したのは夕方だった。

前夜から降り続いている雨は止む気配がなく、鍵をあけるあいだも、閉じた傘の先から水がしたたっていた。ハンドバッグを先にあがり框《かまち》に置き、塩の入った小袋を、会葬者に配られた紙袋からとりだす。破いて中身を手のひらにあけ、桃は自分の左右の肩に、ぱっ、ぱっ、と二度、撒《ま》いた。改った服装のときにだけ履く、従って履き馴れていない靴を脱ぎ、荷物を拾いあげて奥に向う。うす暗かったが電気はつけずにおく。もうすこし、夜を先のばしにしたかった。濡れたストッキングを脱いで洗面所のバスケットに入れ、ヒビキは立派だった、と考える。母親を突然亡くし、泣きじゃくりながらもきちんと見送った友人に敬意と哀悼の意を表し、それと同時に出来事を自分から切り離すために。

死者を生き返らせることはできない、と桃は思う。だからもう考えるのはやめよう、と。

「桃ぉ、信じられないよ、あのおばさん」

桃を見ると、ヒビキは言った。

「殺しても死なない女だと思ってたのに」

と、嗚咽《おえつ》しながら、桃の肩に顔を埋めて。かなしむというより肉体的な苦痛に喘《あえ》いでいるような声だった。桃にできたのは、ただ立って、全身から熱を発しているような友人の大きな身体を、抱きとめていることだけだった。

自分の母親を、その葬儀の席で「おばさん」呼ばわりするというのは、たとえば桃の母親が聞けば仰天し、眉をひそめるに違いないことではあるのだが、亡くなったのがもし桃の母親であったら、ヒビキは桃と桃の母親のために胸を痛めて、桃以上に泣くだろう。想像し、桃は肩をすくめる。母親が昔からヒビキを嫌っていることを知っていたからだ。けれどヒビキはその母親を、「桃ママ」と呼んで慕っている。

コートを脱ぎ、喪服を脱ぐ。赤いセーターにジーンズという恰好《かっこう》になると、桃は髪をクリップで留め、手を洗ってうがいをした。化粧をすっかり落として、顔も洗うとさっぱりした。

職場に電話をかけて、何も問題がないことを確かめ、礼を言って電話を切った。桃は歯科医だ。雑居ビルの一角にあるクリニックを、二年前に父親からひき継いだ。桃の他に、技工士が一人と勤務医が一人、衛生士が四人いる。父親も、週に一日だけやってくる。昔からの患者を診るために。

プレイヤーに、桃はロン・カーターのCDをのせる。スイッチが青く光り、暗すぎる、と桃自身も思った部屋のなかに、ジャズ・ベーシストの弾くバッハが流れた。一九九一年に録音されたこのCDは、桃の気に入りの一枚だ。ものすごく寛大な音楽だ、と桃は思う。いざなわれるのではなく、迎えられると感じる。穏やかなのに官能的な、あやういのに安心な場所に。

鯖崎《さばさき》のことを思った。自惚《うぬぼ》れ屋の、屈託のない、年下の男のことを。

六年間交際し、互いの家族とも打ち解け、いずれ——そう遠くないうちに——入籍するつもりだった男と桃が別れたとき、周囲の誰もが驚いていたし、正直に言えば桃自身も、内心すこし驚いていた。石羽《いしわ》のことは好きだったし、いやなところの全然ない相手だったといまも思う。情熱的な恋愛というよりはもうすこし理性的に、互いに相手を選びとった自信もあった。

鯖崎が桃を変えたのだった。鯖崎に出会ってようやく、桃は自分がどういう人間なのかわかった。それは少女時代の人格でもあるので、わかったではなく思いだしたというべきかもしれなかったが。

そして、だから石羽と別れたことについて、鯖崎だけは驚かないだろうと思っていた。

桃は微笑み、両手をあげて、音楽に合せて腕をゆっくり動かす。指揮をするみたいに、あるいは泳ぐみたいに。そうしながら部屋じゅうを歩いて、電気をつけてまわった。リビング、廊下、台所。

鯖崎の驚き方は、ほとんど滑稽《こっけい》だった。え、と小さな声をだしたあとで、エーッ、と、今度はカタカナの響きで大声をだした。漫画みたいな動きでベッドにがばりと上体を起こし、裸のまま桃の顔を見上げた。桃は立っていた。ベッドの横に、やはり裸で。

「まじ？　別れちゃったの？　石羽さんと？」

嬉しそうには見えなかった。

「桃ちゃん、大丈夫？」

まじりけのない気遣いの表情で、鯖崎は言った。

大丈夫よ、何度も考えて決めたことだもの。桃はそう言って微笑み、鯖崎を安心させてやった。九つも年下の男に、他に何と言えばいいのかわからなかった。けれど見捨てられた気がした。まるで、氷のかけらをのみこんでしまったときみたいだった。半月前のことだが、その氷はまだ桃の喉元《のどもと》にとどまっていて、一向に溶ける気配がない。

ばかねえ。

鯖崎とのことをもしヒビキに話したら、そう言って呆《あき》れ返るに違いない、と桃は思う。桃ったら、ばかもいいとこ。小さな子供をたしなめるときみたいにくすくす笑ってそう断じる彼女の声も口調も、はっきり想像ができた。

空腹ではなかったが、夕食の準備を桃は始める。ロン・カーターの指が弾くウッド・ベースの、あたたかい音が部屋には満ちていて、桃はそれに励まされる。もともと一人だったのだ、と考える。石羽と別れて、もとの状態に戻ったにすぎない。にんにくを刻み、たまねぎも刻んだ。にんじんとセロリも。お葬式のあとだから、何かおいしい、力のつくものをたべなくちゃいけない、と桃は思う。私はまだ生きているのだから、そのことを自分の身体に知らせてやらないと、と。けれどすぐに、そう思ったことにうしろめたさを覚えた。いちばん親しい友人のお母さんが亡くなったというのに――。

あなたはほんとうにエゴイストね。

桃は昔、母親にそう言われたことがある。何をして――あるいは何を言って――そう言われたのだったかは憶えていないが、かなり小さいころのことで、エゴイストという言葉はそのときはじめて耳にして、こわい、いやな言葉だと思った。そして、自分がそれなのだ、と。桃は母親と、もう何年も、碌《ろく》に口をきいていない。

ママと仲よくなろうとしても時間の無駄だ。炒めたひき肉にローリエとオレガノを加え、さらに炒めながら桃は自分に言う。これまでに、何度も努力をした。考え方が違っていても、互いに相手を尊重し、理解し合うことは可能なはずだと思ったからだ。けれど桃の見るところ、母親にその意思は、まったくないようなのだった。ママを思いだすなんて、と桃は思う。たぶんお葬式のせいで感傷的になっているのだ。あるいは六年間も交際していた男と、別れたばかりであるせいで。孤独なせいで。あるいは単に、外が雨であるせいで。

セックスがしたいと、桃は思った。今夜はとても、とてもとてもセックスがしたい、と。鯖崎に会いたかった。電話をすれば、彼がやってくるだろうこともわかっている。やってきて、桃を抱き、石羽の代りを務めて帰っていくだろう。一人ぼっちになってしまった桃のために。

そんなことには耐えられそうもない。一月前だったら、と、皮肉な気持ちで桃は考える。一月前だったら、何の躊躇《ちゅうちょ》もなく、石羽ではなく鯖崎に電話をかけていただろう。だからこそ石羽と別れたのだ。

そして、桃は鯖崎に、電話をかけられなくなってしまった。

ジュース煮のトマトを一缶まるごと鍋にあけ、丁寧につぶす。ぐつぐついいだすのを待って、桃はマンションのエントランスに郵便物をとりにでた。雨は依然として降り続いている。さわさわと空気を震わせ、軒からも植込の葉の先からも、ちゃぽかちゃぽかと音をたててしたたるのが聞こえた。部屋に戻ると、桃は郵便物を開封し、パソコンのメールに返信を打った。濡れた靴の手入れをし、ハンドバッグの中身を選《え》り分けて、必要なものを通勤用の鞄に移す。紙袋から挨拶状と日本酒をとりだし、紙袋と挨拶状はゴミ箱に捨てた。窓をあけると、煮込まれつつあるパスタソースの濃密な匂いが、ほどけて雨と夜気にまざるのがわかった。

せわしなくワイパーの動く車のなかは、スナック菓子の匂いが充満している。

「おい、ユウ」

運転席から隼人《はやと》は言い、バックミラーを使って息子の視線をとらえながら、あーんと口をあけた。十一歳になる長男の勇樹《ゆうき》が、後部座席から身をのりだし、どこか蚕を思わせる形状の、甘い菓子を父親の口に押し込む。

「ママにも」

助手席で妻の響子が言ったので、隼人はほっとした。母親の遺影を膝にのせた響子は、目も顔もぽってりと泣き腫《は》らし、声も嗄《か》れているが、息子が不器用な手つきでスナック菓子をさしだすと、口をあける前に微笑んで、ありがと、と言った。

妻の母親の和枝さん——生前、自分のことはそう呼ぶよう、隼人にも孫たちにも要求し、皆それに従った——は、職場である蕎麦《そば》屋の裏口の前で、心臓発作を起こして倒れた。すぐに病院に運ばれ、家族が駆けつけたが、一度も意識が戻ることなく、そのまま逝ってしまった。あまりにも突然のことだった。まだ五十七歳で、「出産のとき以外には医者を頼ったことがない」のが自慢で、インターネット上で知り合ったボーイフレンドと、同棲し始めたところだったのに。ボーイフレンドができたと聞いたときには隼人も驚いたし、響子に至っては、何かの詐欺じゃないかと心配して大騒ぎした。

死んだ、というのは隼人自身信じられない思いなので、自分と結婚するまでずっと母一人子一人で生きてきた響子が、いまどんな気持ちでいるのかは、隼人には、想像するにあまりあることなのだった。

「やだってば。やめて」

未来《みく》が言う。

「やめてってば」

子供が四人もいれば、後部座席はいつも騒々しい。

「亮《りょう》」

座席でぼんぼん尻《しり》を弾ませ、長女にいやがられている次男に、隼人は言った。亮はぴたりと動きを止める。

「山口さん、かわいそうだったわね」

響子が言った。山口さんというのは母親の同棲相手の名だ。

「御主人が迎えに来ちゃったのかな、って言ったの、会食の席で、献杯したあとでぽつんと」

亮がまた弾みだす。

「まあ、ねえ」

かわいそうだったと言われても、隼人にはこたえようがなかった。

「遺骨、よかったの？　山口さんに持って帰らせちゃって」

それでそう訊《き》いた。ゆうべ、響子は母親の遺体に、一晩中しがみついて泣いていた。ケモノめいた泣き方だったと隼人は思う。

「もうー、やめてってばあ」

未来の声が大きくなり、勇樹が「うるせえよ」と呟《つぶや》くのが聞こえた。

「だって、お母さんの家に住んでるわけだから、あの人が」

そう言うと、響子はまた声を湿らせ、しゃくりあげ始める。

「まあ、なあ」

隼人は言い、自分を役立たずだと思った。泣いている妻を、どうしてやることもできない。うしろで騒いでいる子供たちさえいなければ、と隼人は思う。そうであれば自分は車を路肩に寄せて停め、妻におおいかぶさっているだろう。これまでいつもそうしてきたように、肌で、唇で、妻から悲しみを拭《ぬぐ》い去ってやるだろう。実際、それがいちばん効果的なのだ。身体を使うことが。すくなくとも隼人の人生訓ではそうなっている。

まず動け。身体で示せ。

仕事の現場でも、隼人はチームの連中に、いつもそう言っている。

うしろで金切り声があがる。声の主は亮で、姉につねられたか叩《たた》かれたかしたらしい。

「いい加減にしろッ」

隼人は怒鳴った。声にドスをきかせたので、一瞬にして静まり返る。けれどそれは一瞬のことで、すぐに身体の押し合いと、ひそひそした責任のなすり合いが始まる。

「ハンバーガーたべる人！」

いきなり響子が言い、隼人は耳を疑う。ハンバーガー？ 葬式のあとに、喪服で？

「はいっ」「はいっ」「はいっ」

三人が、揃って声をあげた（末娘の野花《のか》は、車内の騒々しさを物ともせず、熟睡している）。

「決まり。じゃあみんな外をよく見て、ハンバーガー屋さんがあったら知らせて」

響子が言い、いいのか、と問う気持ちで隼人が隣を窺《うかが》うと、隼人の胸中を読んだかのように、

「いいのよ」

というこたえが返る。

「ながい一日だったし、子供たちはいい子だったもん。ねー?」

最後の、ねー、は、後部座席に向けて発せられたものだ。

「お精進料理はなんだか侘《わび》しかったし」

隼人はほとんど感動する。さっきまで泣いていた、母親を亡くしたばかりの妻の強さに。

響子の手が、隼人の太腿にのびる。ぽってりとした、小さな手だ(身体の大きさに比して手足の小さな女だと、隼人は昔から思っていた)。車は、自宅のある糀谷《こうじや》に近づきつつある。第一京浜から環八に入ってすこし行ったところに、確かドライブスルーの店があったはずだ、と隼人は考える。こんな恰好で店に入る気には、やはりどうしてもなれない。


目が覚めると、ゆうべの雨はあがっていた。一組だけ敷いた布団に身を起こし、現実なのだと山口は思う。ここに和枝は——すくなくとも生身の肉体を持つ彼女は——

いないのだ、と。すぐ横、普段もう一組の布団を敷いていた場所に、葬儀屋が箱を積み上げてつくった即席の祭壇があり、麗々しく白い布をかぶせられたその祭壇の中央に、箱に入って包まれた遺骨が置かれている。数か所破れた障子（張り替えてほしいと頼まれていたことを、山口は思いだす）が、光を透かして白々とあかるい。

線香の匂いはすでに部屋じゅうに――布団にも、自分にも――しみついていたが、山口はまず正座をし、線香を一本立てて、手を合わせた。リンは鳴らさなくていいと思った。知らせなくても和枝は――和枝の魂は、というべきかもしれないが――、ここにいるだろうから。

掛布団の上にひろげておいた（なぜなら和枝が毎晩そうするからだ）カーディガンを羽織り、障子をあける。ガラス戸ごしに、寒々しい庭が見えた。

台所に行き、コーヒーをいれる。冷蔵庫から納豆をだし、パンケースから食パンをだす。納豆を混ぜ、パンをトースターに入れる。戸棚から皿とマグカップをとりだし、マグカップには、先に角砂糖一つと冷たい牛乳を入れておく。それらの動作を、山口はよどみなくする。何も考えず、ほとんどひとつながりに。

納豆をのせたトーストが、山口は好きだ。和枝ははじめ、「気味わるい」と言っていたが、たべさせたら可笑《おか》しいほど気に入り、以来毎朝の習慣になった。

台所は狭く、雑然としている。調味料の壜や袋があちこちにだしっぱなしになっているし、茶葉以外のものが入っているらしい茶筒缶が幾つも、すりガラスの小窓の手前にならんでいる。何枚もの布巾《ふきん》、雑巾。くたびれたスポンジさえ、どういう使い分けがあるのだか、流しに四つ、ある。床には新聞紙の束が積み上げられているし、空き壜も林立している。和枝という女が、長年一人で使ってきた台所だ。

どうしたものだろうか。

納豆を盛ったトーストを咀嚼《そしやく》し、ミルクコーヒーでのみ下しながら、山口は考える。どう考えても、ここにこのまま住み続ける権利は自分にはなかった。ここは和枝の死んだ夫が、和枝に残した家だった。その後二階を改築して他人に貸し、その家賃収入とパート仕事で、和枝は一人娘を育て上げた。

たった七か月、と山口は思う。人目を忍んでの逢引《あいびき》を経て、家庭を捨てる形で自分がここに転がり込んでから、まだたった七か月しか経たないのだ。

三年前に早期退職をしたので、山口は無職だった。持ち家もあり、多少の蓄えもあるが、それらは家族にくれてやったつもりだった。家に帰るつもりはない。しかし現実問題として、自分にはいま居るべき場所がないのだ。どうすればいいのか、和枝に相談したかった。

山口はのろのろと食器を洗い、のろのろと布団をたたむ。たたみかけて、干すか、という気になる。ガラス戸をあけて、新しい――和枝が山口のために買ってきた――

サンダルに足をつっこんだ。

クリニックは、祖父の代からおなじ街にある。途中で一度——父親の代のときに——移転したのだが、それはほんの目と鼻の距離、あのビルからこのビルへの移転にすぎない。桃はこの街が、子供のころから好きだった。とくに朝、こんなふうに日のあたる舗道を、清浄な空気を肺にすいこみながら歩くときは。清浄といっても、長閑《のどか》な田舎のそれでは勿論《もちろん》ない。排気ガスや、地下鉄から吹き上がる温風や、勤め人たちの糊《のり》のきいたシャツや、古い石造りのビルの壁が、日にあたためられて滲《にじ》ませる気配や、そういうものが混じりあってできる空気。

守衛さんに挨拶をして、エレベーターで五階に上がる。建物のなかは、静かでひんやりしている。警視庁のポスター、防火訓練のチラシ。壁にはそんなものが貼られている。

仕事だ、と思うと桃の背すじは自然とのびる。交される挨拶、すでに空調がきいて、暖かい室内。衛生士の中川さんが、業者が歯ブラシの納品日を間違えていた、と文句を言っていた。白衣、デスク、予約簿の確認。患者の名前が三十分間隔で、ほぼすきまなくならんでいた。桃は髪をうしろでまとめる。鞄のなかで携帯電話が振動し、見ると「みなちゃん」と表示されていた。小さくため息をつき、着信ボタンを押して廊下に向う。

「もしもし？」

あかるい声をだしながら。廊下のすぐ右手にあるトイレから、強迫神経症的にしょっちゅう歯磨きをしないといられない衛生士の太田さんが、ミントの匂いをぷんぷんさせて勢いよくでてきたので、桃はあやうくぶつかりそうになった。

この子の髪は、一体誰に似たんだろう。

末っ子の髪からわた埃《ぼこり》を丁寧に取り除いてやりながら、響子は考える。家族はみんな直毛なのに、末っ子の野花だけはひどい癖毛で、おもてに遊びに行くたびに、髪にいろいろなものをからみつかせて帰ってくる。枯れ葉や枯れ枝、干からびたテントウムシ。一度など、体長十センチもある死んだトカゲ――やはりかりかりに干からびていた――をからみつかせてきたこともある。

まるで猫だな。

娘がトカゲをくっつけてきたと報告したとき、夫の隼人はそう言って笑った。猫は獲物をくわえてくるのであって、毛にからませてくるわけではない、と響子は思ったが、口にはださなかった。いずれにしても、子供は元気なのがいちばんだ、と隼人は考えており、外遊びで髪にあれこれくっつけて帰ってくるというのは、彼にとって元気のしるしになるらしかった。

けれど響子の目に、野花は元気な子というよりぼんやりしすぎた子供であるように映る。自分の髪に何がついていようが気にしないどころか、気づいてさえいないみたいに見えるのだ。

「ベッドの下に入っちゃいけませんって、ママ前にも言ったよね」

わた埃を取り終り、声に苛立《いらだ》ちが滲まないよう注意しながら、響子は言った。娘の髪の匂いをかぎ、異臭がないことを確かめる。髪は、子供のそれ特有の、日なたくさい匂いだけがした。

「お家のなかが全部きれいだとは限らないんだからね」

言いきかせながら、今夜隼人が帰ってきたら、きつめに言い渡さなければ、と考える。行為のあとで、使用済のコンドームをそのへんに投げ捨てるのは、金輪際禁止だからね。

「亮、テレビうるさい。ヴォリウムさげなさい」

息子に言い、「はい、よし」と呟いて、娘の背中をぽんとたたく。

「だってママがぎゃあぎゃあするから聞こえなかったんだもん」

響子は胸の内でため息をつく。それはね、あんたの妹が、埃だらけの頭にコンドームをくっつけたまま、朝ごはんをたべていたからでね、そんなものを見れば誰だって、大声の一つもあげたくなろうってもんでしょ。だいたい、ママのお母さんのお葬式があったその日に、あんなに燃えちゃうパパもパパよ――。

　ほとばしりそうになる言葉をのみこんで、響子は、

「口ごたえしないの」

　とだけ言った。子供たちの食器を片づけて、ジャムだのパン屑《くず》だのの散らかったテーブルを拭《ふ》く。夫はすでに出社しており、上の子二人も学校に行った。亮にだけ幼稚園を休ませたのは、いつもの時間にバス停まで「お迎え」に行かれないからだ。午後、響子は実家に帰らなくてはならない。隼人も来ることになっている。葬儀社の人間に教わりながら、決める必要のあることがたくさんあった。納骨の日程とか、香典返しの品物とか、初七日に仕出し屋に頼む料理とか。それらのあとには法的な手続きも控えている。母親は二階を他人に貸しており、家賃収入のある大家でもあったから、手続きは複雑なことになりそうだった。

　午後の話し合いについて考えると気が塞《ふさ》いだ。実家には、母親の遺骨と共に山口がいる。山口について響子が知っていることといえば、元は大手の電機メーカーに勤めていたということと、神奈川県に家があり、妻と、成人した娘が住んでいるということくらいだった。母親に紹介され、一緒に食事をしたことが二度あるが、無口な、恰幅のいい男だという印象しかなかった。それでも、山口と暮し始めてから、母親が生

活に張り合いを感じているらしいことはわかった。山口を、随分信頼してしまったらしいことも。

「仕方がないから、この人はあたしが看取《みと》ってやることにしたの」

そう言っていた。それなのに、自分の方があっけなく逝っちゃって――。またしても目に盛りあがろうとする涙を、響子は何とか押しとどめる。

「あの人は誰なの？」

何人かの親戚と母親の知人に、響子はそう訊かれた。通夜の席でも葬儀の席でも。

「お母さんのボーイフレンド」

響子は正直にこたえた。他に、どうこたえればいいのかわからなかった。

朝食の食器だけで、流し台は一杯になっている。洗面所から、一度目の洗濯が終った合図にブザーが鳴る。両手を拭きながら急いで――というのも、きょうはぜひとももう一度洗濯機を回したいからで、それは野花と亮が揃っておねしょをしたからだった――機械のもとへ行こうとすると、何かにつまずき、あやうく転びそうになった。辛うじて転ばずにそれ――玩具《おもちゃ》の鉄琴だった――をまたぎ越すと、片足で、小さな硬いものを踏みつける羽目になった。プラスティック製の人形のついた携帯ストラップ。スリッパ越しにもかなり痛くて、響子は思わず息を吸い込んだ。

「亮ー、野ー花ー」

見まわすと、いつものことだが部屋は散らかり放題だった。

「床に置きっぱなしの物は捨てるよって言ってるでしょう？　片づけないと本当に捨てるよ」

絵本やクレヨンといった子供たちのものばかりではなく、CDや写真立て、ガムテープや洋服ブラシや霧吹きといった、なぜそこにあるのかわからない物たちも、この家では床に落ちているのだ。

「まったくもう」

鼻息と共に言葉を吐きだし、すこし前に新聞で、子供を叱るときにモウモウ言うのはよくない、という記事を読んだことを思いだした。その言葉は感情的で具体性に欠け、多くの子供が、お母さんの口癖にすぎないと考えるようになります。記事にはそう書いてあった。心理学者だったか小児科医だったか忘れてしまったが、それを書いた人物は、三つ数えることを勧めていた。叱る前にゆっくり三つ数えて、子供に何を伝えたいのか、何を理解してほしいのか、明確にすることが大切なのだそうだった。

「ほら、言われたらすぐにする」

響子は声を張り、記事についてはそれ以上考えないことにする。あれを書いた人は、たぶん四人の子供を育てたわけではないのだろう。

「あー、もう。あー、もう。あー、もう」

誰にともなく、掛け声のように言ってみる。しなくてはならないことが多すぎる。泣きすぎて頭が重いし、微熱のあるときのように、手も足も怠《だる》かった（もっとも、その怠さの幾分かは、ゆうべの夫婦の営みのせいかもしれなかったが）。そして、あれだけ泣いたあとでもなお、響子には母親の死が、半分も信じられないのだった。

庭仕事など、由紀はすこしも好きではない。それでも、いまの家に越して以来二十年近く丹精してきたのは、詠介《えいすけ》のためだった。詠介の生れ育った家には立派な庭があり、松の古木が流麗に枝をのばし、鯉の泳ぐ池のほとりに、美しいあやめが咲いた。花よりも樹木を中心に設計された庭だったけれども、丸く刈り込まれた低木の下には、芝桜や福寿草、りんどうといった小さな花々が、季節に応じて顔をだした。裏庭には井戸があり、夏みかんやいちじくや、苺《いちご》の実がなった。井戸の水は驚くほど澄んでいてつめたかった。

詠介と結婚したばかりのころ、由紀はそこに行く度に、詠介そのものみたいに豊かな庭だと感じたものだ。豊かで穏やかで、美しい庭だと。その家は人手に渡って久しいのだが、由紀には、いつか詠介が庭のある家に住みたがることがわかっていた。そうなったなら、美しい庭を造ることが自分の務めであることも。

無論、詠介の実家の庭のようなわけにはいかない。この家の庭はずっと狭いし、タイルとガラスを多用した建物の佇《たたずま》いからいっても、あそこまで伝統的な日本の庭は、断念せざるを得なかった。かわりに由紀が考えたのは、野草だった。鉄線花、破れ傘、合歓《ねむ》、八重葎《やえむぐら》、といった地味な野草を、あまり大きくなりすぎない木々——山桜桃《ゆすらうめ》とか、山査子《さんざし》とか——の周りに植えれば風情がでるだろうと思った。いったん根づきさえすれば、野草は手間がかからないと聞いたことがあったのだが、大嘘だった。弱い野草は根づかないし、強い野草は勢力を拡大しすぎる。植木屋に笑われながら、樹木を増やしつつ草を何度でも植え替えて、十年かけて、ようやくいまの庭を造ったのだった。軍手をはめ、帽子をかぶって、由紀は毎日二時間は庭にでて過す。雑草を抜き、伸びすぎた枝葉は切り、水をやる必要のあるものにはやって、害虫は駆除する。

その甲斐《かい》あって、庭はとても美しい（と由紀は思うし、詠介もそう言う）。意外だったのは詠介が洋花も好むことで、薔薇《ばら》の苗やパンジーの鉢植えを、突然自分で買ってきたりした（その薔薇を、塀の一面をおおいつくすまでに育てたのは由紀だ）。

「野草って、つまり雑草でしょう？」

かつて、由紀が何とか庭を造ろうと躍起になっていたころ、十代と二十代になっていた娘たちは、可笑しそうにそう言った。

「この庭って、しょっちゅう植木屋さんが入ってるわりには草ぼうぼうにしか見えないんだよね」

由紀は取り合わなかった。あの子たちに、この庭の何がわかるというのだろう。

「ドウダン、赤くなったね」

今朝、詠介は言った。八手《やつで》も白い花をつけていますと告げると、先週からつけていたよ、とこたえた。十一月の庭は淋しい。それでも詠介と自分には、見るべきものが見えているのだと由紀は思う。

道具を片づけて軍手をはずす。庭仕事などすこしも好きではない、と愉快な気持ちで、由紀はもう一度思う。リビングは暖房がきいており、テレビがつけっぱなしになっていた。

詠介とは、学生時代に出会った。由紀より六つ年上の詠介は、すでに歯科大学を卒業し、インターンというものになっていた。理知的で好奇心旺盛で、クラシック音楽に造詣《ぞうけい》が深く、仲間を大切にする男だった詠介に、由紀はたちまち惹《ひ》かれた。交際を申し込まれたときには、自分の幸福が信じられなかった。詠介は情熱的な恋人だった。友人にも家族にも、由紀を自分の「マドンナ」だと紹介した。当時、同棲はまだタブー視されていたが、由紀は卒業を待たずに詠介の下宿で暮し始めた。進歩的な女子学生をもって任じていたからというより、単純に、離れていることが不自然に思えた。離れては、いられなかった。

同棲したために由紀が父親から勘当されかけたとき、父親を思いとどまらせたのもまた詠介だった。長年大学で教鞭《きょうべん》を執り、頑固を絵にかいたような男だった由紀の父親を、詠介が何と言って説得したのか由紀は知らない。けれどともかくその説得のお陰で、由紀は無事学費を払い続けてもらい、大学を卒業することができた。卒業と同時に入籍し、娘を二人授かった。

この四十数年間、無論けんかは何度もしたが、由紀は自分が詠介の妻であることに、つねに喜びを感じてきた。そして、でも、いまほど満ち足りていることはかってなかった、と思うのだった。詠介の両親も由紀の両親も、疾《とう》に他界した。娘二人もそれぞれ家をでた。さらに、詠介が仕事をほぼ引退したので、ようやく——ほんとうにようやくだ、と由紀は思う——二人きりの生活が手に入った。

由紀はテレビを消し、庭仕事用のコートを脱いで、台所の隅のフックに掛け、夫を捜しに行く。

詠介は風呂場にいた。最近リフォームをかけた風呂場はゆったりと広くあかるく、どこもかしこも白と銀色でできている。防水ラジオを持ち込んで昼風呂に入るのが、引退後の詠介の趣味になっていた。

「パパ？　あけますよ」

由紀は言い、うん、という声が返るのを待ってガラス戸をあける。天窓から日が差し込み、バスタブの湯が妙にゆらゆらと光をたたえている。

汗ばんでいる。

「何だ？　もう時間か？」

詠介の顔も肩も赤らみ、うっすらと汗ばんでいる。

「まだお昼よ、大丈夫」

由紀はこたえ、夫の裸体を見おろす。腹がややたるみ、胸毛が白くなりはしたが、詠介は立派な体を保っている。七十歳にしては、若々しいと言ってよかった。お湯を通してだと抵抗がないのはどうしてかしら、と由紀は考える。いくら夫婦でも、お湯のないところで裸体をまじまじ見るのは恥かしいのに。

「じゃあ何だ？　ただののぞきか？」

詠介が、笑みを含んだものやわらかな声音で言う。

「そのとおり」

由紀はこたえ、にっこり笑ってみせた。

「ごゆっくり」

言い置いて風呂場をあとにする。たしかめたかったのだ、と、口にはださずに思った。詠介がどこにいるのか、というより、この家のどこかに彼がちゃんといることを、ただたしかめたかったのだ。

背後で、ちゃぽんと水音がした。

みな子の勤める画廊は、桃のクリニックとおなじ街にある。歩けば二十分ほどかかるが、それでもいわばご近所だった。その偶然に、最初はどちらも歓声をあげた。「わあ、そうなんですか」とか、「じゃあ、すぐに会えちゃうわね」とか、そんなふうに。そして実際、桃とみな子は月に一度か二月に一度、一緒に昼食を摂《と》っていた。ランチセットのあるてんぷら屋とか、舗道に庇《ひさし》を張りだしたカフェで。

昼休み、桃はそういうカフェの一つで、みな子を待っているところだ。カウンターで注文し、品物を受け取ってからテーブルにつく仕組なので、桃の前にはスープとサラダとアイスティの載ったトレイがある。

石羽と別れて以来、みな子に会うのははじめてだった。あまり会いたくなかったが、急に態度を豹変《ひょうへん》させたと思われるのもいやで、結局誘いに応じてしまった。

「ごめんなさい、ぎりぎりでお客さんが入ってきちゃって」

走ってきたわけでもないだろうに声を弾ませ、そう言って、みな子は桃のテーブルに近づく。きらきらしたビーズの手提げを無造作に椅子に置き、

「ひさしぶり。でもよかった。桃ちゃん元気そう」

と桃を見て言うと、踵《きびす》を返してカウンターに向った。いなくなっても香水の匂いだけが残り、桃はなんとはなしに微笑む。みなちゃんの匂い。

トレイを手に戻ってきたみな子は、桃の向いの席に坐《すわ》ると、

「お兄ちゃんは全然だめだよ、落ち込んでて」

と、前置きもなしに言った。桃は返事に困り、首をかしげる。アイスティを一口、ストローで吸った。

「あとお母さん。桃ちゃんのこと気に入ってたから、すごく残念がってる。いいお嬢さんだったのにって」

桃は笑った。

「それについては、お母さまの誤解だわ」

いったん言葉を発すると、楽になった。みな子が石羽の妹だからといって、自分が男と別れたことを、この子にすまなく思う必要はないはずだ。

「どうかな」

今度はみな子が首をかしげる。

「桃ちゃんは上手《うま》くやってたと思うよ。お兄ちゃんに対してじゃなく、うちの両親に対してってことだけど。ほら、あの人たち結構難しいから」

桃はサラダのトマトにフォークをさした。難しくない両親なんているのだろうか、と考える。

「まあ、私はなんとなくこうなる気がしてたけど」

みな子が言い、それは桃には心外だった。

「どうして？」

　つい、語気が強くなった。こうなる気など、桃はまったくしていなかった。自分と石羽は時間をかけて関係を築いた。我ながら安定した、似合いのカップルだと思っていた。周囲の目にも、そう映っていたはずだ。

「なんとなくだけど、桃ちゃんの方がお兄ちゃんより温度が低そうだったから」

　そんなことはない。桃は咄嗟《とっさ》に、そう否定しかけた。石羽をとても好きだった。そう言いたかった。けれど言ってはいけない気がして、また、それならなぜ、と問われたくなくて、

「温度は、あんまり関係ないんじゃないかな」

　とだけ言った。

「誰の温度も、そのときによって上ったり下ったりするでしょ」

　と。みな子は納得のいかない顔をしたが、それ以上その話はしなかった。かわりに最近見つけたという服屋の話をした。趣味のいいセレクトショップで、桃ちゃんの気に入りそうな服ばっかりある、とみな子は言った。だから今度一緒に行こう、と。にんじんのポタージュ――すでにすっかり冷めてしまっていた――を口に運びながら、どうなんだろう、と桃は思う。それってどうなんだろう、別れた男の妹と、その後も仲良くし続けるというのは。

「いつがいい？」

みな子はまるで頓着なく、ビーズの手提げから手帖を取りだす。仕事柄なのか古風にウェーブのかけられた黒い長い髪、まつ毛を強調する化粧。小柄ながら曲線的な、女性らしい身体つき。ボウのついた水玉のブラウスに、黒いマーメイドスカートを合せ、同色のカーディガンを羽織ったみな子は、桃の逡巡《しゅんじゅん》を見てとったらしく、

「でも、男女って儚《はかな》いよね。恋が冷めれば終りじゃん？」

と言った。

「私はこれからも桃ちゃんと会えるよね。だって、友情は変らないでしょ」

と。

店の前で、桃はみな子と別れた。来週のきょう、それぞれの仕事が終ったあとで、一時間の買物と夕食を一緒にする約束をして。

交差点で信号が変るのを待ちながら、携帯電話を見るとメールが二件入っていた。一件は姉からで、もう一件は鯖崎からだった。鯖崎からのメールを先に、桃はひらく。いつものように件名は使いまわしで、「Re:Re:きのうは」となっており、何の意味も成さない。

「いま根津《ねづ》美術館のそばの店で仕事してて、ガラス窓の外の道を小学生四人組が通ったんだけど、ジャンケンで負けた奴が全員分のランドセルを一人で持つっていうのを

やってて懐かしかった。以上。」

　桃は二度読み、青信号が点滅していることに気づく。自分が微笑んでいることにも。ひらいた電話を持ったまま、小走りに横断歩道を渡る。鯖崎からのメールは決ってこんな調子なのだ。用事もなく、甘い言葉もなく、それでも桃を微笑ませる。

　渡りきったところで姉からのメール──「ワルイ。またピンチ。三万円ちょうだい」──を読み、すぐに「了解」と返事を打った。その足でATMに行く。冬らしく晴れた午後だ。街路樹から落ちた葉が、乾いた音をたてて舗道を転がっていった。


「パパ、そろそろタクシーを呼びますよ」

　書斎のドアから顔だけのぞかせた由紀に言われ、詠介は、ああ、とこたえる。ああ、もう仕度はできたから、いつでも構わんよ、と。アールヌーヴォー芸術というものに、詠介自身は興味がない。詠介の知る限り、由紀も興味がないだろうと思われる。けれど「エミール・ガレとその時代展」というものに、これから二人で出掛けるところなのだった。一般公開に先がけて、これこれの日時にぜひ御内覧を、という案内状が詠介宛にきて、かつてならまず間違いなく屑籠《くずかご》に直行だったはずのその印刷物に、由紀が出席の返事をだしていたからだ。最近、詠介の妻はよくそういうことをする。一応、事前に予定を尋ねてはくれるので、あいていればあいているとこたえるわけなのだが、問題は、由紀に興味の方向性がないというか、自分の見たいものと見たくないものとの、区別がついていないらしいことだった。芝居でもワインの試飲会でも、スポーツカーの展示受注会でもおかまいなしなのだ。

だって、わからないもの、というのが由紀自身の説明だった。実際に見てみなくちゃ、自分がそれを好きかどうかわからないもの、というのが。娘の桃に言わせると、しかしそれは「嘘ばっかり」ということになる。「ママくらい、物事を実際に見ずに決めつけちゃう人もいないじゃないの」

詠介にはよくわからない。そういうところがあるような気もするが、仮に、見ずに決めつけることがあったとしても、それは彼女の直観というか洞察力によるものであって、存外正しいのではないかという気もする。

「あの人はね、パパと出掛けたいだけなの。行き先なんてどうでもいいのよ。満ち足りた人妻である自分を、見せびらかしたいだけなんだから」

桃はそう言うのだが、だとしたら、それはそれで喜ばしいことではないかと詠介は思う。友人たちの話を聞くにつけ、妻というものがみんな満ち足りているわけではないらしいことが、詠介にも察せられていたから。

「タクシー、きましたよ」

由紀が呼びにきて、揃って家をでた。

最寄駅までは、タクシーで十分程度の距離だ。バスでも大して変らないのだが、由紀は詠介にバスを使わせたがらない。自分一人の外出ならバスを利用する（「呼ばなくてもくるんだから、その方が便利じゃないの」）くせに、「パパは〝先生〟なんだから、バスに乗ったりしちゃ可笑しいわ」と言うのだ。東京都下、とかつて呼ばれたこの土地に家を買ったとき、由紀がまっ先にしたのは、だから車の免許をとることだった。毎日の通勤時に、詠介を駅まで送迎するために。

友人たち――これは詠介が誇りに思っていることの一つだが、詠介には友人が多い。学生時代の仲間たちとはいまでも親しい交流があるし、長年通った仕事場のある街の、商店主の組合というか経営者の寄り合いというか、ともかくその手の会合を通じて、出会った人間たちとも仕事を超えたつきあいがある――にしばしばからかわれるように、自分と妻は、おそらくおしどり夫婦なのだろう、と詠介は思う。実際、由紀は大した妻なのだった。家事万端とりしきり、詠介を仕事に専念させてくれたのみならず、詠介の、男同士のつきあいにも十分な理解を示してくれた。ヨットのことも、その一つだ。詠介は、友人六人で出資して、ヨットを一艘《そう》所有している。ヒュギエイア号という名のそのヨットの上は女人禁制で、妻であろうが愛人であろうが連れてきてはいけない、という規則になっている。初代ヒュギエイア号を手に入れたのは詠介がまだ三十代のころで、以来ずっとその規則は守られているのだが、妻から一度も苦情を申し立てられていないのは、六人の男のうち、詠介ただ一人なのだった。娘二人は、由紀を「嫉妬《しっと》深い」とか「パパべったり」とか批判するが、由紀にはそういう懐の深さというか、一本筋の通ったところもあるのだ、と考えて、詠介はタクシーを降りる。日が陰った。ウールのコートを着ていても、なお寒いと感じた。支払いを済せ、降りてきた由紀が詠介に腕をからめる。するり、とすべり込んでくる妻の手の自然さに、詠介はなんとなく感心する。

仕事は予定通り昼すぎに終ったのに、車を戻しに会社に帰るまでの道が渋滞していた。三時には行くと言ってあったのに、隼人が妻の実家に着いたのは四時すぎだった。茶色い板塀に囲まれた家は古く、あきらかに手入れが必要で、雨樋《あまどい》の一部が欠損し、モルタルの壁に入ったヒビがあちこち黒ずんでいるのが、通りからでも見てとれる。門の前で、二階を間借りしている女子大生が自転車を押して帰宅するのに、たまたま行き合った。

「こんにちは」

眼鏡をかけ、地味な色のダウンコートと白いミトンをつけた彼女は、無表情に小声で言い、隼人を先に通すべく立ち止まった。

「どうぞ」

隼人が手をだして促すと、自転車の前後を順番に持ち上げて、器用に門をくぐり抜ける。この間借り人を告別式で見かけたことを、隼人は思いだした。きちんと喪服を着てきていた。和枝さんと親しかったのだろうか。それとも単に儀礼上、参列しただけだろうか。いずれにしても、突然大家に死なれてめんくらっていることだろう。しかも、大家の家には謎の男が住んでいるのだ。

夕方だというのに布団が干しっぱなしになっているのを目の端で見ながら、がらり戸をあけると線香の匂いに迎えられた。

響子は、この家の居間兼寝室である部屋にいた。急拵《きゅうごしら》えの祭壇の前に、似非《えせ》輪島《わじま》塗のローテーブルをはさんで山口と向い合って坐っている。テーブルの上には三人分の湯呑みと茶菓子、書類やパンフレットの束。ということは、葬儀社の人間はもう帰ったあとなのだろう。

「ごめん、遅くなった。道が混んでて」

すでにメールで伝えてあったことを、隼人はもう一度言った。

「大丈夫。すぐ済んだの、決めることだけ決めちゃったら」

響子の声に、華やいだ余韻があった。女友達と、たっぷり談笑したあとのような。

「何のみますか」

山口が言い、立ち上がった。

「日本茶か紅茶かコーヒーか。あ、それともビールの方がいいかな」

「いや、お構いなく。自分で取ってきますから」

隼人は言い、「子供たちは？」と、続けて響子に尋ねる。「上のお姉さんのとこ」という返事だった。上のお姉さんというのは二階に住んでいる女子大生のことで、以前から、ときどき子供たちが遊んでもらっているらしかった。二人いる間借り人のうちの、どちらがそれなのか隼人は知らなかったが、一人はいましがた帰ってきたばかりなのだから、あの眼鏡の子ではない方なのだろうとわかった。

「それでね、いま山口さんに、お母さんの話を聞いていたところなの。びっくりよ、もう、お母さん大胆なの」

目は赤いが口調はたのしげで、泣き笑いしながら話していたらしいと知れた。

「メールじゃまどろっこしいから直接会って話しましょうって、お母さんの方から言ったんですって。それも、個人的なメールのやりとりをするようになってすぐに」

隼人には、それはそう意外なことでもなかった。和枝さんなら、十分にあり得る。

「それにね、チャットっていうの？　二人が最初に出会ったそのネット空間に、お母さんは〝ロザリー〟っていう名前で参加してたんですって。それって、昔うちで飼ってた雑種犬の名前なんだけど、そのころ小学生だった私がつけたの。好きだった少女漫画にでてくる貧しい娘の名前からとったんだけど、その子は、でもほんとうは貴族の娘でね、その漫画が宝塚の舞台になったときにはどうしても観たくて——」

「どうぞ」

山口に缶ビールを差しだされた。自分で取ってくるって言っただろう、と舌打ちでもしたい気持ちにかられたが、それは隼人が山口という男を、そもそもの最初から気に入らないせいだった。だってそうだろう、と隼人は思う。和枝さんは未亡人になって長いのだから、出会いを求めるのも納得がいく。けれど妻帯者がそういう場所に、どういうつもりで参加するのか、隼人には理解できない。というより、理解以前に許容できないのだった。缶ビールを受けとり、

「布団、干しっぱなしですよ」

と教えてやった。舌打ちのかわりの、無愛想な声音で。

「ネットで知り合ったとは聞いていたけど、〝ロザリー〟よ、〝ロザリー〟。信じられる？」

響子はくり返して言い、山口に渡された缶ビールを躊躇なくあける。山口は、あや、と呟いて、障子をあけ、ガラス戸もあけ放って庭にでて行った。暖房で暖められた室内に、つめたい空気が流れ込んでくる。

「俺はコーヒーにするわ」

隼人は言った。

「なんで？　車じゃないでしょう？　会社から直接きてくれたんだったら」

不思議そうに問う響子にはこたえずに、台所へ向う。

「隼人？　何よ、どうしたの？」

追いかけてきた響子が言った。

「コーヒーがいいんなら私が淹《い》れるよ。だから戻って山口さんの相手してあげてよ」

立ちつくしてしまったのは、山口にはああ言ったものの、それはビールの場合であって、この家のコーヒーの在処《ありか》もコーヒーメーカーの使い方も、隼人は知らないからだった。

「あの人は他人なんだぞ」

そう言ってみる。

「この家で、あんな風に我もの顔してるのおかしくないか？　不動産屋との取り決めがどうなってるのかわからないけど、階上の人たちに対する責任だってあるんだからさ」

「わかってるわ」

響子は言った。

「わかってるけど、お葬式はきのうだったのよ。まだそんな話はできないわ。せめて納骨が済むまでくらいは時間の猶予をあげないと」

コーヒーメーカーが、こぽこぽとものやわらかな音を立て始める。

「山口さん、階上の人たちとは仲よくやってるみたいだし」

響子は続け、戸棚からカップとソーサーをとりだす。

「それに、あの人はお母さんのことが好きだったのよ？　メールでしか知らなかった〝ロザリー〟にはじめて会ったとき、予想してたより綺麗《きれい》でびっくりしたって言ってた。綺麗って……」

声が震え、響子は顔を歪《ゆが》める。

「自分のことを綺麗だと思ってくれる人に会えて、お母さん嬉しかったと思うわ。だって、ほら、私と一緒であのおばさんも、その言葉とはほとんど無縁の人生だったわけだから」

最後は泣き笑いになっていた。隼人は妻のすぐそばに立ち、肩に、妻が顔を埋められるようにした（響子はそうした）。妻の背中をあやすようにそっとたたく。予想してたより綺麗というのは、果してほめ言葉だろうかと考えながら。

「あ、そうだ」

泣き笑いが収まると、響子は弾《はじ》かれたように顔を上げ、涙やら洟《はな》やらでぐっしょり湿った声のまま、

「コンドームをさ、終ったあとでそのへんに放置するのは止めてよね」

と言った。和枝さんにそっくりだ、と隼人の思う、ぴしゃりとした口調で。なんだかなあ、と隼人は思う。隼人の考えでは、響子は心根が善く、かわいい女だががさつなところがあるのだった。死んだ母親の話とコンドームの話とを、同時にできてしまうようなところが。

コーヒーができるのは待たず、結局隼人は一人で居間に戻った。廊下にたたんだ布団が置いてあり、部屋では山口が、ぼんやりビールをのんでいた。

「いろいろと、大変だったですね」

隼人はそう切りだして、さっきまで響子が坐っていた場所――山口の向い側――に腰をおろした。

「こんなときにこんなことを言うのも申し訳ないけど、これからのこと、考えなきゃならないですよね、お互いに」

こういう話は、やはり男がするべきだろうと隼人は思う。

「ええ、まあ、そうですね」

山口は口のなかでもごもごとこたえて、祭壇の方に視線を泳がす。和枝さんの遺骨を見ているのだとわかった。助けでも求めるみたいに。

そろそろ子供たちを二階に迎えに行かなくてはいけない。客用のコーヒーカップ―

—白地に青い小花模様が散った、響子が子供のころからこの家にあったカップだ——に芳《かんば》しい液体を注ぎながら、響子は思う。学校に行かせた長男と長女は、おなじマンションに住む同級生（長男の、勇樹の方の同級生）の家で預ってもらっている。遅くなるようなら、夕飯も何か適当にたべさせておくから大丈夫、と、その家のお母さんである友人は請け合ってくれたけれども、できればその前にひきとりに行きたかった。午後五時。間に合うだろうか。響子は鏡代りに電子レンジの扉をのぞき、むくんだ顔に涙の筋がついていないことを確かめる。

居間に戻り、輪島塗のテーブル——カップ同様、響子が子供のころからこの家にあったテーブル——にコーヒーを置き、そばにあるカタログの山から二冊を選り分けて夫に手渡した。

「香典返し、これにしたの。リストの、星じるしの人たちにはこっち。ちょっと額の高いやつ。いいよね？」

ほかにも、きょうの打ち合せで決めたあれこれを、響子は要点だけ報告した。初七日は、ごく少数の身内だけで行う。場所はこれこれ、予算はこれこれ。納骨の日時はこれこれで、挨拶状の文面はこれ（見本があった）。

「いいよ、響子が決めたんなら、俺はそれで構わない」

カタログをぱらぱらめくりながら、隼人は言った。

「よかった。じゃあ、私は階上に、子供たちを迎えに行ってくるね」

響子はこたえ、

「コーヒー、のんじゃってね」

と、続けた。

「早く帰らないと、ユウたちのことも心配だから」

と。隼人は不興げな顔をする。

「心配なら、電話すればいいじゃん。そんなに急がなくてもいいだろう？　ここ、話、まだ終ってないし」

話？　響子は、その言葉に反感を覚えた。何の話？　訊かなくても、察することはできる。山口が、いまこの家に住んでいるという事実について、おおかた隼人は疑義を呈する、というか文句をつける、ことを何か言ったのだろう。響子は内心、ため息をつく。

「そういうの、やめてくれるかな。いまここで、お母さんの前で、そんな話」

置きっぱなしだった缶ビールを、思いだして手にとり、ごくごくとのんだ。

仕方がないから、この人はあたしが看取ってやることにしたの。

そう言った、母親の言葉が思いだされた。

綺麗でびっくりした。

そう言った、山口の言葉も。

「あそこの家、適当だから心配なの」

けれど響子は、自制心を働かせてそう言った。

「ユウたちのごはん、レトルトのカレーくらいだったらまだいいけど、スナック菓子とかだったら嫌でしょう？」

隼人は、持っていたカップを、慌てたように口から離す。

「菓子？　いくら何でも、そんなことはないだろう？」

「あるのよ」

響子は断じた。

「そういうこと、あなたは知らないかもしれないけれど、あるのよ」

と。そして、夫が半ば怯《おび》えた表情で、自分をぽかんと見つめるのを眺める。

「ともかくコーヒーをのんじゃって。私は亮と野花を連れてくるから」

わかった、という夫の言葉を、響子は部屋をでながら背中で聞いた。


「晩めし、何を食おうか」

会場である美術館の前の、噴水のある広場を横切りながら、詠介は妻に尋ねる。レセプションつきの内覧会は、受付開始が五時半となっており、どんなに急いで鑑賞しても、会場をでるのは七時すぎになりそうだった。

「私は何でもいいんです」

由紀は鷹揚《おうよう》にこたえる。

「あなたのお好きなものを」

と。すっかり日の落ちた空は墨色に濁って、満月に一歩足りない月が、建物の向うにぼんやり昇っている。

「陽《よう》に電話してみようか」

詠介は、いかにもいま思いついたように、軽い口調をつくって長女の名を言った。

「せっかく都心にでてきたんだし、あいつはいつも貧乏してるから、御馳走《ごちそう》してやると言ったら喜んででてくるんじゃないかな」

ウールのコートを着ている腕に、からまっていた妻の手がほどける。

「どうぞ」

冷ややかな声が返った。

「あの子がでてくるもんですか」

詠介は立ち止り、小遣をねだる子供のようにぎこちなく、妻に向って片手をだす。

携帯電話というものを、持っていないからだった。由紀はかすかにため息をつき、ハンドバッグからそれを取りだす。

陽は、コール三回で受話器を取った。取ったが何も言わないので、

「もしもし？　陽か？」

と、詠介の方から先に声をだした。

「ああ、パパなの」

安堵《あんど》の滲む口調だったのは、由紀の電話番号が表示されたからに違いなかった。

「いま、ママと上野に来ていてね」

詠介は説明した。

「ひさしぶりに晩めしを一緒にどうかなと思ってさ」

すぐそばで、眉間《みけん》にしわを寄せて立っている由紀を、見ながら詠介は続けた。

「根津の洋食屋は憶えてるだろ？　こっちはあと二時間くらいかかりそうだし、ちょうどいいんじゃないかと思ってな」

陽は返事をしなかった。

「もしもし？」

仕方なく、詠介はまた自分から声をだした。

「悪いけど」

詠介自身も半ば予期していた返事を陽はした。

「もし娘が必要なら、桃を誘って。この時間なら、まだクリニックにいるでしょ

う？」

詠介の返事も待たず、電話は切れてしまった。

桃は言い、キャスターつきの事務椅子の、可動域のある背もたれを反らした。

「十分差！」

「あいてたんだけど、ついさっき約束しちゃったの。残念だー」

一日の治療を終え、クリニックの片隅に設《しつら》えられた応接兼事務スペース――三台の治療椅子のあるメインスペースとは、戸棚一つで仕切られている――に桃はいる。デスクには、最後の患者のレントゲン写真――歯列矯正二年目の、女子高生の上下顎《じょうげがく》――が留められたままになっており、その手前には、はずしたばかりのバレッタが転がっている。

「そうか。じゃあ仕方がないな。ロートル二人でせいぜい愉しむことにするよ」

電話の向うの父親の声音に、それとわかるような落胆の響きは込められていなかった。最後は笑い声まじりだった。

「ふふふ。なんだか私、パパとママのじゃまをしないために約束を入れたみたいね」

だから桃もそう言って笑った。おそらくそばにいるのであろう母親と、桃自身の両方に対する、父親の気遣いに感謝しながら。

「愉しんできてね」

つけたすと、

「そうするよ。どんな予定か知らないけれど、お前もな」

と言われた。これから好きな男に会うのだと、思われてはいないだろうと桃は思った。いまの桃は、周囲の誰もが結婚間近だと理解していた男性と、別れたばかりの傷心の娘なのだから。一瞬だが、鯖崎に会うことに気が咎《とが》めた。石羽ではなく父親に対して気が咎めた、という事実に桃は戸惑う。

電話を切り、書きかけだったカルテを仕上げる。レントゲン写真と共にフォルダーに戻し、デスクまわりを片づけた。窓の外はすでに暗くなっているが、女の子たち——四人いる衛生士のうちの、一人は桃と年が変らず、一人は幾つか年上なのだったが、昔から、やってきては結婚やら出産やらで退職していく女性衛生士たち(かつては看護婦さんと呼んでいたが)を、両親が家庭でそう呼びならわしていたために、彼女たちを個人ではなくまとまりで考えるとき、桃もついその言葉を使ってしまう——は器具を煮沸消毒したりタオルをたたんだり、雑誌をひらいて喋ったりしている。

十分差、と父親に言ったのはほんとうのことだった。昼休みのメールに返信をせずにいたら、「おーい、桃ちゃん無事?」というメールが重ねて入り、仕事を終えて電話をすると、これから会おうということになった。いつものように、ごく自然に。

初対面のときからそうだった。思いだし、そのことに桃は、甘やかさではなく茫漠《ぼうばく》とした不安を覚える。対処できないほどの災難に、それと気づかず自分で飛び込もうとしているのではないかという不安。あるいはもう飛び込んでしまったのだろうか。石羽と別れることによって？　桃にはその判断がつかない。けれどともかく〝自然〟ということが、桃にはおそろしいのだった。〝自然〟には、選択の余地がない。

鯖崎とは、姉のところで知り合った。母親に言わせると「大人失格」の姉は、四十一になってなお独身で、貧乏学生（それも、桃の見たところ男子学生のみ）と貧乏外国人（彼らのなかには女性もいるが、恋人と思われる男性と一緒に住んでいるので、姉ほど無防備ではないと桃は思う）しか住まないような、ゲストハウスと呼ばれる古い共同住宅で暮している。ゲストハウスというものの定義が、何度聞いても桃にはよくわからないのだったが、風呂場も台所も共用の、ああいう場所に自分はとても住めないと思う。そして、快適とも清潔とも言い難いにもかかわらず、姉の部屋にはひっきりなしに人が集る。友人とか、友人の友人とか。親も男も信じないけど、友達だけは信じられると常々言っている姉の、人徳かもしれないと桃は思う。

そしてそこに、あるとき鯖崎がいたのだ。何を話したのだったか憶えていない。けれどたくさん話したことは憶えている。〝自然〟だった。電話番号やメールアドレスを教え合うことも、そのあと二人で会うことも。気が合うとか合わないとかではなく、皮膚感覚としか言いようのない何かによって、鯖崎と自分とを、桃は近しく感じた。あのときには、こんなふうになるとは思ってもいなかった。鯖崎の存在がただ新鮮で、鯖崎といるときの自分もまた新鮮で、だからこそ、石羽を鯖崎に紹介しもしたのだし、仕事も恋愛も首尾は上々の、年上の女らしくふるまったのだ。ちょっとした情事くらい余裕で愉しめる女みたいに。

化粧を直しにトイレに行くと、一つしかない洗面台の前には先客がいて、それは勿論、終業後の歯磨きに勤《いそ》しむ太田さんなのだった。

四人がばたばたと慌しく立ち去ってしまうと、家のなかが途端に静まり返った。外気にさらされ、すっかり冷たくなっている布団を廊下から部屋のなかに、山口は入れる。音が欲しくなり、テレビをつけた。ニュース、アニメ、ショッピング番組。冷たい布団に背中をもたせかけて坐り、リモコンを操作しながら、次々変る画面を山口は眺める。内容はどうでもよかった。というより何も頭に入ってこなかった。色と音。それだけがでている。山口は、しばらくそうしてテレビを眺め、ふいに、消してもいいのだと気づく。それで消した。立ち上がり、茶碗やコーヒーカップ、のみ残された缶ビールを片づける。

家族と暮していたころ、山口は台所仕事を手伝うような夫ではなかった。亭主関白というのではなく、むしろ遠慮のつもりでそうしていた。相手の領分を、侵すべきではないと思っていた。妻もまた、夫に手伝われることを好まなかったはずだ。自分なりの手順ややり方があり、それを乱されると苛立つようだったから。また余計なことを。口にこそださなかったが、山口が普段しないことをすると、ため息や表情や態度で、妻はそう伝えて寄越した。とくに、夫が早期退職したあとには頻繁に。

和枝はまったく違っていた。肩を揉《も》んでやれば喜んだし、散歩帰りにちょっとした物を見つけ、買って帰ればそのことを喜んだ。迷惑がるということの、およそない女だったと山口は改めて思う。「あらありがと。たすかっちゃう」あっさり、歌うようにそう言った。庭を掃いてほしいとか、風呂に湯を張れとか、粗大ゴミに貼るシールを買ってこいとか、頼みごとも躊躇なく口にした。早くね、とつけたすことさえあり、はじめのうち、山口は感心していいのか腹を立てていいのか、わからなかったほどだった。

なつかしいというのではない。和枝のあけすけな物言いや、一日に何度も、山口をしげしげ見て「いい男ねえ」と嬉しげに言うときの顔つき、線の崩れた身体を恥かしがるふうもなく、「裸で、くっついて」寝たがったこと、などをあれこれ思いだしながら、山口は思う。なつかしいというのではなくて、もっと否定的な気持ち。これは何というべきなのだろう。昔から、山口は自分の感情を言葉にすることが苦手だった。

否定的な気持ち。とても認め難いこと。和枝の皮膚の白さ、やわらかさ。声。

恋しいのだ。気づいて山口は自分で驚く。その言葉の奇妙さと非現実感に、名づけた途端に発生する闇の底知れなさに。自分は和枝が恋しいのだ。事実として、どうしようもなく、恋しいのだった。


半地下の店内は混んでいて、照明が美しく、中央に、木と真鍮《しんちゅう》を組み合わせたつややかなカウンターがあった。コートをあずけ、待ち合せをしているのだと告げた桃は、席に案内されるより早く、鯖崎を見つけた。一目で勤め人とわかるスーツと、無造作を装って、けれどおそらく細心の注意を払って立てて固められた髪。手をふられ、数段あるステップをおりながら、桃も手をふり返した。

自分がゆるむのがわかった。鯖崎を見た途端に、身体が勝手に緊張をとき、安心してしまったことが。

「早かったのね」

恋人というより姉弟に見えるかもしれない、と桃が思うのは、年齢ではなくその安心のせいだった。おなじ素材でできている者同士だと、他人にもわかってしまう気がする。

「急いだ。桃ちゃんが入ってくるとこ見るの、好きだからさ」

咄嗟に返答につまった。渡されたおしぼりを使いながら、桃は白ワイン――それが鯖崎ののんでいるものだったし、「牡蠣《かき》はどう？」というのが電話口で、店を思案しながら鯖崎の言ったことだったので――を注文する。

「ハーフかな」

鯖崎が言った。

「ハーフ？」

訊き返し、桃は改めて店内を見まわす。料理の名前の書かれた黒板や、磨き込まれた床板や、さかさまにぶらさがって光を反射させているグラス類や。

「牡蠣のこと。一ダースじゃ多いよね」

多い、と桃はこたえる。ハーフにしましょう、と。人々の話し声や笑い声、調理場の物音にまざって、“Little Girl Blue”が流れている。

「この曲好きだわ」

桃は言った。

レモンを絞った生牡蠣はつめたく、唇のあいだをつるんと通る。こっくりとまるい味を口に残して、たちまち身体に収まってしまうので、ハーフをもう一度注文し、桃と鯖崎は、結局二人で一ダースたべた。

「仕事、青山だったの？」

昼間のメールを思いだし、桃は尋ねる。根津美術館のそばで小学生を見たというメールだった。

「うん。角にキハチのある大きい交差点があるでしょ、そこからちょっとだけ表参道《おもてさんどう》の方に戻って左側の細い道に……」

鯖崎の説明を聞きながら、桃は頭のなかで地図をたどる。そうしながら桃が見ようとしているのは、鯖崎が仕事で訪れた店ではなく、彼が見たという小学生たちでもなく、きょうの昼間、そこにいた鯖崎の姿だ。いま横にいる男とおなじ濃紺のスーツ、おなじラベンダー色のシャツ、シャツに合せたのだろう細いネクタイは、ブルーとラベンダーのストライプ、靴が大きすぎるように見えるのもいまとおなじで、それは単にこの男が大きめの靴を好むからだと桃は知っているのだが、自社製品（靴メーカーに、鯖崎は勤めている）に、いかにも誇りを持っているように見えるから好都合でもあるのだと、いつだったか本人は言っていた。世の中の人たちはみんな、もっと靴の大切さに気づくべきなのだと鯖崎は言う。上質で快適で美しい靴をはいていさえすれば、みんなもっと幸せになれるし、他人にもやさしくなれるのに、と。

桃自身も、鯖崎と出会って以来、他人の靴に目が行くようになった。意識して見ると確かに、上等そうな靴をはいている人は満ち足りて見え、みすぼらしい靴をはいている人は何かに不満を感じていそうに見えるのだった。

「桃ちゃんは？　きょうは何してた？」

フランスパンをちぎって口に入れ、鯖崎が訊く。生牡蠣のあと、ワインを軽めの白から重い白に変え、ブイヤベースとサラダを分け合ってたべているところだった。

「きのうはお葬式だったの」

質問とこたえが違ってしまった、と思いながら、桃は言った。

「お友達のお母さんが突然亡くなって」

鯖崎がフォークを置いたので、背すじをのばすというほどではないにしても、話の続きを待っているのだとわかったのだが、桃は急に、その先をどう続けていいのかわからなくなる。雨が降っていたこと、桃自身の母親を思いだしたこと、鯖崎に会いたいと思ったこと。どれ一つとしてヒビキとは関係がない。ヒビキの不幸に仮託して話すべきではないことだった。

「でも、きょうはふつうの日だったわ」

それでそう言った。切り替えてからまだ口をつけていなかった、二つ目の白ワインを一口啜《すす》り、「おいしい」と呟く。

「そう？　よかった」

こたえた鯖崎が、話の続きがなかったことにほっとしているのか不満なのか、その口調からは、桃には読み取れなかった。

「夕方、パパと電話で話したわ」

桃が言ったのは、単純にきょうの出来事として、頭に浮かんだからだった。

「またママにひっぱりだされたらしいんだけど、夕食に陽を誘ったら断られたって言って」

自分たち姉妹と両親との関係――父親とは良好だが、母親とは険悪――について、鯖崎は桃より姉の陽を通して――おそらく、ごく大雑把にだろうが――理解しており、桃としては、説明せずにすむことがありがたかった。説明するには個人的すぎる話だし、説明したところで相手が愉快な気持ちになる類《たぐい》の話ではなかったから。

「え、うそ、まじ？」

桃が誘いを断ったこと、どちらにしても断るのだが、たまたま鯖崎と約束したあとだったので、嘘をつかずに断れてよかったこと、を話すと、鯖崎は言った。桃は自分の失敗を悟る。え、うそ、まじ？　ほとんどうろたえたような鯖崎の反応は、桃が石羽と別れたことを告げたときのそれと似ていた。問題は、桃と両親の関係ではないのだ。

「悪いことしちゃったなあ。俺となんていつでも会えるんだし、陽ちゃんはああいうふうなんだから、桃ちゃんはそっち行ってあげなきゃだめじゃん」

「大きなお世話」

桃は言った。

「自分の予定は自分で決めます」

「それはそうだけど」

鯖崎は肩をすくめる。

「会いたかったんだもの」

桃は続けた。

「そっちじゃなく、ここに来たかったんだもの」

と、妙に平板な声音で。鯖崎は、みるみる、あかるすぎると桃の思う笑顔になる。あかるすぎるし他意がなさすぎる、と桃の思う笑顔に。

「そうなの？」

そしてそう訊き返す。

「このくらい？」

両手を肩幅程度にひらいてにこにこし、桃が呆れて眉を上げると、

「俺はね、今夜、宇宙くらい桃ちゃんに会いたかったよ」

と言うのだった。

二月

響子にとって筒井《つつい》桃は、この世で唯一、何もかも話せる相手だった。中学時代からの親友。誰かに訊《き》かれればそうこたえるし、それは勿論《もちろん》嘘ではないが、たとえば当時のクラスメイトたちに訊けば、響子と桃が親しかった記憶はないと、言われるだろうと響子は思う。クラスがおなじだというだけで、自分と桃には端から見える接点はなかった。行動を共にするグループというか、仲のいい子たちがべつだったし、クラブや委員会の活動も、一緒だったためしがない。小柄な桃と大柄な響子、成績優秀だった桃と落第すれすれだった響子、物静かで、教師にも友人たちにも苗字で呼ばれていた桃と、長い髪や色つきリップクリームにもかかわらず、〝とっつぁん〟というありがたくない渾名《あだな》で呼ばれていた響子とは、教室での存在のベクトルが、そもそも逆だった。けれど入学式の日に、講堂でたまたま隣の席になり、二言三言、どうでもいい言葉を交して以来ずっと、響子と桃のあいだには、話せばわかる感じがあった。一緒にお弁当をたべなくても、一緒の選択授業をとらなくても、普通に。あのころの女子校において、その普通は得難いものだった。桃は響子を〝ヒビキ〟と呼んだ。苗字ではなく、〝どっつぁん〟でもなく。

いまになって考えると、自分たちを近づけたのは、成績の特殊性だったのかもしれないと、響子には思える。どちらも授業に不満だった。桃は抜きんでて優秀だったために、響子は目立って不出来だったために。

それで、しばしば午後の授業をボイコットした。二人一緒では人目を惹《ひ》きやすいので、それぞれべつに抜けだし、校門から五分ほど歩いた先の、小さな寺の前で待ち合せた。響子には理解できないことだったが、桃の目的地は図書館だった。それも、学校の近くの都立図書館ではなく、わざわざ地下鉄に乗って、おなじ都立でももっと大きな、制服姿の中学生でも見とがめられない図書館に行った。響子にはこれといって目的の場所はなかったのだが、図書館よりはもっと賑《にぎ》やかな場所——服屋とかCD屋とか、アイスクリーム屋のあるような場所——に行きたかった。とはいえ補導される危険は冒したくなかったので、まず図書館に行き、正規の下校時刻を過ぎてから、二人で繁華街をぶらぶらした。結局、中学校の三年間を通じて、響子は勉強というものを、学校ではなく図書館でしていた。熱を入れたのは試験前だけだったにしても。桃は熱心な教師ではなかったが、冷静で辛抱強い教師だった。

「桃、将来センセイになりなよ」

一度ならず、響子はこの友人に、そう言ったものだった。

図書館にも繁華街にも行かず、学校をでてまっすぐ響子の家に行くこともあった。母親が仕事を持っていたので、家のなかは監督者不在で、気楽だった。響子はお菓子をたべながらテレビをみたが、桃はそこでも勉強していた。

そんなふうにして、響子と桃は学校外で、親しくなっていったのだった。落第さえしなければ、エスカレーター式に付属の短大まで進学できる、というのが二人の通っていた女子中学校の、響子にとっての最大の魅力だったのだが、桃は中学を終えると、べつな高校に進学した。東大とか京大とかを目指すような、優秀な生徒の集る学校だった。

べつな学校に通うようになっても、週に一度は待ち合せて図書館に行った(母親の和枝が、桃に、これからも響子の勉強をみてやってほしいと頼んだからだ)し、週に二度は繁華街で遊んだ。響子の見たところ、桃は中学のころほどには勉強に熱心ではなくなったようだった。

高校時代、郊外に引越したばかりの桃の家に、勉強をみてもらうという口実で、響子はしばしば遊びに行った。行けば大抵夕食をごちそうになった。試験前にはほんとうに勉強もしたし、生前和枝がよく言っていたように、「響子が無事に短大を卒業できたのも桃ちゃんのお陰」なのだが、試験前以外は桃の部屋で、音楽を聴いたりただ喋ったりしていたのだ。

ほんとうに、よくもあれだけ喋ることがあったものだと響子は驚く。桃にはじめてできたボーイフレンドのことや、当時響子がハマっていたロックバンドの誰彼のこと、いつか行ってみたい外国（桃はオランダで、響子はアイルランド）のことから、安全な脱毛方法まで、ともかくいつまででも話していられた。

会う回数は減ったし、話の内容もちがうが、響子にとって桃はいまでも何でも話せる相手であり、もしかすると話すべきではないのかもしれないこと——夫の家族に関する愚痴、子供の学校や、ママ友達との人間関係、身体の悩みや性的な夢（昔憧れていた男性が、ずっときみが好きだったのだと言って迫ってくる）をみたこと——まで、話さずにいられない相手で、桃にとっての自分もそういう存在だろうと思っていた。

だから冬の午後の台所で、ひさしぶりに遊びに来た桃に恋人と別れた話を聞かされたとき、最初に口をついてでた言葉は「なぜ？」ではなく、「いつ？」だった。あたかもそれが、別れたという事実以上に大切なことであるみたいに。

「なーに、それ」

ヒビキは大仰に言い、目をまるくした。桃は紅茶を一口啜《すす》り、肩をすくめる。

「言いきれないってどういうことよ、言いきれないって」

紅茶には、厚切りのレモンが一枚、ぽってりと浮かんでいる。

「だって、私には石羽っちがいたわけだし」

ぼそぼそとこたえ、桃はそのレモンを、なんとなくヒビキ本人に似ていると思った。惜しげもなく大きく、いい匂いがして、あかるい。

「でも別れたんでしょう？　その色男のために、石羽さんと」

染色しすぎてぱさついた髪をふり立てるようにして、ヒビキは身をのりだした。

「それってつまり、そいつは桃を石羽さんから奪ったってことでしょう？　それなのに恋人じゃなかったら何なのよ。意味わかんないわよ。ていうか、そいつ何様のつもりなの？」

桃は、ほとんど怒っている友人の顔を見つめる。わかっていた、と思った。ヒビキがこういう反応を示すであろうことは、わかっていた。石羽拓《ひらく》と別れたこと、そのすこし前から鯖崎とつきあい始めていたことを、桃はいまこの旧友に、話したところなのだった。旧友の両目はまず驚きに見ひらかれ、次に気遣わしげに曇り、それからみるみる好奇心に輝いた。鯖崎が桃より九つ歳下だと知ると、「きゃあ」とひやかすような声をあげ、桃が鯖崎を、おなじ素材でできた者同士だと感じる、と話したときにはどういうわけだか両手に顔を埋め、「いやん」と、照れたように言った。けれど、

「じゃあ、もう新しい恋人がいるのね」と、当然のように結論づけたヒビキに、「そうとも言いきれないの」と桃がこたえたあたりから、好奇心が疑念に、疑念が不満に、取って代わられたのだった。

「鯖崎くんが私を奪ったわけじゃないの」

桃は言った。

「私が勝手に別れたの。だから鯖崎くんは私を心配してくれてるっていうか」

「なーに、それ」

友人の声の大きさに、桃は思わず身が竦《すく》んだ。

「全っ然わからない」

言い捨てて立ちあがり、ヒビキは冷蔵庫をあける。桃が買ってきたシュークリームを――たったいま、二人で一つずつたべたところだったのだが――、もう一つずつ取りだして皿に置く。

「私はもういい」

桃は言い、そうだった、とふいになつかしさを覚える。ヒビキは昔から、腹を立てたり苛立《いらだ》ったり、感情が乱れると物をたべる癖があるのだった。

ここにくるのはひさしぶりのことだった。以前にはしょっちゅう立ち寄って、子供たちと遊んだり、ヒビキと二人で料理をしたり、したものだった。訪問が間遠になっ

たのは、ヒビキが三人目の子供――男の子で、名前は亮だ――を身籠《みごも》ったころからだ

ったことを憶えている。よそのクリニックの非常勤勤務医だった桃は、そのころいま

のクリニックの専従医師となり、仕事が忙しくなったことが勿論いちばんの理由なの

だが、この家族の人口密度の高さや賑やかさ、ヒビキと夫のつくりだす気配や男女の

距離感に、居心地の悪さを感じ始めていたことも、また事実だった。石羽とつきあい

始めたのも、そういえばそのころだったと、桃はぼんやり思い返す。以前の職場の患

者だったおばさまに、紹介されて出会ったのだった。

「亮くんっていま六歳？」

尋ねると、

「話題を変えない」

と叱られたが、

「五歳よ。野花が三歳。ユウが十一で未来は九歳」

という返答だった。桃が改めて感嘆し、

「よく産んだねえ」

と呟《つぶや》くと、ヒビキは事もなげに「まあね」とこたえ、

「でも私はやっぱり納得いかないな。言えばいいじゃないの、私はあなたのために恋人と別れたのよって。事実でしょ。どうして言わないのよ」

と、またぞろ話を蒸し返すのだった。

そんなことはとても言えない、と桃は思う。そんな脅迫じみたことは。

「でも腹が立つわね」

桃が口をひらくより早く、ヒビキは「でも」を重ねる。

「そんなことは言われなくたってわかるはずじゃないの、その男には」

桃はあっさり打ちのめされる。そして思う。ヒビキには昔から、私のいちばん聞きたくない言葉を、何の悪気もなく発見して口にする能力があるのだった、と。

窮地を救ってくれたのは、亮くんと野花ちゃんだった。玄関のドアのあく音がしたと思うと、ただいまー、と二色の可愛らしい声があがり、小さな兄妹がばたばたと部屋に駆け込んでくる。桃はつい目を細めた。

「手を洗って、うがいして」

ヒビキが言う。子供たちは走って帰ってきたらしく、息を弾ませている。じゃれあいながら帰ってきたようでもあって、互いに互いの顔を見ては逃げる構えをとり、喉《のど》の奥からもれっぱなしの笑い声は、いまにも悲鳴に変りそうだった。

「こんにちは」

洗面所から戻った子供たちに、桃は言った。

「こんにちは」

亮くんからはおなじ言葉が返ったが、野花ちゃんは何も言わずに桃を見つめ、やにわにテーブルの下にもぐると、腹ばいの姿勢で、スリッパをはいた桃の足の上に頭をのせた。驚きのあまり、桃は一瞬言葉を失った。ヒビキは動じない。

「野ー花ー。でてきなさい。〝こんにちは〟でしょ」

動揺は、けれど一瞬で収まった。相手は子供なのだ、ということに、ようやく思い至る。

「ひさしぶりだねえ」

桃は椅子をひき、テーブルの下に両手をさし入れた。子供のわきの下を持って、頭をぶつけないように気をつけながらひっぱりあげる。重い、と思った。こんなに小さいのに重い。子供はされるままになり、桃の膝の上に坐《すわ》った。

「捕獲ー」

語尾をのばして桃は言った。冗談のつもりだったが、子供に通じたかどうかはわからなかった。桃がめんくらったことに、ヒビキはいきなり娘の髪を検分し始める。桃の膝の上で。

「また砂だらけ。うわ、ここ、べたべたよ。飴《あめ》かなんかくっつけたの？」

そう言って髪の匂いまでかいだ。

「よかった。飴だわね」

それから突然声の調子を変え、

「亮ー」

と言う。

「野花がへんなところに入らないように注意してって言ったでしょ。あんたの妹でしょう？　もー、きょうはどこで遊んだの？」

「公園」

いつのまにかテレビをつけ、リモコンを片手に見たい番組を探しているところらしい亮くんは、画面に目を据えたままこたえる。

「でも帰り道ですきまに入っちゃったから」

すきまって何のすきまよ、とヒビキが尋ね、えー？　普通のすきまだよ、と亮くんがこたえたところで、桃は思わず笑ってしまった。普通のすきま。

そのやりとりのあいだも、野花ちゃんは大人しく桃に抱かれていた。子供の身体のやわらかさと重さ、それにお手玉みたいなすわりのよさに、桃は新鮮な感慨を覚える。普段触れる機会のある、大人の男たちの身体とは、何てちがう感触だろう。

「おいで」

ヒビキが言い、野花ちゃんを抱きあげる。再び洗面所行きとなった野花ちゃんは、髪の〝べたべた〟を水で流されたようだった。戻ってきた野花ちゃんが、桃に向ってピースサインをだしたので、桃もおなじ仕種《しぐさ》で応じたものの、どういう意味かはわからなかった。

そのあとは紅茶をビールに替えて、ヒビキの近況を聞いた。長男の進学をめぐって夫婦で意見が対立したことや、けれど結局ヒビキが折れて、受験はさせず、公立の中学校に進学させると決めたこと、亡くなったお母さんをめぐるあれこれや、以前から桃も話には聞いていて、お母さんの葬儀の席ではじめて目にした〝山口さん〟に、いまいる二人の間借り人が退室するまでという条件つきで、管理人としてあの家に残ってもらうことにしたこと、それについても夫と意見が対立し（「隼人って、ちょっと杓子《しゃくし》上下なところがあるのよ」とヒビキは言った）、でも今度は折れず、なぜならお母さんならきっとそう望んだはずだと思うからだということ、などなどを、女子高校生もかくやというスピードと勢いで、ヒビキは一気に喋ったのだった。

興味深い話題ではあった。桃は、自分にないもの——夫、子供たち、死んだ母親——ばかり持っている友人の、自分には想像もつかない悩みを聞きながら、ヒビキは立派だ、と感心する。そんなわずらわしいことをちゃんとひきうけて、ヒビキは立派だ。そして、そう思う心のすぐ下で、それらと——すくなくともいまのところ——無縁の自分を寿《ことほ》ぎたい気持ちが湧くのをどうしようもなかった。ああ、まただ、と桃は思う。私はまたいやな奴になっている。

「五千万円プラス法定相続人の人数掛ける一千万円が、相続税から控除されることになってるのね」

ヒビキはまだ何か熱心に話していたが、桃はほとんど聞いていなかった。子供たちの見ているテレビから、騒々しい笑い声があがる。友人一家の住むこのマンションが、突然異界に思えた。自分がいるべき場所ではないかのように。

「やだ、桃、カラじゃん」

のんでいたビールの缶をとりあげられ、振ってみせられた。

「遠慮しないで言ってよね。ビールはたくさんあるんだから」

窓の外は暗くなっている。ヒビキの夫と、英語塾に行っているという上の二人の子供たちも、じきに帰ってくるだろう。

「そろそろ帰らなきゃ」

桃は言い、立ちあがった。ヒビキは構わず、新しい缶ビールのプルトップをあける。

「冗談でしょ？　こんなにひさしぶりに来て、ユウと未来の顔も見ずに帰るの？」

上の二人の子供たちと、桃はかつてよく遊んだ。ヒビキの結婚記念日に、夫婦二人で外出できるよう、一晩あずかったこともある。

「今夜は餃子《ギョーザ》なの。あんはもう作ってあるから、包むの手伝ってね」

ヒビキは言い、

「新しい恋人の話も、まだいろいろ聞きたいし」

と、にこやかに続ける。恋人とは言いきれない、とくり返したところで意味はなさそうだった。人と人との関係のすべてに、名前をつけることなど可能だろうかと桃は訝《いぶか》る。名前がそんなに大事だろうか。

全く大事じゃないよと、鯖崎ならこたえるだろうと桃は思った。そんなのどうでもいいことじゃん。ひょい、と枝豆でもつまむみたいな気軽さでそう口にする鯖崎の、表情や口調まで思い浮かんだ。

「やだ、桃、思いだし笑い」

友人にそう指摘されるまで、桃は自分が微笑んでいることに気づかなかった。


事務所に戻ると、植込の沈丁花《じんちょうげ》が夜気に匂った。午後七時。一日に三件の現場を回ることは、この時期には珍しいことではないのだが、朝八時半に出社してから、ほとんど十一時間労働だった。

「お疲れさまです。ほんとに申し訳ない」

室内に足を踏み入れるや否や詫《わ》びられ、隼人は不機嫌にうなずく。

「全然違うでしょ、見積りと。あんなの絶対積みきれないよ、一台じゃ」

隼人は引越作業員をしている。〝頭《かしら》〟としてアルバイトを率いて現場を回っているわけだが、作業が滞りなく進むかどうかは、目の前の男——プランナー——の見積りが正確かどうかにかかっているのだ。

「いくら一人暮しだっていってもさ、ああいう人は物を溜《た》めこんでるんだから」

内田という名の新任プランナーは、ひたすら「申し訳ない」をくり返して頭を下げる。悪気があってのことではないので気の毒な気がしなくもなかったが、それと怒りとはまたべつなのだった。

「まあ、もうしょうがないけどさ、気をつけてよ、今度から」

トラックに荷を積みきれないという事態が起きて、他の現場からの応援を待つあいだ、無駄に足どめを食った。隼人は、自分の帰りが遅くなることは構わなかった。そういう仕事なのだと理解している。けれどアルバイトに残業を強いることは、できればしたくなかった。

隼人は高校を卒業してすぐに、叔父のすすめでいまの会社に就職した。いずれ運行管理者の試験を受けて、営業に回ろうと考えていたのだが、実際に仕事を始めてみると、自分には現場が向いているとわかった。体力には自信のある方だし、車の運転が好きなこともあるのだが、それ以上に、現場というのは一つ一つ違うものであり、臨機応変に対応する必要がある、という点が気に入っていた。〝捌《さば》く〟という能力。もっとも、自分が現在〝頭〟という立場であることは、皮肉といえば皮肉だった。

子供のころ、オートレーサーに憧れていた隼人は——オートレースを観に連れて行ってくれたのも叔父だった。不動産事業で成功し、一時は羽振りがよかったこの叔父は、その後不運が重なり、妻子にも去られて、現在はタクシーの運転手をしている——、十六歳になってすぐにオートバイの免許を取った。スピード狂ではあったが、暴走族と一切関わりを持たなかったのは、〝頭〟がいるような人間関係が、わずらわしくて嫌だったからだ。

事務所のある蒲田から自宅までは、空港線で二駅の距離だ。駅前の喧噪《けんそう》を抜け、住宅地にさしかかると、また沈丁花が強く匂った。月がでている。隼人は帰り道というものが好きだ。自分を待っている人間たちがいる、と思うと満ち足りた気分になる。

隼人の住むマンションは、四つ角の一角に建っている。二階の右端の窓にあかりが灯《とも》っていることを、いつものように見上げて確かめてから、エントランスをくぐった。玄関ドアをあけると、音を聞きつけた亮だけがでてきた。料理の匂いとテレビの音。

「おかえりなさい」

妻が声だけを響かせて寄越し、勇樹と未来の声がそれに続く。

隼人はリビングの入口に立ち、「ただいま」と家族に、「いらっしゃい」と妻の親友に言った。筒井桃は立ち上がり、「おじゃましてます。ごめんなさい、先に始めちゃってて」とこたえた。「お仕事、日曜日なのに大変ですね」とも。室内は盛大に煙っている。テーブルには鉄板がでており、すでに火の消されたそれの上に、餃子が四つ残っていた。

「すぐに新しいのを焼くから」

妻が言い、隼人は「おう」とこたえる。

着替えてテーブルに戻ると、サラダとビール、さしみ蒟蒻《こんにゃく》がならんでいた。上三人は子供部屋に追いやられたらしく、末娘の野花だけが、子供用の椅子に坐っている。

「二種類作ったの。豚肉のと、エビのと」

テレビも消され、静かになった室内に、響子の声は妙に大きく聞こえた。

「包むの、桃も手伝ってくれたのよ」

その桃は、流しの前に立って洗い物をしている。

「いいよ、いいよ、桃ちゃん。そんなのあとで響子がやるから」

隼人は言い、客にそんなことさせるなよ、と表情で伝えるつもりで妻を見たが、響子は鉄板に餃子をならべるのに余念がなく、隼人を見もしなかった。やかんから水が注がれ、大きな音と共に蒸気があがり、響子は鉄板にフタをかぶせる。

「桃、石羽さんと別れちゃったんですって」

そして言った。

「それで、もうべつな恋人がいるの」

咄嗟《とっさ》に返答につまった。妻の親友が誰とつきあおうと知ったことではないのだが、その事実を告げられてしまった以上、何らかの反応を示さなければならない。

「さすがだなあ、桃ちゃん」

それでそう言ってみたのだが、言葉はなぜだか独り言みたいに宙に浮いてしまった。フタの内側で、油のはねる音がしている。

「恋人っていうんじゃないの」

ふり向いて、桃が言った。

「まだグレイゾーンなの。ヒビキはほら、何でも白黒つけたがるから」

困ったような顔をしている。桃に会うのはひさしぶりだった。和枝さんの葬儀――それでさえ、もう三か月前だ――をべつにすると、半年ぶりくらいだろうと思われた。ジーンズに、ざっくりしたタートルネックの茶色いセーター、という飾りけのない服装が、色の白い、きれいな顔立ちをひき立てている。

「わかる、わかる」

隼人は笑った。

「こいつ、そういうとこあるよね、せっかちっていうか」

「一途《いちず》」

桃が言い、

「公平って言ってほしいわね。正義感よ、正義感」

と、響子が訂正する。

「確かに強いね、正義感、ヒビキは昔から」

しみじみした口調で言いながら、洗い物を終えたらしい桃は戻ってきて元の椅子に坐る。普段は勇樹が坐る位置だ。

「ね、正義感が強いの反対って何だろうね。正義感が弱いって言わないよね」

「言うんじゃない？」

響子がこたえると、桃は顔をしかめた。

「言うかなあ。何かへんじゃない？」

隼人は微笑む。出会ったころの彼女たちのようだと思ったからだ。隼人が出会う以前、ということはつまり中学時代から、おそらく二人はこんなふうに、どうでもいいことを真顔で話し合ってきたのだろう。

筒井桃は、隼人と響子の縁結びの神だった。夫婦のあいだでは、そういうことになっていた。高校生のころ、隼人が桃をナンパしたのだ。夕暮れの渋谷で。桃は一人でぽつんと立っていた。制服姿で、１０９の前に。

「友達を待っているところだから」

桃がにこりともせずにそう言ったことを、隼人はいまでも憶えている。

「彼氏？」

尋ねると、軽蔑もあらわに、

「あなたには関係ないでしょう」

と言われた。そして、現れた〝友達〟が響子だったのだ。

デカイ、というのが響子の第一印象だった。桃とは違う制服を着ており、鞄に幾つも人形をぶらさげていた。三人で喫茶店に入り、隼人は主に桃に関心があったのだが、お茶をのみ終るとその桃は帰ってしまい、響子が残った。ゲームセンターに行き、乞《こ》われるままにぬいぐるみだの菓子だのを取ってやった。二階にあがってビンゴゲームを教えてやると、すっかり熱中してしまい、おもてにでたときには夜になっていた。桃と二人でよく渋谷をぶらついていると言うので、翌週また三人で会おうと約束して別れたのだが、約束の日に、現れたのは響子一人だった。

隼人はいまでも不思議に思う。自分ながらばかなガキで、女を外見でランクづけしたりしていたあのころに、なぜ響子の良さが見抜けたのだろう。響子には言えないが、はじめは勘弁してくれと思ったのだ。響子はよく笑い、よく喋り、よく食う女子高生だった。隼人の行くところには、どこにでもついてきたがり、隼人のすることは、何でも一緒にしたがった。いきなり自分用のヘルメットを買ってきたこともある。隼人はバイクのうしろに誰も乗せない主義だったので、そう言うと、悲しそうな顔で「わかった」とこたえた（その後、隼人は主義を曲げて響子を乗せることになった）。あとで聞いたことだが、隼人とつきあうことを、桃には反対されていたらしい。けれど怯《ひる》まなかったのだ。一体なぜなのか隼人には見当もつかないのだが、はじめて会ったときから響子は隼人を信頼してくれていた。それに、我慢強い女でもあった。隼人が他の女とつきあい始め、それを告げたときには動じずに、「その人と別れるまで待ってる」と言い、実際に半年程待っていた。

餃子で白飯をかき込みながら、隼人は妻とその親友を眺める。昼間から喋りどおしなのだろうに、なお話すことがあるらしい二人を。無論もう高校生には見えないのだが、頬を上気させ、どうでもいいことをたのしげに話す彼女たちは、隼人に当時の気分を思いださせる。なにもかもに飽き足らず、それでいてなにかを持て余していた。桃とつきあえたらいいだろうなと思いながら、いつのまにか響子に惹かれていた。〝頭〟などと呼ばれ、三十六にして四人の子持ちのいまの自分を、当時の自分が見たら何と言うのか、想像もつかない。

地下鉄の切符を買おうとして、鞄のなかの携帯電話が光っていることに陽は気づいた。頭のなかには、たったいま観てきた映画の気配というか残像が渦巻いており、陽にとっては必要悪でしかないその小さな電子機器――うとましい、というのが携帯電話について、陽の最初に思いつく形容詞で、以下、いまいましい、小賢《こざか》しい、不気味、と続く――は無視してしまいたいところだったが、切符を買い、改札をくぐって階段をおりる途中で、観念して取りだしてひらく（こういうところが嫌なのだ、と陽は思った。電話は私が使うべきなのに、鞄のなかからさえこちらに無言の圧力をかけてきて、結局私が使われてしまうんだから、と）。

着信は妹の桃からで、電話ではなくメールだった。

「正義感が強い、の反対って何かな」

とある。

は？　陽は一瞬混乱した。今夜私が試写を観たことを、あの子は知らないはずなのに。そして気づく。映画の内容とこのメールは、たぶん関係ないのだろう。それに、きょう観たクロード・シャブロルの映画は、正義というよりモラルとインモラル、その定義を問うような物語だった。リュディヴィーヌ・サニエとブノワ・マジメル。陽はマジメルをいい役者だと思う。

階段の途中に立ちどまったまま返信を打ったので、うしろからおりてくる人たちが、邪魔そうに自分をよけるのがわかった。

「正義感が強くない、に決まってるでしょう。いま銀座。でも日曜だし、この時間だからクリニックにはいないよね」

ホームを歩いていると、返信が届いた（携帯嫌いの陽と違って、桃はいつも返信が早い。きちんとしているのだ、と陽は思う。あの子は昔からきちんとしている。一緒に住んでいたころは、陽の机の抽出《ひきだし》も洋服簞笥《だんす》も、桃が整理してくれていた）。

「そうか。ありがとう。陽は頭がいいね。いまヒビキの家にいるの。みんなで餃子をたべたとこ。来週のパパのお誕生日、忘れないようにね。絶対さぼっちゃだめだからね。ヒビキが陽によろしくって」

轟音《ごうおん》と、生ぬるい弱い風と共に、電車がホームに滑り込んでくる。珍しく、東横線直通電車だ。陽は携帯電話を鞄にしまい、人々の、一日分の疲労や歎息《たんそく》が充満しているように思える車内に足を踏み入れる。

来週――。勿論、忘れてなどいなかった。それどころか、その日の予定――陽も桃も、午後六時に両親の家に行くことになっている――は頭の片隅につねに居坐っており、虫歯みたいにときどき疼《うず》いた。

風邪をひいたとか、急に予定が入ったとか言って、行かないことは可能だ。事実、今年の正月は風邪をひいたことにして帰らなかったし、去年の両親それぞれの誕生日も、どんな言い訳をしたのかは忘れてしまったが、ともかく理由をつくって欠席した。

あの家――。陽が二十歳のときに一家が引越した家は、母親の城だった。郊外の、庭つきの一戸建、採光にこだわってあちこちに天窓を造り、壁の一部はガラス張りで、地下にはランドリーと家事室がある。台や棚の多い設計なのは、母親が何年もかけて集めた現代作家の絵画や陶磁器——陽に言わせれば悪趣味そのもの——を飾るためで、なかでも白眉《はくび》は、本物を精確に縮小して母親が造らせた、父親およびその友人たちの所有するヨット「ヒュギエイア号」の模型で、それは階段の途中、壁に埋め込まれる形で造りつけられたガラスつきの棚に、美術品よろしく収まっている。

陽にとっては、家そのものが恐怖だった。両親との会話とか、母親が次々に繰りだす非難や皮肉を受け流すことは、それに較べれば何でもない。陽自身は、大学を卒業すると同時に一人暮しを始めたので、そこには二年弱しか住んでいない。従って、それ以前に家族で暮していた場所ほどには嫌な記憶はないのだが、それでも、というより、だからこそ、家は母親そのものとなって陽を圧《お》し潰《つぶ》そうとするのだった。

だからといって——。地下鉄の窓に映る自分の顔を、見るともなく見ながら陽は考える。だからといって、嘘をついて避け続けるのも大人げない振舞だとわかってはいた。自分を気遣ってくれる父親に、申し訳ない気もする（いい年をして、いまだに仕送りをしてもらっている立場なのだから、なおのことだ）。それに、欠席すれば母親がしたり顔で、「ほらやっぱり。私にははじめからわかっていました」とでも言うに決っていて、それでは母親の思うつぼである気もした。

電車が地上にでると、車内の空気が微妙に変化する。それをいつも、陽はおもしろいことだと感じる。夜なので、窓の外はいずれにしても闇だし、乗客がそっくり入れかわるわけでもないのに。

地上にでて三駅目が、陽の降りる駅だ。見慣れたプラットホーム、急ぎ足の人々。空気は肌を刺すつめたさだった。さほど空腹ではなかったが、陽は改札をでると、まっすぐ立ち食いそば屋の自動ドアを目指す。映画のあとの立ち食いそばは、架空の世界から地味な現実に戻るための、ちょっとした通過儀礼なのだった。

満月、と山口は思った。かつて、会社帰りにときどき立ち寄ったバーで水割りを二杯のみ、おもてにでてきたところだった。路地は狭く、似たような佇《たたずま》いのバーやスナックが、青や紫の店名看板と共に、ちまちまと立ちならんでいる。路地も店も、山口が会社勤めをしていたころと、寸分違わなく見えた。それが意外でもあり、異様にも思えたのは、自分自身があまりにも大きく変ってしまったからなのだろうと、山口はぼんやり考えてみる。こんなところに来るつもりではなかった。来るつもりではなかったのに、気がつくと足が向いていて、

「おや、山口さん、おひさしぶりです」

と、顔なじみのバーテンダーに迎えられていた。頑固な男で、とっくに退職していい年齢なのに、蝶《ちょう》ネクタイにチェックのヴェスト、という昔ながらの恰好《かっこう》で、年中無

休で店をあけているのだった。セーターにスラックス、ダウンジャケット、という自分の服装が奇妙に思えた。かつてはつねにスーツだった。髪もいまより頻繁に床屋で整えていたし、きれいに磨かれた靴をはいていた。もっともバーテンダーの方は、山口の変化に何がしかの違和感を持ったとしても、それはおくびにもださなかった。おひさしぶりです、という言葉さえ、それがたとえば一週間ぶり程度のことであるかのような、あっさりしたやり方で口にされた。あのとき自分は安堵《あんど》したのだ、と、山口は認める。安堵して、習慣どおりカウンターの端から二番目の席に坐り、何も変っていないふりができた。

顔なじみとはいっても、山口はバーテンダーに私生活をこまごま打ち明けるような真似をしたことはなく、だから何かを――家をでたこと、好きな女ができたこと、その女が死んだこと――説明する必要のないことがありがたかった。

きょう、山口は娘に会ってきたのだった。電話をかけるのには勇気が要った。彼女にとって、自分が妻子を捨てた男であることは承知しているし、自分にそのつもりが――すくなくとも娘を捨てたつもりは――ないとしても、それがある意味で事実だということもわかっていた。娘は、会うことは承諾してくれた。ただし、食事をしながら話そうと言うと、それは断られた。自分の職場である都心のデパートに隣接する喫茶店を指定し、仕事がひけたあとで三十分、お茶をのむだけならという条件がついたので、山口はそれに従った。

家をでると告げたときもそうだったのだが、美都子《みとこ》――というのが今年二十六になる娘の名前だ――は怒ってはいなかった。すくなくとも山口の妻が見せたような、ひややかな憎悪を娘は見せなかった。呆《あき》れている。うんざりしている。たぶんそんな感じなのだろうと山口は思う。娘の態度や声音には、わずかに憐《あわ》れみさえ透けて見えた。あちこちに分散させて蓄えた預貯金のなかから、通帳を一冊だけ返してもらえないだろうか。それが山口の用件だった。妻にそう伝えてほしいと、娘に頼むことが。

美都子は華奢《きゃしゃ》な指で紅茶茶碗を持ち上げて口に近づけ、茶碗ごしにじろりと山口を睨《にら》んだ。

「どうしてお母さんに直接言わないの？」

紅茶を一口啜ったあとで、そう言った。

「夫婦のことに、私をまき込まないでほしいんだよね」

茶碗を置くために下を向いた娘のまつ毛が、不自然なほどびっしりと豊かなことに、山口は気づいた。

「そのとおりだね。面目ない」

両手を膝に置き、背をまるめるようにして頭を下げた。娘がぎょっとしていることが、見なくても感じとれた。山口は顔を上げ、

「でも、そこを何とか、頼むよ」

と続けた。

「頼む」

と、さらにもう一度くり返し、娘の目に浮かんだ色が、憐憫《れんびん》から嫌悪に、嫌悪から軽蔑に、変るのを見たのだった。

お前とはもう暮していかれない。山口は、自分が妻にそう言ったことを憶えている。家も金も、お前にやる。俺は身一つででていく。そう啖呵《たんか》をきったことも。

身一つで来てくれればいいから、二人がたべていくことくらい、何とでもなるから。和枝にそう言われたからではなく、山口なりの、けじめのつもりだった。責任というか、妻子への補償というか。

「わかった」

不承不承、という顔つきで、美都子は言った。

「お母さんに、伝えるだけは伝える。でも、言っとくけど口添えはしないよ。私はどっちの味方でもないから」

と。

会計をしておもてにでた。娘と別れ、気がつくとバーに足を向けていた。南青山にあるその店まで、娘のデパートのある街からは、この寒空の下、徒歩で優に三十分はかかるというのに。

「お元気そうですね」

山口が水割りに口をつけると、バーテンダーが微笑んで言い、

「うん。まあ、何とかね」

と、山口も笑みを返した。グラスを揺すって、氷のたてる音を聞いた。なつかしい音だった。

「それ、つけまつ毛か?」

山口は、別れ際に美都子に尋ねた。美都子は露骨にいやな顔をして、

「ちがうよ。エクステだよ」

とこたえた。氷のたてる涼やかな音を聞きながら、山口はそんなことを思いだしていた。


桃が帰宅したのは、十一時近くなってからだった。ヒビキから土産にあれこれ持たされたので、鞄の他に、重い紙袋も提げていた。よいしょ、とつい声がでたのはスニーカーを脱いで廊下にあがるときで、そのスニーカーは、茶色と紺の色合いが気に入って、先週買ったものだった。疲れたというのではなかったが、頭がぼうっとしていた。あの家の明度——なぜあんなに煌々《こうこう》とあかるかったのだろうと桃は訝る。ごく普

通のマンションの一室なのに――と賑やかさ、ヒビキの笑顔や次々にすすめられるたべものや、気がつくと子供椅子の上で眠っていた野花ちゃんの寝顔や、といった慣れないものに思うさま浸って、その余韻が自分のなかで鳴っていた。微熱があるときみたいな感じ、と桃は思う。皮膚の表面はつめたくて寒いのに、頭の芯《しん》だけがわんわんして熱い感じ。疲れたというのかもしれない、と、桃は思い直す。こういうのを疲れたというのかもしれない。親友の家なのに。そして、とてもたのしかったのに。

靴下を脱いで洗面所のバスケットに入れ、バスタブに湯を張る。寒かったので、コートは脱がずにおいた。ここは何て静かなんだろう。安堵と満足、それに、その二つを嬉しく味わっていることへの多少のうしろめたさと共に、桃は考える。静かで快適だ。すべてがあるべき場所にあり、邪魔なものや、余分なものはない。桃以外の人間の、存在を感じさせるものも。

以前は、石羽の私物が幾つかあった。桃と揃いのバスローブとか、休日に公園で蹴《け》りたいと言って、ある日突然買ってきたサッカーボールとか。それらをすっかり処分したいま、ここにあるのは静寂と、桃自身の好みを映したものたちだけだ。

鯖崎に電話をしてみようか、と考える。「きょうは何をしてた?」そう尋ねればいい。石羽とつきあっていたころ、会えなかった休日には、決って互いにそう尋ね合ったように。

桃は冷蔵庫をあけて、ボトルから直接水をのんだ。コートを脱いで風呂場に戻る。うがいをして化粧をおとした。それから、徐々に水位を上げていくバスタブに見入った。湯の表面が動くにつれて、光が反射してちらちらときらめく。はだしの蹠《あしうら》がつめたかったが、桃は目を離せずに、硬いタイルの上に立っていた。迸《ほとばし》る湯の音、揺れる光。

帰宅すると、一階部分は真暗だった。玄関の外側、建物の壁に取りつけられた電球が切れていることに気づき、あした替えること、と山口は頭のなかに刻んだ。鍵を取りだし、ガラリ戸をあける。コンクリートの三和土《たたき》には、和枝のサンダルと通勤用のウォーキングシューズが、葬儀から三か月経ったいまもだしっぱなしになっている。片づけようがないのだ、と山口は思う。小さな下駄箱は、靴以外にも雑多な品物――殺虫剤、箱ティッシュの予備、如露《じょうろ》、大工道具――が詰め込まれていて満杯なのだし、たとえ履き古された靴といえども、和枝の遺品を捨てる権利は自分にはないのだから。

祭壇が撤去され、ようやく元の広さに戻った居室に一組だけ布団を敷く。山口は、位牌《いはい》にちらりと視線を送り――帰ったよ、という挨拶のつもりだった――、パジャマに着替えてトイレで小用を足す。位牌は、線香立てとリンとならべて茶箪笥の上に置いてあった。隣室にはきちんとした仏壇があるのだが、山口は和枝を、亡くなった夫やその先祖の位牌の納まっているそこに、置きたくなかった。置くべきだとわかっていたが、いまはまだ、そうする気持ちになれないのだった。

仏壇のあるその隣室は、和枝が生きていたころからすでに物置きと化していた。何が入っているのだかわからない――和枝も忘れてしまったと言っていた――、段ボール箱や風呂敷包み、扇風機やストーブといった電化製品に火鉢（！）、古雑誌やアルバムやスクラップブック、レコード、クリーニング屋のビニール袋に入ったままの衣類、などなどが、所狭しと置かれたり掛けられたりしている。山口にとってはあかずの間というか、あけられずの間とでも言うべき部屋なのだ。

ひさしぶりにのんだ水割りは、なんだか侘《わび》しい味がしたと、山口は思う。布団に入って身体を丸め、両手を膝のあいだに挟んで目を閉じると、美都子の顔が浮かんだ。嫌悪の、憐れみの、そして軽蔑の表情が。

父親を、情ない男だと思っただろうか。惨めな男だと。それとも厚かましい男だと思ったのだろうか。

つめたい布団のなかで身を縮こめながら――こうして寝る山口を、和枝は笑ったものだった。「ちゃんと身体をのばして寝た方が楽でしょうに」と言って。それでも姿勢を変えずにいると、山口の背中に和枝の胸が、腰に腹が、膝の裏に膝がぴったりくっつく。小柄な和枝にうしろから腕をまわされ、山口は、まるで子供でもおぶっているかのように錯覚しながら、眠りについたものだった——、和枝なら、「大丈夫よ」と言うだろうなと山口は思う。身長が違うので、山口の耳元ではなく肩甲骨に向かって、「大丈夫よ。いまは無理でも、いずれわかってもらえるわ」と、囁くような調子なのにあかるい、聞く者を安心させる声で。

和枝は、感傷的になることや深刻ぶることの嫌いな女だったと山口は思う。「たいしたことじゃないわ」よく、そう言った。そして、和枝にそう言われると、たしかにそうかもしれないと思えるのだった。そんなものかもしれない、と。

「そんなものなのよ」

背中に唇をつけるようにして、そう断じる和枝の声が、ほとんど聞こえるようだった。和枝の肌のやわらかさも、手足と太腿のつめたさも、たしかに感じた気がするのだが、無論そこには誰もいなくて、布団はつめたいままなのだった。

冴《さ》えないな、と鯖崎は思う。学生時代の友人四人がひさしぶりに集ったというのに、盛り上がってというよりは話題が尽きて、カラオケ屋に場所を移してくすぶっているというのは。

きょう集っているのは古地図研究会で気の合った同期四人で、卒業から四年経ったいま、全員が独身で、大学院に進学した一人を除くとみんな会社勤めをしている。もう新人とは呼ばれないものの、それに毛の生えた程度というところだろうか。

マコトはあいかわらず怒鳴るように歌う。小池はマイクよりもタンバリンに愛着があるらしく、それを手放そうとしない。小田島は学生時代にバンド活動もしており、でも歌は鯖崎は一度も聴いたことがないが、キーボードは相当な腕前だという噂で、でも歌は得手ではないらしく、小さな声でふらふらと歌う。そして、小田島よりも歌が不得手な鯖崎は、一曲も歌っていなかった。リモコンが回ってきても、いいよ、俺は、とひとこと返せば済むあたりは、気兼ねの要らない面子《メンツ》ならではだと思いもするが、それでも鯖崎はカラオケ屋の個室というものが、どうにも好きになれないのだった。

こんなことなら陽と映画に行くんだったと、鯖崎は思う。試写会に誘われたのだが、旧友たちとの約束が先だったので、断ったのだ。その旧友たちはといえば、すでにどこか眠たげで、それなのに律儀に歌っている。愉しむというより、愉しもうと努力しているように見えた。

四年、と鯖崎は考える。たった四年で、人はこんなに疲れてしまうものだろうか。カラオケ屋に移る前から、座は白けていた。話すことがないのか、相手に興味がないのか、その両方なのか、個々については判断がつかなかったが、ともかく三人とも、自分のことを話すのも、相手について尋ねるのも、ひどく遠慮がちなのだった。辛うじて会話が弾んだと言えなくもなかったのは、学生時代のばかげた失敗談を蒸し返したときだけだった。淋しいというより滑稽《こっけい》な気が、鯖崎はする。いい大人が四人揃って、懐旧というには近すぎる過去、ほとんど現在と地続きのその場所に立たない限り、何の接点も持てないというのは。

陽は、試写は七時からだと言っていた。鯖崎は壁の時計を見る。十時五十二分。陽がいつものように立ち食いそば屋に寄ったとしても、もう帰っているはずだった。寄ってみようと鯖崎は決める。陽は昼夜が逆転したような生活をしており、深夜の客も珍しくない（鯖崎の友人であり、勤務先の靴屋のオーナーでもある奈良橋《ならはし》などは、終電を逃すたびに転がり込んでいる）。それに、あそこに行けば、すくなくともまともな酒がのめるはずだ。手に持ったグラスのなかの、ジントニック風味の水としか思えない液体を鯖崎は見つめる。すると、自分がいま、なぜこんなところでこんなものをのんでいるのかわからなくなった。

鯖崎は立ちあがり、力なくタンバリンを振っている小池の膝をまたぐ。トイレに行くついでに、陽に電話をかけるつもりだった。

鯖崎にとって、陽は魅力的なのに寝てしまう心配のない、得がたい女友達だった。なぜ得がたいのかといえば、鯖崎は魅力的な女性を見ると寝たくなってしまうからで、ではなぜ寝てしまう心配がないのかというと、陽が徹底した恋愛嫌いだからだ。彼女はそれを公言しているし、どんなに親しい友人も、寝室には足を踏み入れさせない。

誰も見たことのないその部屋は、友人たちのあいだで「あまの岩戸」と呼ばれていた。陽の住むゲストハウスは学芸大にあり、それはここから遠くなかった。タクシーに乗れば千円ちょっと、歩いても三、四十分だろうと鯖崎は見当をつける。

廊下はひんやりしていた。カラオケ屋は繁盛しているらしく、あちこちの部屋から音楽と歌声が漏れて聞こえる。トイレのマークを探して左右に目を走らせたとき、電話が鳴った。ディスプレイを確認し、鯖崎は通話ボタンを押す。

「もしもし？」

桃の、あかるい声が言った。

「どこにいるの？　話しても大丈夫？　随分賑やかなところね」

「うん。カラオケ屋、三茶の」

鯖崎は廊下を歩きながらこたえ、非常口、と緑色のランプが表示している扉をあけて、外階段にでる。

「あ、静かになった」

桃が言う。

「うん、いま外にでたから」

気温が低く、コートなしでは寒かったが、煙草の煙の充満した個室のあとだったので、つめたい夜気が肺に心地よかった。

満月だよ、と鯖崎が言うのと、きょうは何してた？　と桃が訊いたのと同時だった。

「友達と会ってた。って言うか、会ってる」

鯖崎がこたえ、

「ちょっと待ってね」

と、桃もこたえる。

「ほんとだ、満月」

と。窓をあけるか、ベランダにでるかしたのだろうと鯖崎は想像した。

「桃ちゃん、いま家？」

尋ねると、

「そう。さっき帰ってきたところ。私もきょうお友達と会ってたの」

という返事だった。桃は澄んだ声で、ゆっくり喋る。聞いていると気持ちの落着く声だと鯖崎は思う。桃とは先週も会ったのだが、なつかしいと感じた。

「彼女には子供が四人いて、賑やかだったわ。みんないい子たちなの」

「行っていい？」

予定を変更し、鯖崎は言った。

「え？　いま？　だってお友達と会ってるんでしょう？　カラオケ屋さんで」

「うん。でももうおひらきになる感じだし、野郎の顔を見飽きてきたところだったから」

桃はやわらかな笑い声をたてる。

「素敵。電話はしてみるものだねえ」

と言った。

「すぐ行く」

鯖崎はこたえ、電話を切った。桃の小さい白い顔や、すんなりとのびやかな手足、動物にたとえるなら断然猫だ、と、鯖崎の思うくっきりした目鼻立ちが心に浮かんだ。毒舌家で情にもろい陽とは対照的に、桃は相手にも情にも慎重で、鯖崎にはどちらも興味深かった。非常口をあけ、騒々しい廊下に戻る。

「俺、行くわ」

個室に入るとすぐに言った。桃は下北沢に住んでいる。陽の家より近いのだった。


喋る目覚まし時計が、「グッモーニン」と言った。体温で気持ちよくあたたまった布団のなかから手だけをだして、安寿美《あすみ》はその時計を黙らせる。放っておけば、時計の声は、「朝ですよー、起きましょう」になり、「ほらほら、早く、起きろ」になり、「んもー、怒るよ」になるのだが、へんてこな合成音声を、それ以上聞きたくなかった。布団のなかで、安寿美はゆっくり十数える。それから枕元を手さぐりし、眼鏡を取ってかけた。

朝食はシリアルに決めている。ナッツやドライフルーツの入った、栄養豊富なやつだ。安寿美は痩《や》せているので、カロリーの摂《と》りすぎを心配する必要はない。きょうは一限に体育がある。月曜日の一限から体育というのは最低だった。安寿美の考えでは、学生いじめだ。

口が一つしかないガスコンロにやかんをかけて、紅茶をいれた。この部屋にはテーブルがない。それを置くだけのスペースがないのだ。だから安寿美はベッドに坐って朝食を摂る。他に家具と呼べるものは、勉強机と本箱しかない。あとは、壁に造りつけになったクロゼットが一つあるきりだ。安寿美は、けれどこの部屋の狭さが気に入っている。エアコンがすぐに効くし、掃除も楽だ。どこに何があるか一目でわかる。ベッドに寝たまま本箱の本が取れるし、食器をゆすいだあと、ふりむけばそこがクロゼットだ。ベッドからトイレまでは二歩半、勉強机までは二歩、流し台のある、小さな調理スペースまでは一歩で行かれる。

午前八時。きょうも晴れて、寒い日になりそうだった（ゆうべは月がきれいに見えたもんなあ、と安寿美は思う）。襟巻を巻き、ダウンジャケットを着る。自然派の安寿美は化粧はしない。乾燥の予防に、ハンドクリームとリップクリームをつけるだけだ。

ドアに鍵をかけ、黒く塗られた鉄製の階段をおりる。庭の奥にたてかけてある自転車を起こし、門まで押して歩く。庭といっても、植物はあまり植えられていない。垣根があり、鉢植えが一か所にかためて置いてあるほかは、でこぼこの黒土がむきだしになっている。大家の住いの玄関に、山口さんが立っていた。脚立と電球を手にしている。

「おはようございます」

安寿美が通りすぎしなに言うと、山口さんは驚いたように、

「あッ、おはようございます」

と挨拶を返した。安寿美は表情を変えなかったが、内心にんまりする。大家の和枝さん――すこし前に、まさに〝ぽっくり〟亡くなってしまった――のボーイフレンドだったというこのおじさんは、何か言う前に「あッ」をつける癖があるのだ。それを発見して以来、安寿美はこの人の「あッ」を聞くと愉快な気持ちになる。「あッ、こんにちは」「あッ、お帰りなさい」それは安寿美に、この人の悪意のなさを感じさせる。電球を替えたり道を掃いたり、一生懸命「管理人」の仕事をしているらしいのに、どこか物慣れないのだ。「あッ」だけ言って、先が続かないことも一、二度あった。

「いってらっしゃい」

うしろから声がした。お、進歩、と安寿美は思う。ふりむいて、

「行ってきます」

と返事をした。門の前で自転車にまたがる。

安寿美は大家の和枝さんが好きだった。正々堂々と〝おばさん〟な感じが、話していて愉しかった。ころころとよく笑う人だったが、それは陽気とか呑気《のんき》とかいうのとは違っていて、むしろ安寿美には想像のつかない、人生の荒波というやつを越えてきた人だけが持つ、強さとおおらかさであるように思えた。親切で世話焼きな反面、実務的なことはきっぱりしていて――「うちは学生さん専用だから、卒業後も住みたいと言ってもダメですからね」――、安寿美にはそこも気楽だった。

あんなに元気だったのに。

和枝さんの死は、ほんとうにびっくりな出来事だった。あれから安寿美は静岡の両親に、それまでより頻繁に電話をするよう心掛けている。


通勤電車は混んでいる。それに、桃はすこし宿酔《ふつかよい》だった。車窓ごしの日ざしが目の奥にしみる。けれど気分はよかった。眠気さえ、幸福の余韻に思える。

ゆうべ、鯖崎は十一時半頃にやってきた。部屋にあがるとき、

「あー、桃ちゃんだ。この世にちゃんと存在してくれていて、嬉しいよ」

と言って、桃をぎゅうぎゅう抱きしめた。性的な含みのある抱きしめ方ではなかっ

たが、心からの言葉だとわかったのは、桃もまったくおなじように、鯖崎に会えて嬉しかったからだ。

「陽ちゃんのところを急襲しようかと思ってたんだけど、桃ちゃんのところに来てしまった」

コートを脱ぎながら鯖崎が言い——コートの下はTシャツにヨットパーカーにジーンズという休日用の服装だったが、髪だけはいつものように、無造作を装ってきっちり立ててあった——、

「不満なの？」

とつっかかってみせると、

「まさか」

と短くこたえた鯖崎の、おもしろがるような目に見つめられた。

「音楽要る？」

ワインをあけながら訊くと、

「要る」

という返事だったので、桃はウィリー・ネルソンを選んでプレイヤーにのせた。アメリカのスタンダード曲ばかりをカヴァーした気に入りの一枚で、なかでも“BABY, IT'S COLD OUTSIDE”を、名ヴァージョンだと桃は思う。ワインをのみながら、桃

はヒビキの話をし、鯖崎は一緒にカラオケ屋に行ったという人たちの話をした。学生時代、鯖崎は古地図研究会というものに所属していたらしい。そこの仲間とひさしぶりに会ったのに、全然盛り上がらなかったと言った。互いに話題がないっていうかさ、と。

「たとえば桃ちゃんと俺だったら、こうしていくらでも喋れるじゃん?」

その言葉を喜ぶべきなのかどうか、桃にはよくわからなかった。それで肩をすくめ、

「だって、男の人たちだもの」

と言った。

「男の人って、女ほどにはいろんなことを言語化しないでしょう?」

「そうかな」

鯖崎は不満そうな顔をした。

「そうよ。まあ、鯖崎くんはべつかもしれないけれど」

私とヒビキはきょうもいっぱい喋ったわよ、と、桃は続けた。話すこと、いっぱいあるもの、と。嘘ではないが、嘘をついているような気がした。鯖崎が言おうとしていることは、たぶん自分の感じていることとおなじなのだろうと思った。時の流れ、社会や家庭が、人に強いる変化のこと。けれど桃は、自分がヒビキにときどき抱く、違和感を認めたくなかった。

「いいなあ」

鯖崎が呟き、自分のグラスにワインを注ぎ足すのを桃は眺めて、

「鯖崎くんの話もしたの。すーごく会いたがってた」

と言い、言った途端に思いだして、

「佃煮《つくだに》たべる？」

と訊いた。ヒビキに持たされた土産だ。

「しいたけの石突きをね、こまかーく裂いて、かつおぶしと一緒に炊いたものなの。ヒビキのお母さんが働いていたお蕎麦《そば》屋さんの、定番のつまみ」

鯖崎はたべるとこたえ、

「でもあいつら、話題がないだけじゃなく何かひどく疲れてて、こんなことを言うと桃ちゃんは俺をいやな奴だと思うかもしれないんだけど、貧相な靴をはいてるんだよ、三人が三人とも」

と、話を元に戻した。笑うべきだったのかもしれないと、桃はいまになって思う。笑って、随分仕事熱心なのね、とでも言った方がよかったのかもしれない。

「かわいそうに」

気がつくと、けれど桃はそう言っていた。

「がっかりしたのね」

と。

結局、佃煮はたべずじまいになった。互いに互いの唇をふさぎ合ってしまったし、寝室に移動したあとは、朝まで起きあがらなかったからだ。

鯖崎は早朝に帰って行った。まだ日が昇る前に、コーヒーではなく牛乳だけのんで。鯖崎を見送ったあとで、桃はゆっくり風呂につかった。ゆうべ張った湯は冷めきっていたので、おとして新しく張った。湯のなかで手足をのばし、“BABY, IT'S COLD OUTSIDE”を口ずさんだ。身体のそこにもかしこにも、鯖崎の感触が残っていた。石けんを使ってもそれは消えなかった。記憶のように軽々と桃の肌の上を滑り、桃の手足に力を漲《みなぎ》らせた。

おもしろいことに――と、地下鉄に乗り換え、さらに揺られながら桃は思うのだが――、あれは、自由な気持ちだった。自分たちを、つながっているとか一つだとか、甘やかに感じたわけでは全然なくて、あれは、もっと力強い感慨だった。こんなにも自由に、気持ちを、身体を、添わせられるなんて信じられない、という驚きと喜び。添わせることも、離すことも自在なのだ。

鯖崎と自分とは、やはり似たもの同士なのだと桃は思う。恋人であるかどうかが重要らしいヒビキには理解できないかもしれないが、こんなふうに満ち足りてしまうことの方が、名前よりずっとすばらしいと思う。

空気は肌を刺すつめたさだが、地上はすっきりした冬晴れだった。地下鉄の出口から狭い階段をのぼって、おもてにでる瞬間が桃は好きだ。視界が一気にひらけて、空の分量は、でもそこに収まりきらないと感じる。色や匂い、それに音。

エレベーターで五階に上がる。きょうは小さな手術の予定があることを、桃は思いだした。余分な歯を骨のなかから除去するだけで、難しいものではないのだが、セデーションと呼ばれる静脈内鎮静法を使い、口腔《こうくう》外科手術に分類される。手術、と言うと患者は怯《おび》えてしまうので、安心してもらうことが、手術以上に難しいのだった。

「おはよう」

パソコンに向っていたり、基本セットを揃えていたりする衛生士たちに言い、桃はデスクに鞄を置く。

勇樹と未来を小学校に送りだし、日灼け止めを急いで顔に厚く塗ると、響子は自転車の前の子供椅子に野花を、後ろの子供椅子に亮を乗せて住宅地を走った。坂のないことが救いだが、前後にコワレモノが乗っているのでスピードはだせない。こぐのにはとても力がいる。世間では少子化が嘆かれているらしいが、響子のママ友達の多くには、二人以上の子供がいる。そして、彼女たちはみんな——車の免許を持っている人も含めて——、幼稚園の送り迎えを自転車でしている。前後に子供たちを乗せて。何人かで連れ立って帰るときなどは、結構なありさまになる。ハンドルをふらふらさせながら、道幅いっぱいに自転車がひろがって、大人は大人同士、子供は子供同士、話したり笑ったりする。無論、みんな車に気をつけてはいるが、いざ車がきても、怯みはしない。怯むべきなのは車の方だと思うからで、事実、対向車はたいてい止まって響子たちが過ぎるのを待つし、後続車はべつな道にでるまで、のろのろと後ろをついてきてくれる。

きょうも、金子真弥《しんや》ちゃんのお母さんと途中で行きあって、二台で並走した。真弥ちゃんのお母さんの自転車のハンドルについているミトンを、いつもうらやましく思うのだが、家に帰るとすっかり忘れてしまうので、今度こそ忘れずに自転車屋に買いに行こう、と響子は心に決める。

「まだ生きてる？」

亮が真弥ちゃんに向って声を張りあげ、

「生きてない」

と真弥ちゃんが叫び返した。

「死んだの？」

亮がさらに尋ねると、

「死んでない」

という返事で、二人が何の話をしているのか、響子にはちんぷんかんぷんだったが、続きを待っても話はそれだけらしかった。

五月

初夏は、由紀と詠介の庭が一年でいちばん生気に満ちると同時に、手入れを必要とする時季でもあった。雑草はきりもなく野蛮に生長するし、丹精している破れ傘や八《や》重葎《えむぐら》も、ちょっと目を離すとぼうぼうに茂って他の植物を圧迫する。幼虫が葉を食い荒らすので憎らしい蝶々《ちょうちょう》は、まるで由紀を欺こうとするかのように、気づきにくい場所――葉の裏、木の根元や落ちている枝の陰――に卵を産みつける。蝶以外の虫の活動も活発になる。降ったり照ったり天候が不順なので、水やりの塩梅《あんばい》もなかなか難しいのだった。

それでも、こうして胸苦しいほど緑の濃い庭に立っていると、自分が造りあげたものへの満足感と、それを可能にした自分自身への誇らしさとで、由紀の身体はいっぱいになる。手に持った如露《じょうろ》の先から水をしたたらせながら、濡れた土の匂いを深く吸いこむ。おもての道のどこかで、誰かがゴミ容器をがらがらとひきずって、片づける音が聞こえた。

薔薇《ばら》はもうあらかた散ってしまった。辛うじて枝に残っている花も、緑が茶色く枯れかかっていてみすぼらしい。けれどもうじき、合歓《ねむ》の咲く季節がくる。夕方にだけ、ぼんやりと霞《かす》むようなピンク色の花をつけるあの植物が、由紀は気に入っている。大きな声では言えないが、すこし自分に似た花だと思っていた。地味で、でも女性的で。

正午。由紀はそれを、お日さまの位置で知る。夏の花が好きな人は夏に死ぬ、と書かれた小説を、はるか昔に読んだ記憶があるのだが、あれはほんとうなのだろうかと考えながら、軍手をはずして家のなかに入る。空腹ではあったが、料理をする気にはなれなかった。詠介がいないからだ。ハムでもつまんでおこう、と由紀は思う。それにトマト。詠介は、船のお仲間たちと三泊四日で伊豆にでかけている。天気が許せば紀伊《きい》半島まで足をのばすと言っていた。

その船の上での詠介を、由紀は実際に見たことはない（船の上が女人禁制だからだ）。見なくても、でもはっきり想像ができる。詠介は、リーダーではないだろう。仲間にあれこれ指図をしたり、何かを率先して決めたりはしないはずだ。そして、だからこそ皆に頼りにされている。詠介がいなくても船は動くが、詠介がいないと何か心細い。周囲にそう思わせる人間なのだ。詠介自身は寛《くつろ》いでいるだろう。つめたいのみものを手に海を眺めて、トビウオが跳ねたり航跡が白く泡立ったりするのを楽しむだろう。もしかすると顔に帽子をのせて、昼寝をしているかもしれない。天気予報によれば向うも好天だそうだから、航海は順調だろう。ぴんと張った帆が風をはらんでふくらむだろうし、空と海を背景にして、それは美しく見えるに違いない。

けれど由紀は、正直なところ、自分がそんな場所に行かずに済むことにほっとしていた。潮風はべたべたするだろうし、海で浴びる日ざしは陸のそれ以上に由紀をぐったり疲労させる。機嫌のいい男たちの連発する冗談に、いちいち笑ってやらなくてはならないだろうし、クーラーボックスに入れたのみものは、氷が溶ければたちまちぬるくなってしまう。それに、船のエンジンというものは、耳障りな音をだし続ける上にくさい。由紀の考えでは、あれは男たちの遊びであり、煙草やギャンブルや浮気と同様に、まっとうな女には理解できないものなのだった。

男たちの遊び――。ハムとトマトをつまみ、グラスに麦茶を注ぎながら、由紀は石羽某《なにがし》という男のことを思った。詠介は昔から、いつか自分に義理の息子たちができたら、そして、もしそいつらが見所のある男ならば、船に乗せてやるのだと言っていた。最近は娘たちの気持ちを慮《おもんぱか》って口にださないが、それでも、詠介が依然として、ひそかに、その日を楽しみにしていることを由紀は知っている。石羽某と、由紀は全部で七、八回会った。善さそうな人だったのに、桃はなぜ別れてしまったのだろう。

無論、娘というのが親の思い通りにはならないものだということは、かつて娘だった自分の経験からよくわかっているつもりだし、由紀は——娘たちは信じないかもしれないが——、詠介に幸福でいてもらいたいのとおなじくらいか、もしかするとそれ以上に、二人の娘に幸福になってほしかった。そのためになら、自分たち夫婦が見捨てられても構わないとさえ思っている（遠い昔に、由紀自身が自分の両親を——胸の内で、でもきっぱり——見捨てたように）。ただし、由紀の考える幸福にはすくなくとも結婚が含まれている。絶対的に、すくなくとも含まれているのだった。

結局のところ、私にちゃんと育てることができたものといえば、植物だけなのかもしれない。グラスをゆすいでカゴに伏せ、痛みに似た感情と共に由紀は思った。その二つは対なのだった。娘たちについて考えることと、痛みに似た感情とは。もう何十年もつきあってきた、由紀には馴染《なじ》みの感情だった。

「だって、陽を壊したのはママじゃないの」

ふいに、桃の声が蘇《よみがえ》った。

今年は来るのね、と、何度も念を押していたにもかかわらず、父親の誕生祝いに陽は現れなかった。それも、自分からは何の連絡も寄越さずにだ。

「風邪ひいて寝てるって」

姉との電話を終えると、桃は言った。

「随分具合が悪そうだった」

とつけ足したのは、陽をかばうためなのか詠介を傷つけまいとしてなのか、由紀には判断がつかなかったが、いずれにしても無駄な努力だった。

「いいわ。来年から、もうあの子を招《よ》ぶのはやめましょう」

由紀が言ったのは、見るからにがっかりしている詠介が、気の毒でならなかったからだ。職場に行けば会える次女と違って、由紀も詠介も、長女とは滅多に会えない。由紀はそれでも構わなかったが、詠介は淋しがっていた。

「どうしてそんなことをママが決めるの？」

桃が言い、由紀は自分の両眉が、ぐいと持ちあがるのを感じた（それは、憤慨したとき、心外なときの由紀の癖だ）。

「どうしてって、それが筋だからよ」

由紀はこたえた。

「それとも、あなたはあの子のこういう態度を正しいとでも思うの？　責任感も礼儀も欠いて、身勝手で子供じみたあの子のいつものやり方を？」

「だって、陽を壊したのはママじゃないの」

桃は由紀をまっすぐに見て、小さな声でそう言った。

思いだし、由紀はかなしみを感じまいとする。あるいは恥辱を。

「だけどさ、風邪なんだろう？　あいつは」

あのとき、詠介が鈍感を装って呟《つぶや》いてくれなかったら、桃は自分を、さらに責めたのだろうと由紀は思う。

「そう騒ぎ立てなくても、風邪ぐらいひくよ、誰でも」

その日、由紀は勿論《もちろん》凝った料理をあれこれ準備していた。詠介は旺盛な食欲を発揮してくれたし、桃でさえ、出来映えに文句はつけられないように見えた。由紀は詠介に万年筆を贈り――愛用している極太パーカーのペン先がつぶれ、インクがへんなふうに滲《にじ》んでしまうことを知っていたのだ――、桃はパジャマを贈った。パウダーブルーとピンクのストライプ柄の、やわらかなネル地でできたそのパジャマは、いかにも詠介に似合いそうだった。照れくさげに笑みをかみ殺し、子供のようにばりばりと音をたてて包み紙を破いた詠介は、どちらも気に入ったと請け合った。そして、そこに陽はいなかった。いなかったのに、由紀は陽の存在を、一晩中感じ続けていたのだった。

縦ロール、と呼ぶのがふさわしそうな黒い長い髪と、胸の下に切り替えのある、白とグレイの古風なワンピース。あいかわらず香水がきつい。

「あのね、お兄ちゃん、新しい彼女ができたんだよ」

向いの席に坐《すわ》るや否や、みな子は言った。昼休み。桃はクリニックの近くのカフェの、テラス席にいる。

きょう、ランチできる？

そういう文面のメールをもらい、いわば桃はみな子に、呼びだされたのだった。

「そうなの？」

他にどう言っていいかわからず、桃が言うと、

「そうなの」

とみな子は即答した。桃は早くも返事に窮する。結婚が決ったというのならともかく、彼女ができたと聞いたくらいで「おめでとう」は変だろうと思ったし、「どんなひと？」と聞くのは穿鑿《せんさく》するようで気がひけた。「よかった」と言うのは高慢な気がする。

「びっくりしないんだね」

みな子が言った。

「するべきなの？」

尋ねると、みな子は笑って、

「べきってわけじゃないけど、すると思った」

と言う。

「ほら、お兄ちゃんは桃ちゃんに、未練たっぷりだったから」

と。桃はにわかに不快になった。一体何を、みなちゃんは私に言わせようとしているんだろう。なぜ、私にそんなことを報告するのだろう。

「きょうは蒸し暑いね」

桃の気分を察知したかのように、みな子は突然話題を変えた。

「今年はみんなが節電節電って言ってるから、夏がくるのこわくない？」

桃はチョコレート入りのクロワッサンをちぎって口に入れ、つめたいカフェラテでのみ下す。たしかにきょうは蒸し暑い。目の前の舗道を、気の早い夏服姿の人々が往《ゆ》き交っている。手足を露出させていたり、サングラスをかけていたり、日傘をさしていたり。

石羽と別れたのは去年の十一月だから――と、桃は心のなかで数える――、ちょうど半年経ったことになる。六年の交際期間のあとの半年というのが長いのか短いのか、桃にはわからなかった。

びっくりしなかった、と言えば嘘になるだろう。けれどびっくりする理由などないのだ。

私たち、もう終りにした方がいいと思うの。桃は、自分がそう言ったときのことを思いだそうとしてみる。それ、冗談？　石羽は言い、桃の顔をのぞき込んだのだった。二人は、当時よく行っていたワインバーのカウンター席に、ならんで坐っていた。ワインバーなのに、カウンターは鮨屋のような白木で、豚の角煮とかふろふき大根とか、箸《はし》でたべられる料理をだす店で、石羽のマンションのすぐそばにあったので、俺ん家《ち》の台所、と、彼は呼んでいた。そんな場所で別れ話をするなんて、意地悪なふるまいだっただろうか、と、桃はぼんやり考える。あの店に、石羽はもう新しい彼女を連れて行ったのだろうか。

うふふ、という笑い声がして、見ると満足そうな表情の、みな子と目が合った。

「桃ちゃん、いまお兄ちゃんのこと思いだしてたでしょ」

桃は返事をしなかったが、それはまさに肯定になった。

「よかった」

みな子は言い、たべ終ったサラダのパックのふたをしめる。

「新しい彼女ができたって聞いて、思いだしてももらえなかったら、お兄ちゃんちょっと可哀想だもの」

降参のしるしに、桃は両手をあげた。そして、もしあのまま石羽と結婚していたら、この子は私の義妹《いもうと》になったんだな、と考える。そうはならなかったのに、どうして私はいまだにこの子と会ったりしているんだろう、とも。会っている限り、石羽の動向が、こうして耳に入ってしまうのに。

「そうそう」

ゴミをゴミ箱に捨て、トレイをカウンターに戻しながら、みな子が言った。

「来月、うちの画廊でまた古伊万里《こいまり》展やるの。前にやったとき桃ちゃんのお母様一点買って下さったから、DMだしたんだけど構わなかったよね?」

桃は、構わないとこたえた。夫婦で外出するための口実が増えて、きっと喜ぶと思うわ、と。

店の前でみな子と別れ、横断歩道を渡ってクリニックに戻る。石羽の新しい彼女について、あまりにも何も尋ねなかったのは、不自然だっただろうかと考えながら。

二件目の現場は楽勝だった。一軒家からマンションの一室への一人分の引越で、その一人というのが荷物のすくない男性だったからだ。本やCDの詰まった段ボール箱が七つ、衣類の箱が二つ、マッサージチェアとステレオセット。それで全部だった。プランナーの作成したリスト通りだ。プロとして、隼人は客の事情——引越には、当然ながら様々な事情があり、穿鑿するまでもなく垣間見《かいまみ》えてしまう——に心を揺らしたりしない。何も考えず、言われた通りに、ただ物を運ぶのが自分たちの仕事だ。安全に、迅速に。見ざる言わざる聞かざるが基本だ、と、アルバイト達にも指導している。

けれどきょうは、ついその客に同情してしまった。というより、その客の妻に苛立《いらだ》ちを覚えた。

「じゃあ、これはゴミ？　捨てていいのね」

とか、

「あとから取りに来られても困るんですからね」

とか、しょっちゅう横から口をだすその女は、険のある顔立ちをしていた。五十代前半だろうか。色が白く、唇が薄く、昔は美人の部類だったのかもしれないが、いまではどこもかしこもくすんで、乾いていた。実際、彼女がそばに来ると、何年も使われていない薬箱の中身みたいな匂いがした。

だから隼人が同情したのは、夫が妻に追いだされるらしいという点にではなく、その男がいままでこんな妻と暮してきたのだという点の方にだった。

夫の荷物が運びだされるのを、妻はひややかな目で見ていた。

「とにかくみんな持って行ってね」

そして、つけつけと言った。

「あなたのものは、私には全部ゴミですから」

あなたのもの。結構大きな家で、家具調度も立派で、高価そうなものもいろいろ置いてあるのに、夫のものがそれだけ——段ボール箱九つと、マッサージチェアとステレオセット——だというのは淋しすぎる気がした。

もっとも、当の夫は淋しげでも哀れなふうでもなく、

「おお、早いなあ」

とか、

「重いですよ、その箱。……すごいな、俺とはやっぱり体力が違う」

とか、隼人たちスタッフの作業を、感心しながら眺めているのだった。

荷物をすべて積み終り、これから引越先に出発しようというときのことだった。

「これ、よかったら持って行ってくれませんか？」

夫が、大きくて厚い本をさしだして、隼人に言った。

「仕事の資料に取り寄せたものなんだけど、俺はもう要らないから。結構おもしろいよ、見てると」

「いや、そういうことはできないんで」

断ると、長身痩軀《そうく》、白髪まじりの口髭《くちひげ》をたくわえたその男性は、がっかりした顔をした。

「そうか。じゃあ仕方がないか。捨てちゃうには惜しい本なんだけど、できるだけ物を持って行きたくなくてね。今度の部屋は狭いし」

「ほんとにもらってもいいんですか？」

自分でも意外だったのだが、隼人はそう言っていた。男の妻の、つけつけした物言

いを思いだしたのだ。あなたのものは、私には全部ゴミですから。

「捨てちゃうんなら、いただいて行きます」

男は、嬉しそうというよりほっとしたように、

「よかった。浮世絵の画集なんだけど、ちょっと変った趣向の一冊でね」

と説明した。

「浮世絵って、江戸時代とかのですか？」

相槌《あいづち》のつもりで隼人が尋ねると、

「江戸時代とかっていうか、江戸時代だよ、浮世絵だからね」

と半ばひとりごとのように呟いて、

「きっと気に入ると思うよ」

とつけ足したのだった。

いま、次の現場に向う車中で、アルバイトの加藤がその画集に熱中している。

「おお、すげえ」

とか、

「うひょひょー」

とか、頁をめくっては奇妙な声をだしている。春画、というのだろうか。要するにそれは、性行為中の男女を描いた絵ばかり集めた本なのだった。

助手席の加藤は、靴を脱いだ両足を、ダッシュボードの上にあげている。従業員マニュアルでは厳禁とされている行為だが、積み荷が空のとき、つまり現場が一つ終り、次に向う移動のあいだに限って、隼人は黙認することにしている。引越作業は重労働だからだ。

「見てくださいよ、これ。すげえリアル。まわりにティッシュが散らばってますよ。江戸時代にもあったんですね、ティッシュ」

隼人は苦々しい顔をつくってみせた。

「いいよ、いちいち解説してくれなくて」

自分の仕事は気に入っている。しかしときどき――たとえばいま――、あまり愉快ではない仕事だなと思う。他人の家のなかという、普通なら見なくて済むものを見てしまう。

午後一時。手元の書類によれば、次の現場はマンションからマンションへ、若い夫婦プラス赤ん坊プラス猫の引越で、隼人はややあかるい気持ちになる。すくなくとも全員一緒に移るのだから。

午後の授業が珍しく二つ続けて休講になり、ラクーアの割引券があるから風呂三昧《ざんまい》しよう、という誘いやら、岩波ホールでやっている、心洗われる（らしい）イスラエル映画を観に行こう、という提案やら、新宿にでて服を買いたい、というごく個人的な希望やら、ボクシングジムの見学につきあってほしいという、これは休講とはいっそ何の関係もないだろうと思われる頼みごとやらが、学食のテーブルをとび交っていて、安寿美はしみじみ感心する。みんな、よく即座にあれこれ思いつくな、という気持ちと、へえ、そういうことがしたいのか、という気持ちと。安寿美自身は、休講と聞いても、じゃあ早く帰れるな、としか思わなかった。べつに、早く帰って何をするわけでもないのにだ。友達にダビングしてもらったDVDでも観るか、風呂場のカビとりでもするか、ジャンクフードを買って帰って、漫画でも読みながらたべるか、ムダ毛の処理でもするか、とれたままのボタンや、ほつれたままの裾《すそ》でもかがるか。どれも魅力的だった。

「ごめん。私、帰るね。雑用がたまってて」

それでそう言った。

「えーっ」

不満の声が一斉にあがり、安寿美はへらりとした笑みを顔にはりつけて立ち上がる。

「安寿美あやしー」

「雑用って何よ、雑用って」

問われても、あやしいことは何もなく、単に安寿美は他人と風呂に入るのが嫌いで、イスラエル映画には興味がなく、服を買う予定もボクシングを習う予定もないだけだった。

「シーユートゥモロウ」

言い置いて、学食をでる。

キャンパス内は、新緑の匂いがした。新緑と、日陰は樹液の匂いが。都心にあるので決して広くはないのだが、それでも歴史のある女子大なので、いかにも樹齢の古そうな、立派な木々が葉を風に揺らしている。枝の下には誰も坐らないベンチ。その横に安寿美は自転車を停めている。

高校時代も、安寿美は自転車通学だった。海ぞいの道をたっぷり二十分、まっすぐに走った。吸い込まなくても鼻腔《びこう》を満たす、潮の匂いをいまでもリアルに思いだせる。バス路線もあることはあったが、安寿美の学年は、なぜか自転車通学の子の方が多かった。自転車なのに、乗らずに押して、一緒に歩く男女は勿論カップルなのであり、つきあっていると見なされた。安寿美自身は、自転車は乗るものと決めており、疾走感をたのしむタイプだったが、複数の男の子と――いっぺんにではなく、その都度二人きりで――ならんで歩いただけで、尻軽《しりがる》よばわりされた気の毒な友達もいた。思いだし、安寿美は微笑む。ついこのあいだのことのはずなのに、ひどく遠く感じた。

下宿に帰る前にスーパーに寄り、食料を買う。料理と呼べるほどの料理はしないので、豆腐、鯵《あじ》のたたき、ポテトサラダ用のじゃがいもと胡瓜《きゅうり》（いずれも今夜の夕食用）、冷凍のピザ（小腹が空《す》いたときの間食用）、それに袋入りのコーンスナック（漫画のお供）をカゴに入れてレジにならんだ。他人のカゴの中身を見較べ、早く進みそうなレーンを選ぶ。

するると、そこに山口がいた。一人あいだに置いた、安寿美から二人前に。声をかけるべきか、気づかなかったふりをすべきか、決めかねている安寿美にはまるで気づかず、山口はレジ横の箱から厚紙のカードを取って、慣れた様子で自分のカゴのなかに入れた。安寿美は意外の感に打たれる。「レジ袋不要」と印刷されたそのカードは、マイバッグ持参のエコな人々がしたり顔で使用するもので、山口のようなおじさんは──というのは安寿美がおじさんというものを、自分の父親を基準にして定義してしまうせいかもしれなかったが──、使用目的どころかそもそもそういうカードの存在すら、知らない場合が多いからだ。

和枝さんに教育されたのだろうか。安寿美の推測は、山口のカゴの中身を見てほとんど確信に変る。

「あの、ちょっとだけ、すみません」

目の前の女性に一応断りを入れてから、安寿美は彼女のうしろに身をのりだし、

「こんにちは」

と、山口の肩の近くで声をだした。びくんと、弾《はじ》かれたようにふり向いた山口は、安寿美を見ても、それが安寿美だとわかるまでに何秒かかかった。

「ああ」

あなたか、という顔で呟き、笑顔と会釈が返った。「あッ」ではなく「ああ」だったので、やや残念な気がしたが、安寿美も笑顔で会釈をした。

和枝さんのひじき。そして、胸の内で言った。あれは、間違いなく和枝さんのひじきの煮物の材料だった。乾燥ひじきの袋の他に、にんじんと蒟蒻《こんにゃく》と油あげ、それに茗《みよう》荷《が》と枝豆。大豆をやわらかく煮てしまうのではなく、さっと茹でた枝豆と茗荷を、あとから和《あ》えるのがポイントなのだと和枝さんは言っていた。食感がでるし色どりがいいでしょ、と。煮ると、いつもお裾分けしてくれた。

ひじき煮の材料以外は――。会計を済ませ、もう一度安寿美に会釈をして去っていく山口のうしろ姿を見ながら、安寿美は可笑《おか》しくなって、つい口元を緩める。ひじき煮の材料以外は、私のカゴの中身とどっこいどっこいだったな。食パン、豆腐、納豆。調理なしで、すぐたべられるものばっかりだった。

詠介からの電話は、午後八時を数分まわったころにかかってきた。普段ならまだ夕食を終えていない時間だし、由紀も詠介も基本的には昔から呑助《のみすけ》で宵張なので、夕食が終っても酒をのみながら喋ったりテレビを見たり音楽を聴いたり本を読んだりし、十二時前に寝室にひきあげることはまずない。

電話口の詠介は、けれどこれから寝るところだと言った。すっかり愉快に酔っ払った、と言い、馴染みの鮨屋に無理を言って、早い時間から店をあけてもらったのだと説明した。船の上で、男たちが朝から酒をのむことも、由紀は知っている。詠介にとっては、おそらくもう午前一時くらいの気分なのだろう。早起きをして、潮風にあたり、日に灼けて、体力も消耗し、くたくたに違いなかった。

「そこはどうだい、変りないかね」

変りないと由紀はこたえた。だから安心して寝てください、と。

「寝ないよ、まだ」

詠介は即答し、さっき堤防の上を歩いていたら、気の早い蚊がいてそいつにくわれた、と言った。肘《ひじ》の内側だ、と。

「まあ。虫よけ、持っていかなかったの？」

返事はなく、呼吸の音だけが聞こえたので寝てしまったのかと思ったが、そうではなく、由紀が呼吸の音だと思ったものは、どうやら鼻唄らしかった。低い、音程の心《こころ》許《もと》ないハミングで、ほとんど聞きとることができない。

「パパ？　大丈夫？」

呼びかけるとハミングは止まり、

「由紀に会いたいなあ」

という、小さな声が聞こえた。小さくて愉しげな、歌うような調子だ。

「はいはい」

由紀はこたえる。

「いいからゆっくり寝《やす》んで下さい。あしたも早いんでしょう?」

と、いかにも酔っ払いを軽くいなし、なだめるように。

「うん、寝るよ、寝る」

詠介は言い、けれどまたぞろ、

「で、そこはどう、みんな無事だろうね」

と、話を振りだしに戻すのだった。

「もちろんみんな無事ですよ」

辛抱強く、由紀は相槌を打つ。自分以外の〝みんな〟がいまどこにいて、何をしているのか知らなかったけれども。

ようやく電話を切ったとき、やれやれ、というふうに苦笑したつもりが、思いがけなく甘やかな気持ちが、蠟燭《ろうそく》の火みたいに素朴に、けれど生々しく、自分の胸に灯《とも》っていることに由紀は気づく。

酔ってはいても、詠介の言葉にはいたわりと愛情がこもっていた、と、思う。それにおそらく責任感も——。

誰か一人の男の〝帰る場所〟であること。結局のところ、それに尽きるのだ。

夜風を入れようと網戸にしてあった、リビングの窓を由紀は閉める。暗い窓ガラスに映り込んだ部屋の様子は家庭的で、柄の不揃いなクッションとか、子供がいたことのしるしだと由紀の思っているアップライトピアノとか、いかにも生活感があり、快適そうに見えた。そのことに満足し、几帳面《きちょうめん》な手つきでカーテンを引く。ここにいる限り、自分は護《まも》られていると由紀は感じる。安全だ、と。詠介がいるときよりも、いないときの方がより強く、詠介に護られていると感じるのはおもしろいことだった。

イギリス人男性とペルー人男性、それにタイ人カップル、というのが陽の現在のハウスメイトたちで、台所の隅で質素な食事をしていたり、流暢《りゅうちょう》な日本語で親しげに会話に加わってきたり、そうかと思えばいきなり母国語でののしり合いを始めたり、泣いて部屋に閉じこもったりする彼らが、桃は苦手だった。たまたまどこかにでかけていたり、それぞれの部屋にひきあげたあとだったりすればいいのに、と思いながら来るのだが、無論ここは彼らの家であり、共有スペースである一階部分——リビングと台所、それにトイレがある——を自分の客間、もしくは私設バーのように使い、のみ騒ぐばかりか友人を泊めたりまでしてしまうのは陽なのだから、彼らに文句を言われる筋合いこそあれ、文句を言えた義理でも立場でもないことは、桃にもよくわかっていた。

だから、たとえばきょう、ファストフード店の袋と共に帰宅したイギリス人が遅い夕食を摂《と》るあいだ、談笑したりスープを温め直してあげたりしたのだし、そのすこしあとで階段を駆け降りてきた中国系の女性（タイ人カップルの友人であるらしい）に乞《こ》われるままに、携帯電話を貸しもしたのだ。陽は陽で、その二人に、のんでいた白ワインをふるまった。

いつもこういうふうなのだった。イイカラノミナ、ノミナ。タベチャッテ、タベチャッテ。モッテカエッテ、モッテカエッテ、アタシハ、イラナイカラ。陽は他人《ひと》をもてなすのが好きだ。他人に物をあげるのも。ほとんど押しつけるようにして何かを持って帰らせて、そのことをすっかり忘れ、あとになって、あれはどこに行っちゃったんだろう、と捜したりする。物ばかりではない。桃の見るところ、陽の財政状態にそんな余裕はあるはずもないのに、友人に頼まれればすぐにお金を貸してしまうし、動物保護団体とかユニセフとかに、気前よく寄付もしてしまう。フリーライターとしての収入は不安定で、両親からの援助だけでは足りず、桃にさえ時折金の無心をするありさまだというのにだ。

もっとも、そんな陽だからこそ、桃はこうしてケーキを片手にふらりと寄って、「石羽っちに新しい彼女ができたんだって。ちょっとびっくり」と、さりげなく「ちょっと」を強調しながら吐露したりもできるのだった。

「まあねえ」

男女の仲について、陽は自分の意見を言いたがらない。自分は門外漢、と決めているのだ。たとえ姉妹でも――白ワインとサラミ、白ワインとシュークリーム、白ワインとチーズ鱈《たら》、を交互に口に運びながら桃は思う。たとえ姉妹でも、訊《き》けない事柄というのが確かにあって、たとえば陽に、いま恋人がいるのかどうか、というより過去に一度でも、恋人のいたためしがあるのかどうか、桃は尋ねることができない。もし万が一、そんなことはないだろうと思いはするのだが、でも万、万が一、本人の言う通り一度も恋愛経験がないとしたら、そして、そのことを本人がもし、言葉と裏腹に気に病んでいたら、と思うと訊けないのだった。

――あなたは器量が悪いんだから、せめてもっとやさしくなりなさい。

桃は、子供のころ、母親が陽によくそう言っていたことを憶えている。

――そんなにかわいげがないと、誰にも愛されませんよ。

というのもあったし、

――憎がられますよ。

というのもあった（憎まれますよ、ではなく、憎がられますよ、と母親は言ったのだったが、それが日本語として正しいのかどうか、桃にはよくわからない）。「誰にも」というのが「男性に」という意味であることはあきらかで、愛されなくてもいいもん、憎がられたっていいもん、と、怒鳴り返していた陽も、桃はよく憶えている。

「シュークリームはさ」

陽が言った。

「ワインとよりシャンパンとの方が合うね」

桃はそれについてすこし考え、たしかにそうだと思ったので、

「わかった」

とこたえた。

「今度はシャンパンも一緒に買ってくる」

と。

「それか、鯖崎くんに買ってきてもらう？」

姉の提案を、桃は即座に退ける。

「もらわない」

と言って。

勿論会いたくはあった。みな子とのランチを終えてからずっと、鯖崎のことばかり

考えていた。けれど、きょう、鯖崎に会いたがるのは間違っている気がした。石羽と鯖崎は関係がないのだから。

「いいの。どっちみち、来週会うことになってるし」

桃は言い、言った途端に、自分で自分の望みを絶ってしまったような、矛盾した失望を感じる。ここに来れば、もしかしたらばったり、偶然に会えるかもしれないと、考えなかったと言えば嘘になるのだ。

「ふうん。だったらいいけれど」

姉の声に、ほんのすこしおもしろがるような響きを、桃は聞きとる。

「じゃあのもう。ワインはもう空いちゃったから、今度はウィスキーにしよう」

いいけれど、日づけが変るまでには帰らないと、あしたも仕事だから、と言おうとしたとき、携帯電話が振動した。鯖崎からだ、と桃は直感し、心臓が喉元《のどもと》まで跳ねあがったし、

「お」

と低い声で呟いた陽も、おなじことを思ったに違いなかったが、でてみると、相手はタイ人カップルの女の方で、さっきの友達に替ってくれ、と言うのだった。

目が覚めると雨が降っていて、響子はぐええ、と思う。身体が甘く重く怠《だる》い。この

ままでいられたら、あと三十分まどろむことができたらどんなに幸福だろう。非番の隼人は隣で大鼾《いびき》をかいている。〝鵜飼《うかい》〟だの〝玉葛《たまかずら》〟だの、思いだして響子は苦笑する。全く信じられないことだった。あんな恰好《かっこう》をさせられるなんて。

雨。ということは、いつもよりも三十分早く家をでなくてはならない。子供たちにそれぞれレインコートを着せ、傘も持たせて自転車の前後の椅子に坐らせ、自分は乗らずに押して歩かなくてはならない。隼人が車をだしてくれれば事情は変るが、休みの日に起こしたくはなかった。

エイヤ、と気合を入れて響子は起きる。自分がショーツしか身につけていないことに気づいてぎょっとし、急いでTシャツとスウェットパンツを着る。生地がとてもやわらかく、着心地がいい分お尻が大きく見えてしまうスウェットパンツだ。これをはくと未来はいやがるのだが、隼人は好んで臀部《でんぶ》をつかむ。雨。はだしで踏む床がべたつく。そろそろ雑巾がけをしなくてはいけない。

お弁当用のごはんが炊きあがっていることを確かめ、コーヒーメーカーのスイッチを入れてから洗面所を使う。子供たちを起こしたあとは、決って騒乱状態になる。あれがないとか、これがないとか、ぶったとかぶたないとか、言ったとか言わないとか。今朝は、亮と野花がまた揃っておねしょをした。双子でもないのに、テレパシーでもあるのだろうかと響子は訝《いぶか》る。

「お風呂場でパジャマを脱がせてやって」

未来に言った。

「洗濯物はそのままでいいから、二人のお腹とお尻に温かいシャワーをかけてやって」

と。未来は、まだ時間割りを揃えてないからだめ、とこたえる。それに、胸に刺繍《ししゅう》のついたちょうちん袖のブラウスが見つからない、どうしてもそれを着ていく必要があるのに、と。響子は茹で玉子の殻をむく手を止めて、一瞬だけ目を閉じる。叱ったり言い聞かせたりする手間と、自分で風呂場に行く手間とを天秤《てんびん》にかけ、後者を選ぶ。

「パン、トースターに入ってるから、焦げないように見ててね」

勇樹に言い置いて風呂場に行くと、驚いたことに野花がタイルの上で寝ていた。白い、やわらかそうなお尻をだしたままだ。響子はそれを、ぺたぺたとたたく。

「野花、起きなさい、風邪ひくでしょ」

抱き起こすと、体温の高い大きなぐにゃぐにゃの人形みたいにもたれかかってくる。

「ほら、しっかり立って。亮はどこに行ったの?」

ハンドシャワーの湯温を調節し、野花を洗ってやりながら、響子は亮を呼んだのだが、やってきたのは勇樹で、体操着が見つからないと言う。どうしてゆうべのうちに用意しておかなかったの、という言葉を、響子は辛うじてのみこむ。目を閉じて、目

をあけて、

「いま捜してあげるから、あんたは亮を捜して」

と言った。

「トイレにいるかもしれないから、見つけて連れてきて」

と。

「トイレにはいないよ」

希望通りちょうちん袖のブラウスを着た未来が、やってきて報告する。

「それからパンが焦げてるみたいだけど」

と。響子は息を吸い込んだが、言葉をおさえることはできなかった。

「じゃあ、どうしてだしてくれないのよ」

情ない声になった。野花をバスタオルで包む。

「だって、焦がしてるのかもしれないと思ったんだもん。だしてって頼まれてないし」

ほんの一瞬だが、胸に憎悪が滾《たぎ》った。

「ひっぱたくよ」

にらみつけると、未来は怯《おび》えた顔をした。

台所に戻ってトーストを作り直し、茹で玉子をむき終えて、子供たちのコーヒーをミルクで割った。

「亮は？」

尋ねると、勇樹も未来も野花も、「知らない」と言う。響子はため息をつく。

「頼むから捜してよ。豪邸に住んでるわけじゃないんだから」

雨。亮は、隼人のベッドにもぐり込んで寝ていた。

オフィスビルの清掃、実働二時間から四時間で、時給千二百円。お弁当お届けスタッフ（高齢者向けのお弁当宅配業）、完全出来高制（報酬例、一日三十軒、月二十日で約八万七千円）。自転車店の接客スタッフ、時給九百円から。冠婚葬祭の式場見学案内、およびご葬儀のお手伝い、時給千円プラス手当、年金受給者歓迎、四十から六十代の方が元気に活躍中！

パソコンの画面をじっと見つめて、世のなかにはいろいろな職業があるものだ、と山口は感心した。年齢不問、未経験者歓迎、という条件にしぼって検索しても、求人は思いのほかたくさんあった。タクシー運転手、駐車場・交通誘導などの警備、スーパーでのお弁当・お鮨の製造。けれど自分のその感心が、いかにもおざなりというか他人事であることにも、山口は否応《いやおう》なく気づいてしまう。というより他人事を装わない限り、そういった求人情報の詳細を、冷静に読むことができなかった。

和枝の娘夫妻には、現在の下宿人二人がでていくまでという条件つきで、ここに住まわせてもらっている。階上の女子大生二人が、階下が無人になるより、これまで通り誰か住んでいてくれた方がいい、と言ってくれたからだ。管理人代り、ということになってはいるが、無論無給だ。女子大生二人のうち、一人は現在三年生で、もう一人は二年生だが、彼女たちが卒業までずっとここに住むかどうかはわかりようもない。いずれにしても、いつかその時は来るのだ。山口には仕事が必要だった。もし家に帰らないつもりならば。

美都子は父親の頼みを聞いてくれた。連絡があり、前回とおなじ喫茶店に出掛けたのは、三月の半ばだった。

「これ、お母さんから」

美都子は言い、通帳と、離婚届をテーブルに置いた。

「セットだって。受け取るなら両方で、どっちか一つは駄目だって」

手切れ金。その言葉が、咄嗟《とっさ》に頭に浮かんだ。本来なら、それを払うべきなのは家をでた自分の方なのだから、これはばかげた言い草だとわかってはいた。わかってはいたが、その言葉が浮かんだ。いま自分は妻に捨てられようとしているのだ、と思った。これを受け取ってしまえば、縁を切られるのだ、と。

一方でまた、まだ選択の余地があるらしいことに、驚いたのも事実だった。一瞬ではあったが、望外に嬉しかったことも。

あのとき目の前にいたのが妻だったら、自分はその金を受け取らなかったかもしれない。山口はいま、そう思う。お前とはもう暮していかれない、家も金も、お前にやる、俺は身一つででていく。そう啖呵《たんか》をきったことも忘れ、あるいはすくなくとも忘れたふりをして、テーブルにこすりつけんばかりに頭をさげ、ひたすら詫《わ》び、妻の寛大さに感謝をして、どうか家に帰らせてくれと懇願していたかもしれない。

目の前にいたのは、けれど美都子だった。ついこのあいだまで少女で、父親をそれなりに慕い、尊敬——という程ではないにしても、それに近い感情——を持って見ていてくれたはずの娘だった。

「ありがとう。すまなかったね、こんなことをさせて」

そう言って通帳と離婚届を内ポケットにしまう以外に、何ができただろう。

美都子は表情を変えなかった。つけまつ毛——ではないと言われたが、何というものだったか山口は忘れてしまった——のせいでことさら大きく見える目で父親を見つめ、

「そのヒト、金使いが荒いの？」

と言った。

「お父さん、もしかしていいカモっていうやつ？」

あまりにも予想外の、娘の言葉に山口は狼狽《ろうばい》し、和枝のというより自分の名誉のために即座に強く否定したのだったが、

「ばかな」

と言いかけたところで、美都子はいかにもあっさりと、

「まあ、私には関係ないけど」

と呟いて立ち上がった。

「美都子」

山口は呼びとめた。娘に、そんな誤解をしていて欲しくなかった。

「そんなんじゃない。心配ないよ。彼女はそういう女じゃ全然なかったし、お父さんは――」

しかし、今度もまた最後まで言わせてはもらえなかった。

「は？」

美都子がひややかにひとこと――というより一音――で遮り、

「聞きたくないよ。わからないの？」

と言ったからだ。

「すまなかった」

山口は謝った。他に言えることも、言うべきことも思いつかなかった。

パソコンを閉じ、老眼鏡をはずす。雨音が、ひときわ強くなったように感じた。山口は和枝の遺影を見上げる。ほんの一瞬とはいえ、あのとき家に帰りたいと思った自分を、和枝は責めるだろうかと考えてみる。責めないかもしれないが、だからといって喜びもしないだろう。山口は恥入り、胸の内で和枝に詫びた。

一年とすこし前、まさに身一つでここに居つき始めたころ、この家の佇《たたず》まい――和枝自身にも似て、飾りけのない、風通しのいい佇い――に、山口は救われた思いがした。自分の人生にこういう場所が用意されていたのか、という新鮮な驚き。ここが俺の終《つい》の棲家《すみか》だ、という感慨を山口は好んで口にだしたたし(それを聞くことが、和枝も嬉しいらしかった)、そこには若干自虐的な気持ちが込められていたかもしれないが――というのも川崎の自宅に比べると、この古い家はかなり見劣りがしたから――、それでも心からの感慨だったし、さばさばとして、ある種あかるい、平らかな心持ちでそう思い、口にしてもいたのだった。

自分の人生にこんな場所が用意されていたのか、という新鮮な驚きは、こんな女が待っていてくれたのか、という新鮮な喜びと同義であり、その気持ちはいまも変っていない。

台所に行くと、床板がきしんだ。山口は冷蔵庫をあけて、見慣れないタッパーウェアを取りだす。きのう、もう夕食を終えてしまったあとで、階上の女子大生の一人―

—二年生の、眼鏡をかけた子の方——が、「たくさん作りすぎちゃったから」という理由で届けてくれたポテトサラダだ。山口は遅めの昼食として、それをゆうべの残りの白飯にのせ、しょうゆをかけてたべようと決める。

一軒家の形をしたスタジオは、どこもかしこも白い。中央に置かれた白木のテーブルには、りんごの盛られた鉢（これは深緑色）。半分だけ開いたフランス窓（窓扉にも窓枠にも、勿論白いペンキが塗られている）にもたれて、男性モデルが撮影されているところだ。窓の外で雨に滲む、庭の緑がいい感じだとカメラマンは言う。

午後。鯖崎はいま、ファッション雑誌のグラビア撮影に立ち会っているところだ。この特集でモデルの履く靴をすべて、貸しだしているからで、鯖崎の勤める会社は小さいのだが、こういう広告にはぬかりがない。オーナーであり、自身が靴職人でもある奈良橋の、手腕というか、企業戦略の一環だった。

二人いるモデルはどちらも外国人で、カメラマンの注文に応じて椅子にまたがったり、テーブルに足をのせたり、退屈そうに雨を眺めたりしている。BGMは、なぜかレゲエだ（カメラマンの趣味だろうかと鯖崎は訝る）。シャッター音、てらてらと濡れたように光を反射するレフ板、たびたび測り直される露出と、笑うほどしょっちゅうモデルに駆け寄って、裾のまくり具合だの髪の乱れ具合だのを直すスタイリストとヘアメイク。ここでは、鯖崎に発言権は一切ない。ほんとうは、立ち会う必要さえないのだ（貸し出した靴は段ボール箱に詰められ、宅配便で返却される）。それでも現場に顔をだすのは、単純に気になるからだ。それらの靴が、どんなふうに履かれるのか。

このことについて、奈良橋はいつも鯖崎を笑う。だって俺たちには選べないんだからさ、と言う。俺たちにできるのはいい靴を作るところまでであってね、それが誰にどう履かれるかは選べないし、選ぶべきでもないと俺は思うね、と。それが正論だということは、鯖崎も理解していた。理解してはいたが、それだけではないはずだという気がどうしてもした。自分たちには選べない（し、選ぶべきでもない）かもしれないが、靴が選ぶはずだというような気が。靴に限らず、物にはそういう力があるのだ。

鯖崎が奈良橋と出会ったのは、新宿のメキシコ料理屋だった。靴屋の息子である奈良橋は、大学を中退し、武者修行としての四年間のイタリア暮しから帰国したところで、そこには両親と婚約者（いまの奥さん）と来ていた。当時まだ学生で、ガールフレンドとたまたまその店で食事をしていた鯖崎は、祝い酒としてテキーラをふるまわれた。その出会いが、将来の自分の職業と結びつくとは想像だにせずに。

腕時計を見て、鯖崎は紙コップに入った緑茶をのみ干した。

「じゃあ、僕はそろそろ」

と、この場の責任者である雑誌の編集長に言う。

「ごくろうさま」

編集長はモデルから目を離さずにこたえた。鯖崎には、ほとんど何の注意も払っていない。

入口にたてかけておいた黒い傘を鯖崎は手に取る。ずぱん、と音をたててそれをひらいた。ドアを閉めるとレゲエは聞こえなくなった。会社に戻り、書類仕事を幾つか片づけなくてはならない。そのあと、今夜はデートの予定があった。相手はセレクトショップで働く女の子で、かわいいし、頭の回転も速い。一緒に食事をするのは今夜が二度目だった。水たまりを避け、濡れた地面を注意深く歩きながら、鯖崎は気をひきしめる。無論、デートは愉しい。愉しいが、経験上、相手に誤解されないためには二度目のそれが肝心だと知っていた。

「パパをまたいじゃだめッ」

流し台の前で、響子はつい大声をだした。そうしなければ誰も聞かないからだ。蛇口からでる水音に、おもての雨の音、テレビの音、子供たちのかん高い声。この家の平均騒音レベルに、響子はときどき気が狂いそうになる。

「亮！　だめだって言ってるでしょッ」

怒鳴りながら、けれどほんとうは隼人にも腹が立っていた。夕食のあとで食器を流しに運ぶのは子供たちの役目で、それなのにテーブルと流し台のちょうどあいだ、リビングの床にながながと寝そべっているのだから。

「いいよ、またいだって」

隼人が言った。

「狭いんだから、仕方ないじゃん」

「よくない！」

響子はこたえる。

「人をまたぐっていうのは失礼なことなんだよ？　それもパパをまたぐなんて絶対だめよ。だいたいあなたが床に寝てるからいけないんでしょ？　テレビなら椅子に坐ったまま見てくれればいいじゃないの」

言葉は、迸《ほとばし》るように口からとびだす。

「きょうだってずーっと寝てばっかり。そりゃあお休みの日なんだから仕方ないけど、横にならなきゃ休めないってものでもないでしょう？　縦になってよ、たまには縦に」

隼人はにやりとして、

「さっきなったじゃん、いろんな恰好に」

と言う。響子は一瞬返答につまる。そのあいだにも子供たちは、叱られているのは自分たちではないとばかりに、未来を除いて三人とも、隼人の上をわざと何度もとびこえる。

「もー。何なのよ、この野蛮人たちは」

うんざりし、響子は布巾を隼人に投げた。肩にそれがぶつかっても、隼人は全く動じない。

「うるさいなあ。テレビが聞こえないよ」

未来が言い、リモコンを取って音量を上げた。

「未来!」

かっとして、また怒鳴った。

「つまらないことでいつまでも怒るなよ。もういいじゃないか」

隼人が言い、響子はもう声がだせなかった。怒りのあまり耳鳴りがする。夫を睨《にら》みつけ、それからまたいで、ゆっくり寝室に向う。

「あーあ」

うしろで勇樹の言うのが聞こえ、響子は自分が、いじめられて教室をでていく子供になったような気がした。

ついさっき——というのは夕食のとき——、響子は未来に、ひどく腹を立てた(長女の未来は、最近扱いにくいのだ)。どの料理も残していたのできちんとたべるように促すと、太るからいやだと未来はこたえた。太ったっていいじゃないの。響子が言うと、未来は芝居がかったため息をつき、しぶしぶ箸を持って、うちの料理はちょっと油っぽすぎるし、ママは最近二重あごになった、と言ったのだった。そのときには隼人が未来を窘《たしな》め、ママに謝りなさいと厳しく命じ、未来も不承不承従った。

隼人が「つまらないこと」と言ったのは、それを指しているのだった。ということは、そのあとで響子が言ったことは――パパをまたいではいけません、も、ちゃんと起き上がってテレビを見て下さい、も――、まったく伝わらなかったということだ。

響子は窓をあけ、夜と雨の匂いをすいこむ。一人になると気持ちが落着いた。腹立ちが収まったわけではないが、腹を立てても仕方がないのだ。うちの料理が油っぽい？ 上等じゃないの。肉体労働者の夫がいて、野蛮な子供が四人もいれば、揚げものがならんじゃう日だってそりゃああるわよ。二重あご？ どうもありがとう。あんたのパパは、やわらかくて抱き心地のいい女が好きなの。男の人はたいがいそうよ。

ノックの音に続いて、

「あけるぞ」

という声がした。こたえるまでもなく、隼人は入ってきて、響子のすぐ横に立つ。

「苛々すんなよ」

困ったように言った。

「風呂でも入れば？　洗いものは未来にするように言っといたから」

そう続け、響子の臀部をそっとつかむ。まるで、そうすれば妻の機嫌が直るとでも思っているかのように。そして、それは結果的に功を奏する。

「やめて」

ぴしゃりと言い、身を離したものの、響子が笑ってしまったからだ。

「もうやめて。あっちに行って」

夫の肩を押して言うと、自分でもじゃれ合っているとしか思えないありさまになった。

「それから未来に、洗いものはしなくていいって言って。そういう、罰みたいなのは嫌なの。ぞんざいに洗われたら、やり直さなきゃならないし。あとで私がやるから」

自分の声も口調も、いつも通りだと響子は思う。何一つ解決はしていないし、未来の言葉も、いやな感触で胸に残っているのに。

隼人を追いだし、再び一人になると、響子は乱れたままの——昼間使ったのだ、子供たちのいないあいだに——ベッドに腰をおろしてため息をつく。誰か、響子を理解してくれる人に、話を聞いてもらう必要があった。そして、それは桃以外にあり得ない。こういうときのために電話があり、女友達がいるのではないだろうか。もしそうでないなら、こういうやり場のない感情を、人はみんなどこにやっているのだろう。

足元に落ちている大きな本を、響子は拾う。きのう、隼人がお客さんにもらったと言って、持って帰ってきた本だ。どの頁でも、男女が絡み合っている（この本のおかげで、ゆうべもきょうも、響子は妙な恰好をさせられたのだ。〝鵜飼〟だの〝玉葛〟だの）。

隼人は性欲がありすぎる、と響子は思う。ママ友の多くは正反対の悩みを持っているらしいので、彼女たちには口が裂けても言えないのだが、夫のあくなき探究心と精力が、響子には悩みの一つだった。正直に言って、自分たちはやりすぎだと思う。疲れていたり苛立っていたりして、そういうことをしたい気分ではないときもあるわけで、けれど響子は昔から、求められれば絶対に拒めないのだ。拒むなんて滅相もない、と思ってしまう。何しろ隼人は、自分のような二重あごの女を求めてくれる、稀有《けう》な男性なのだから。

船の旅から戻った詠介は真赤な顔をしており、本人も由紀も日灼けだとばかり思ったのだが、そうではなく風邪による発熱だった。医者の嫌いな詠介は、例によって「たいしたことない」と言い張ったが、四日ほど床に臥《ふ》せていた。高熱はすぐに微熱に下がったものの、それが抜けるまでには存外かかり、そのあいだ、由紀は予定していた外出もとりやめて、お粥《かゆ》を炊いてたべさせたり、知り合いの医者に薬だけもらいに行ったり、タオルで身体を拭《ふ》いて着替えさせたり、夫の所望する西瓜《すいか》を買ってきたり、物置から加湿器をひっぱりだし、ついでに物置の整理をしたりもして、忙しく過したのだった。詠介はまるで子供で、ブレンデルの弾くモーツァルトの十九番が聴きたいと言ったり（それは、詠介がCDではなくレコードで所有しているもので、物置に入れっぱなしだったレコードプレイヤーを設置するのに、由紀は非常に体力を使った）、どうしてもいま書きたい手紙があるので口述筆記してくれと言ったりした（それは、今回の旅ではじめて泊った宿の主人への礼状だった）。そして、それらのあいまには、ぽってりと腫《は》れぼったい顔をしながらも、「愉快だった」旅の様子を微に入り細をうがって、由紀に話して聞かせたがった。

由紀は、夫の世話をたのしんだ。詠介には自分がいなければだめなのだと思えたし、実際、詠介のためにこういったあれこれをしてやれるのは、妻である自分だけなのだ。

五日目に、詠介は「完全に快復した」と宣言した。その日は朝から一日じゅう起きていて、たまっていた郵便物の整理をしたり、歩く練習だと言って散歩にでたりした。夕方にはひさしぶりの風呂に入り、普段どおりに晩酌もした。桃に紹介しようと思っている男性について、由紀が夫に話したのはそのときだった。

「税理士さんなんですって」

切子のグラスにビールをついで、説明する。

「とっても感じのいい男性ですよって、秋野さんが」

「紹介?」

詠介は訊き返した。

「それは見合ということか?」

由紀は顔をしかめてみせる。

「最近はそんなふうには言わないのよ。言えば、あの子たちはけむたがるもの」

詠介の反応は、由紀の予期したとおりのものだった。

「桃に? 陽はどうするんだ?」

陽には、かつてさんざん骨を折ってやったのだった。見合だけではない。独身の男女が大勢集るというパーティにも再三参加させた。あの子はだめです、もうあきらめました。由紀はその言葉を辛うじてのみこむ。

「桃は石羽さんと別れちゃったから」

かわりにそう言った。

「でもそういうのはなあ、どうなんだろうなあ」

詠介はのんびりと言い、ひやした高野豆腐を口に運ぶ。あきらかに不賛成なのだ。

「手放したくないんでしょ」

由紀は茶化《ちゃか》す。

「でもね、あの子だってもういい年なんですからね。ヒビキちゃんって憶えてる？　成績が悪くて、試験前になるといつも桃を頼ってきてた子。夕食どきになっても帰らなくて、私たち困ったでしょう？」

詠介が何か言いかけたのを遮って、

「あの子、もう四人も子供がいるんですって」

と由紀は続けた。

「しかしなあ、どうなんだろうなあ、そういうのは」

詠介はくり返し、しいたけだけ残して高野豆腐をたいらげた。

三台ならんだワゴンには、華麗、と形容したくなるような、料理および食材がぎっしり載っている。素朴なもの、手の込んだもの、色鮮やかなもの、土の匂いを放つもの、つめたく冷されていたり、これから火を入れられるところだったり。何品でも選べて、量も希望に添って調整してくれるという前菜が、ここの名物であるらしい。

「ほんとにいろんなお店を知ってるのね」

さんざん迷った末に四品ほど選び、ウェイターがさがると、桃は感心して言った。

「さっきのトウモロコシ、どういうふうにお料理してくれるのかたのしみだわ」

桃と鯖崎は、広尾のイタリア料理店にいる。メニューがないので値段はわかりようもなかったが、安くなさそうなことは確かだ。自分より九つ歳下で、高給取りとは言えないであろう鯖崎が、なぜこういう店を幾つも知っているのか、桃には謎だった。

「僕は」

壜に青いラベルのついた、イタリアのビールをおいしそうに一口のんで、鯖崎が言う。

「僕は、そのトウモロコシをたべたときの、桃ちゃんの顔を見るのがたのしみだな」

臆面《おくめん》もなく、と思おうとするのに、桃はくすぐったくて微笑んでしまう。

「じゃあ、無表情でたべるわ」

そう言ったが、無理なことはわかっていた。鯖崎の前で、桃は感情を隠せたためしがない。つい無防備になってしまう。厄介なのは、それが嬉しく、快適なことだった。桃は、これまで男性の前ではつねにどこか身構えていた。なれなれしいとか軽々しいとか、思われたくなかったのだ。好意を持った相手であればなおさらで、その緊張感を恋愛の醍醐味《だいごみ》だと、考えていたころもあった。

鯖崎は展示会の話をしている。浅草《あさくさ》で、年に二回——春に秋冬物、秋に春夏物——開かれるという靴の展示会の話を。

「今度見に来る？」

普通は一般の人は入れないのだけれど、特別に入れてくれると言う。

「予約でしか受注しないものもあって、予約したショップがそれぞれ顧客の予約をとってたりすると、実際に店頭にならぶ前に完売ってこともあって」

冷えた白ワインのグラスごしに、桃は鯖崎を眺める。仕事帰りなのでスーツ姿の、風呂上りみたいに清潔そうな肌の鯖崎を。

「でも展示会に行けばね、全部見られるわけだから。このあいだ話した鮫《さめ》皮のやつとか、色もね、サンプルだからたくさんあって」

桃は、靴の展示会に行きたいとは思わなかったが、鯖崎の語るその場所の様子を、いまここで想像するのはたのしかった。それに、桃はいつだったか鯖崎が、学生時代の友達と会っても話すことがなくて退屈した、と言っていたことを思いだす。その人たちには話そうと思わないことを、自分には話してくれるのだとしたら、それは喜ぶべきことではないだろうか。

トウモロコシを含む前菜が終り、パスタが運ばれたころには一壜目のワインが空いてしまっていた。

「どうする？」

尋ねられ、

とこたえた。もう一壜注文するか、グラスに切り替えるかという意味だ。

「どちらでも」

「じゃあ、もう一本かな」

鯖崎は言い、ウェイターを呼んだ。

「きょう、奈良橋さんが陽ちゃんのところに行ってるはずなんだけど、どうする？あとで顔だしてみる？」

どちらでも、と、また桃はこたえたが、ほんとうは二人きりの方がよかった。姉とは先週も会った。石羽に新しい恋人ができたと聞いたその日に。桃は、そのささやかなニュースを鯖崎には言えずにいる。なぜなのかは自分でもわからないが、言うべきではないような気がした。

「桃ちゃん、奈良橋さんと会うのひさしぶりでしょ。会いたがってたよ、あのひと桃ちゃんのこと妙に気に入ってるから」

いかにも靴職人——といっても、桃は彼以外に靴職人を見たことがないのだが——らしい風貌《ふうぼう》の、奈良橋は鯖崎の雇い主だ。いまどき珍しい長髪と、制服のようにいつもはいている色褪《いろあ》せたジーンズ、革と金属とを組合せたアクセサリー。酒が好きな割に酒に強くないらしく、陽の家でのむとすぐそのへんに転がって寝てしまうその男を、でも鯖崎は慕い、尊敬してもいるらしいのだった。

「じゃあ、食後酒はパスして陽のところでのもう」

桃は言い、鯖崎の切り分けてくれた子牛肉にフォークをさす。姉の周囲はそんなふうに夜通しのむ人ばかりなのだし、そもそも自分と鯖崎はそこで出会ったのだから仕方がない、と考えながら。

二人はレストランからまっすぐ来たと言ったが、嘘だと陽にはすぐにわかった。桃の、上気した頰や幸福そうな眼差《まなざ》しもさることながら、いつも入念に立てられている鯖崎の髪が、洗いたてのようにばさばさと自然に顔にかかっているのだから、わかるなという方が無理な話だった。

あの桃がねえ。陽は苦笑する。妹がこんな風に男性と出会って、人生を謳歌《おうか》しているらしいのは、喜ばしいことだった。もっとも、陽は鯖崎がここで、桃のいないときにべつな女の子を口説くところを見たことがあったし、またべつなときには鯖崎が、「桃ちゃん、石羽さんと別れない方がよかったんじゃないかなあ」と呟いたことも憶えている。ジゴロという言葉はもう死語かもしれないが、要するに鯖崎という子はそれなのだろうと陽は思う。栄養が足りているのかどうか心配になるほど痩《や》せっぽちで、あどけない顔をして——。でも、それが何だというのだろう。桃が石羽より鯖崎がいいと言うなら、仕方のないことではないか。それに、人の気持ちは——たとえジゴロのそれといえども――、どこでどう変るかわからない。すくなくとも、陽の経験――というか、観察――ではそうだった。

その鯖崎は、いま桃のために、台所でかいがいしくコーヒーを淹《い》れている。

「あ、あたしにも」

隣で菅野真理《かんのまり》が言い、

「あ、じゃああたしにも下さーい」

と、林ナントカが言った。菅野真理の連れてきた若い女性編集者で、陽は初対面だった。テレビには、BGMがわりに八〇年代の青春映画のDVDをかけてある。思いきりベタなやつだ。陽と菅野真理はおない年で、二人とも八〇年代モノに、郷愁と滑稽《こっけいみ》味と親しみを感じるのだ。

「妹さん、かわいいかたですね」

林ナントカが声をひそめて言い、

「鯖崎くんにはもったいないんじゃないかな」

と、菅野真理が聞こえよがしに言った。リビングには、女性雑誌が積み上げられている。今夜の二人の訪問は、半分仕事なのだ。陽に、新しくコラムを持たせてくれるという。仕事日照りが続いていたので、これは嬉しいことだった。

「どうぞ」

鯖崎がコーヒーを運んでくる。手の大きい男だ。器用にカップを持つその手の、指の長さに陽は一瞬見惚《みと》れる。

「ありがとう」

「おいしそう」

女二人が口々に言う。頼まなかったのに、コーヒーは陽の分もあった。テレビでは、ロブ・ロウが恋人のスカートにおずおずと手を入れている。もうすぐ、恋人がガードルをはいていることに気づいて仰天するはずだ。

「それでね」

桃が鯖崎に言う。コーヒーを啜《すす》りながら、目はテレビ画面に釘《くぎ》づけの（ように見える）三人の女に遠慮をしてか、不自然なほどの小声だが無論聞こえる。

「このあいだ父が珍しく風邪で休んだから、そういう患者さんの一人を私が診たのね」

仕事の話をしているらしい。ロブ・ロウが大声をだし、林ナントカがくすくす笑った。

「そうしたらその患者さん、上品な感じのおばさんていうか、おばあさんなんだけど、照れるの」

「照れる？」

「昔、ガードルはいたよね、学生のころ」

菅野真理が言い、陽自身ははいたことがなかったが、母親にはけと言われたことを思いだした。

「えー？　そうなんですか？」

林ナントカが驚いてみせる。

「知らないの？　そうだよね、知らないよね、若いもんね」

と、菅野真理。

「私にとってはおなじなのよ。だって、ほら、口のなかというのはそれぞれ一つの症例にすぎないんだから」

でもね、と桃は続けた。

「でもね、その患者さんが言うには、大先生《おお》――って、父のことね――のことは最初から歯医者さんだと思っていたからいいけれど、桃ちゃんのことは先生の娘さんとして、小さいころから見てきたから、私の口のなかなんて見せるのは気が引ける、恥かしい、ってこうなの」

陽は呆《あき》れる。何て色気のない話をしているのだろう。

「僕はちょっとわかるな、その患者さんの気持ち」

鯖崎は律儀に返事をしている。

「僕もどきどきすると思うよ、桃ちゃんが僕の担当医だったら」

「それはまたべつな話でしょう？」

陽は、今度は感心する。二人きりの世界だ。そばに他人がいようと、ガードルの話をしていようと（事実、菅野真理は林ナントカに、その下着の種類と用途を熱心に説明している）、まったく意に介していない。

コーヒーにウイスキーをたらそうと決め、陽は台所に行く。台所はリビングとひと続きになっており、声も十分聞こえる距離ではあるのだが、人いきれから離れられてほっとした。流し台の上の窓をあけると、澄んだ夜気を感じた。すくなくとも、鯖崎は怯《ひる》んでいない。それは評価できることに思えた。今夜は鯖崎と桃と大いにのむのだと言っていたのに、女性編集者二人がやってくるや否や、怯んで帰ってしまった奈良橋とは大違いだ。

八月

ロザリー！！！

失礼だとは思ったが、安寿美は畳につっ伏して笑った。ヒイヒイと、苦しげな声がでてしまう。ロザリーとは、和枝さんは全く人を食っている。

「ごめんなさい、あの、あはは、こんなに、笑う、つもりじゃなかったん、ですけど」

あえぎあえぎ言うと、淹《い》れてもらった日本茶をのみ、何とか笑いの発作を止めた。

「それで、山口さんはどういう名前にしてたんですか？」

エアコンがついているのにちっとも涼しくない居間に、二人はならんで坐《すわ》っている。無気味な——と安寿美には思える——模様のついたローテーブルには、写真屋が無料でくれる類《たぐい》の、うすっぺらいフォト・アルバムが置かれている。

「高橋」

山口は、ぼそっとこたえる。

「タカハシ？」

誰よ、それ、と思いながら訊《き》き返すと、

「いや、仮名だから、それでいいと思って」

と説明された。安寿美はまた吹きだしてしまう。あまり笑っては失礼だと思うのに、おさえようとすればするほど、ヒクヒクとそれはこみ上げて止まらないのだった。

「いいなあ」

そして言った。

「味わい深いです」

と。

夏休み。二週間ばかり帰省していた安寿美は、きのう東京に戻ったところだ。山のように持たされた夏みかんだの小夏だのニューサマーオレンジだの金柑《きんかん》だのを、大家(それとも管理人と言うべきなのだろうか)の山口に、つけとどけというか、まあ土産として、持ってきたのだった。そのみかん類は紙袋に入ったまま畳の上に置いてあるが、山口が一つだけだして、和枝の位牌《いはい》の前に供えた。安寿美は線香を上げて手を合わせた。

「味わい深い……。ついこのあいだ、実家の仏壇の前でしたように。そうかなあ」

山口はぼんやりと言う。

「そうですよ。だって、ロザリーとタカハシとして出会ったわけでしょう？　お二人は、その、チャットルームで」

手を合わせたあとで、帰ろうとすると、山口がお茶を淹れてくれていた。「いま、ちょうどこれを見ていたんですよ」そう言って、アルバムを指さしたのだった。

「どんなことをお喋りしたんですか？　パソコン上で」

興味が湧いて安寿美は訊き、

「あ、差し障りのない範囲で」

と慌ててつけ足す。山口は穏やかに笑った。

「差し障りなんてないけど、何を書いたかな、忘れちゃったな。仕事を辞めたばかりだったから、毎日暇だとか、いろんな喫茶店のコーヒーの寸評とか。あとは時事かな」

「ジジ？」

「そう。ニュースをペーストして、自分の意見を書き込んだな」

安寿美は考えてしまう。そういうお喋りから、一体どうすれば同居に至ったりするのだろう。

見せてもらったアルバムは、和枝さんと山口の、旅先でのスナップだった。場所は福島だと言っていた。草がぼうぼうに茂った山道や、こわいくらい水の青い池——沼？　湖かもしれない——を背景に、たいてい一人ずつ、たまに二人ならんで、写っていた。山口はリュックサックを背負っていたが、和枝さんは普通のハンドバッグを持っていた。旅館の、浴衣《ゆかた》姿の写真もあった。料理のならんだテーブルをはさんで、互いに一枚ずつ写したのだとわかった。安寿美の目に、二人はいかにも夫婦然として見えた。長年連れ添って、孫の一人もいるような夫婦に。

庭に面したガラス戸が突然あいて、安寿美はほんとうに驚いた。山口も驚いたらしく、隣で咄嗟《とっさ》に首をすくめた。二人同時にふり返ると、網戸の向うに和枝さんの娘婿が立っていた。

「三時、ですよね」

低い、不機嫌な声音で言う。

「え？　ああ、はい、三時です」

山口は要領を得ない返事をした。安寿美の田舎では、親戚はみんな庭から縁側にあがってくる。だからこの男もそうするのだろうと思ったが、むっつりしたまま いなくなり、玄関にまわったようだった。

「じゃあ、私は帰ります」

それならはじめから玄関を使えばいいのに、と思いながら安寿美は言った。

「お茶、ごちそうさまでした」

と。

「いや、こちらこそ、お故郷《くに》の名産品をありがとう」

狭い廊下で、娘婿とすれ違う。安寿美はこの男があまり好きではなかった。粗野というか、頭が悪そうというか――。とはいえ礼儀は大切なので、

「こんにちは。おじゃましました」

とにこやかに言って頭を下げた。

おもてはうだるような暑さで、空気がゆらゆらして見えた。実家では、夏を満喫した。甥《おい》だの姪《めい》だの従兄《いとこ》の子だのをひき連れて、山を歩き海で泳いだ。全く、小学生の絵日記さながらの二週間だった。墓参りとか花火とか西瓜《すいか》とか。その証拠を調べるみたいに、安寿美は自分の手足を見る。浅黒く日に灼けて、棒みたいに細く、あちこち蚊にさされた手足を。

今週は中川さんが夏休みをとっているので、クリニックのなかが静かだ(衛生士のなかでも古株の中川さんは優秀な人材だが、声の大きさと口数の多さでも人後には落ちないのだ)。三時からの患者さんが一人キャンセルになったので、桃は終業後にするつもりだった事務仕事――薬品の注文書の記入――を先にすませようと決める。鯖

崎との待ち合せは六時半なので、六時にでれば間に合うはずだったが、できればもうすこし早くでて、パン屋に寄って行きたかった。夕方のその店は混むのだが、そこのあんぱんはヒビキの好物なのだった。

ハリケインゲル、キシロカイン、ペリオフィール、カルシペックス。在庫表とつき合せながら記入していると、

「桃先生」

と太田さんに呼ばれた。桃の上に上体をかがめ、内緒話のように声をひそめて、

「廊下に、変な人が」

と言う。

「変な人?」

太田さんは、ビニールの化粧ポーチを手にしていた。紺色の地に白い水玉模様の散ったいつものポーチ。それで桃には、彼女がまた歯を磨いてきたのだとわかった。

「男の人です。身なりはきちんとしてるけど、挙動不審っていうか。私がトイレに入るときに廊下にいて、でてきたときにもまだいて、『ご用ですか?』って訊いたら、『いいえ』ってこたえて、でもじっと廊下に立っているんです」

「隣じゃないの?」

尋ねたが、同時に立ち上がっていた。見に行った方が早い。

あけたままにしてある金属扉から廊下にでた。見まわしたが、ひと気はなく、しんとしている。

「やっぱり隣だったんじゃない?」

隣のテナントは指圧サロンで、結構繁盛している。

「でもここに立ってたんですよ? まさにここに」

太田さんは言い、茶色いビルケンシュトックをはいた足で、床をとんと踏み鳴らした。

ごめん、さっきのは俺。

そう書かれた石羽からのメールに桃が気づいたのは、それから二時間後、その日最後の患者が帰ったあとだった。

隼人がなぜそんなに腹を立てているのか、説明されても響子にはよくわからなかった。

「階上の人たちと仲よくやってくれてるなら、いいことじゃないの」

隼人はきょう、和枝の一周忌の法要について相談しに、山口の住む、響子の実家に行っていたのだった。五時半には帰る約束だったのに、帰ってきたのは六時すぎだった。

「それより早く仕度してね。きょうは〝鯖崎くん〟も来るんだから、遅れたら悪いでしょう?」

響子は言った。新しい恋人に会わせろ会わせろと桃をさんざんせっついて、ようやく設定した食事会なのだ。はじめ、響子は彼らを自宅でもてなすつもりだったが、掃除をするにも料理をするにも絶対的に時間が足りないことに二日前になって忽然《こつぜん》と気づき、急遽《きゆうきよ》近所の焼肉屋に予約を入れた。

「仕度って?」

不機嫌さをひきずった声で夫に訊かれ、その恰好《かっこう》で行くの? という言葉が頭に浮かんだが、同時に、ダンナを服装でよく見せようとするのなんて浅はかなことだ、という思いも働いた。たかだか近所の焼肉屋なのだし、そもそも隼人はそのままで恰好いいのだから。

「亮にまともなTシャツを着せて」

それでそう言った。

「いま着てるのは汚れてるから」

と。亮は最近〝匍匐《ほふく》前進〟に凝っていて、外にでれば這《は》いつくばるのだ。

「わかった」

隼人は言い、

「でもさっきの話、本気でマズイから」

と蒸し返した。

「あの人にもはっきりそう言ったし」

と。あの人というのは山口のことだ。きょう、約束した時間に隼人が訪ねて行くと、下宿人の女子大生と、たのしそうに二人でお茶をのんでいたのだという。

「どうしてそんなにマズイのかわからないわ」

響子は言った。洗濯したてのブラウスとスカートを身につけた、自分の姿を鏡に映して確かめる。

「お母さんもよくお茶をのんでたわよ、階上の人たちと」

しばらく美容室に行っていないので、染めた髪の色が抜け、ぱさぱさと黄色っぽくなっているが、それはもうどうしようもない。

「和枝さんは女だろうよ」

隼人は言った。

「何かあってからじゃ遅いんだからな」

響子はため息をつく。

「何かって何があると思ってるのよ。そんなことを考えるのっていやらしくない？山口さん、いい人じゃないの。お母さんの恋人だったのよ？」

自分でも驚いたことに、最後の部分で声がふるえた。

「そんなこと言うなんてひどいわ。お母さんの恋人だったのよ？」

響子はくり返し、山口を悪く言われると、母親を侮辱された気がするのはなぜだろう、と考えた。

「そりゃそうだけどさあ」

隼人は言い、いつものように――と響子は思わざるを得ないのだが――近寄ってきて、妻に腕をまわした。

「やめて。暑いわ」

響子は言った。けれど隼人は腕の力をゆるめない。響子の頭のてっぺんに唇をつけ、片手で響子の臀部《でんぶ》をつかむ。そうされると、心ならずも響子は安心してしまう。守られていると感じる。

「和枝さんの恋人だったっていうのはその通りだよ」

隼人は、響子の頭に唇をつけたまま言った。

「その通りだけど、でもさ、ネットで女を漁《あさ》るような奴だぜ？」

不思議なことに、今度は腹が立たなかった。それどころか、意味もなく可笑《おか》しくなって、響子はくすくす笑った。あやされた赤ん坊みたいに。

夫がようやく腕を離すと、響子はブラウスのしわをのばした。

「早く亮のところに行って。それから未来とユウに、仕度ができたらガスと戸締りを確かめるように言って」

時計を見ると六時半だった。

「野花ー、どこー?」

ドアをあけて叫ぶ。でかける前に、ぜひとも末娘の髪をとかしてやりたかった。彼女の髪は、一体どうすればこんなことになるのかと首をひねるほど、いつでもからまりきっているのだ。

野花はすぐに見つかり、焼肉に胸を躍らせている勇樹は率先して戸締りを確認した。けれど、いざでかける段になって、長女の未来が仕度もせず、これみよがしに宿題をしていることに気づいた響子は、ほんとうにうんざりした。

「もう、何なのよ。一体何が問題なわけ?」

つい大きな声がでた。未来は「行きたくない」と言う。残りの子供たちは、三人ともすでに玄関で靴をはいていた。

「焼肉の匂いをかぐと、気持ちわるくなるの」

未来は表情を変えずに言った。

「だからお留守番してる。いいでしょ、べつに」

と、すでに視線をノートに戻して。

「いいわけないでしょ。絶対だめです」

響子は言い、未来の教科書とノートを閉じる。学習机の電気スタンドも消した。

「たべたくないならたべなくてもいいから、一緒に来なさい」

命じながら、内心信じられない気持ちだった。その店には、もう何年も、家族でときどき食事に行っている。その店の豚トロが、未来は大好物だった。

「ママー、まだあ？」

「もう七時だよー」

玄関で、亮と勇樹の叫ぶ声がする。

未来は何も言わず、立ちあがろうともしない。にらみ合っていると、

「何してるんだ？」

という声がして、響子のうしろにのっそりと隼人が立った。響子が心中憤激したことに、たったそれだけ――「何してるんだ？」と、のっそり――で、未来はしぶしぶ椅子をひく。

「たべないからね」

小声で呟《つぶや》き、玄関に向った。

夜気は湿りけを帯び、昼間の炎熱をたっぷり含んで生暖かい。水のなかを歩いていい

るみたいだと、桃は思った。

ごめん、さっきのは俺。

石羽からのメールが、桃を落着かない気持ちにさせていた。何の用だろう。用ならどうして中まで入ってこなかったんだろう。電話かメールで、私をおもてに呼びだすことだってできただろうに。

どうでもいい。

隣を歩く鯖崎の顔を見上げて、けれど桃はそう思うことに決める。

ここに来る電車のなかでは運よくならんで坐れたので、鯖崎の携帯電話についたイヤフォンを、片耳ずつ分け合って音楽を聴いた。鯖崎が最近「はまっている」というそのバンドは、ヴォーカルのいない男性六人組で、全員東大出身なのだそうだった。インディーズ盤が売れたこととか、アメリカの、何とかというショウに出演して有名になったこととか、桃自身はほとんど興味のないあれこれを、音楽を片耳だけの背景にして、鯖崎は説明してくれた。隣の人が夕刊をめくる音や、電車ががたんと揺れる音、車内アナウンスの声がときどきそこにかぶさり、電車に乗る、という桃が毎日している行為が、普段とは全く違う経験に思えた。

「このへんのはずだけどなあ」

地図を手に、鯖崎が言う。ドラッグストア、古着屋、鮨屋、コンビニエンスストア。

「道、一本まちがえたかな」

電車を降り、ヒビキの住む街の、ヒビキのマンションとは駅をはさんで反対側の道を、二人はいま歩いているのだった。

「賑《にぎ》やかね。お店いっぱいあるのね」

まだ着かなくてもいい、と考えながら、桃は言った。見慣れない風景のなかを鯖崎と歩くのは新鮮だった。旅先にいるような気がした。鯖崎と旅をしたことは、まだ一度もなかったけれども。

「わかった」

立ちどまり、地図と風景を見較べていた鯖崎が嬉しそうに言った。

「あのコンビニの先だ。地図、逆に見てた」

桃は笑う。ドラッグストアの店先に、一鉢二百円となぐり書きされた札とともに、朝顔の花がならんでいる。

指定された焼肉屋は、広々した駐車場を備え、門柱にも垣根にも電飾のまたたく派手派手しい店だった。ヒビキらしい。そう思って桃は微笑む。隼人らしい、というべきかもしれなかったが、どちらでもおなじことだった。あの二人は似たもの夫婦なのだから。

入口で予約の名前を告げると、奥の座敷席に案内された。畳敷きのスペースの、四隅にそれぞれ六人用のテーブルがセットされている。七時を数分まわっていたが、一家はまだ来ていなかった。

「先にビールだけのんでる？」

一応上座と思われる二席を夫妻のために空け、その向い側の座布団に坐って桃は言った。店内は混んでいて、肉の焼けるいい匂いがする。

「あ。中日勝ってるじゃん」

白い壁に直接映しだされた、野球中継のぼやけた画面を見ながら鯖崎が言った。

二十分後、ヒビキの姿より先に、少年二人が目に入った。争うように靴を脱ぐ、勇樹と亮だ。そのうしろに隼人と未来、さらにうしろにヒビキと野花が続く。

「すみません、お待たせしちゃって」

隼人の、低くてよく通る太い声を聞くと、はじかれたように鯖崎が直立した。

「こんばんは」

坐ったまま、桃は言った。

「ごめんねー、でがけにばたばたして」

ヒビキが言ったときには、子供たちは四人とも、てんでにそのへんに坐っていた。

山口は、これまで一度も、人を殴ったことがない。取っくみあいが珍しくなかった子供のころにもなかったし、三十年におよぶ結婚生活のあいだ、妻や娘に声を荒らげたことさえ一度もない。殴られかけたことこそあれ——もう随分昔、酒場で、酔っぱらった部下が他の客と口論になり、仲裁しようとしたときのことで、胸ぐらをつかまれ、ひっこんでいろと言われた——、他人に肉体的な危害を加える自分など、想像もつかない。

けれどきょうは、あの男を殴ってやりたかった。

「何してたんですか」

隼人は、入ってくるなりそう言った。こたえなかったのは、どういう意味だかわからなかったからだ。

「三時なんだね、もう」

それでそう言った。

「どうぞ、坐ってください」

と。隼人とは、和枝の一周忌の場所と日時を、話し合う予定になっていた。

「何してたんですか」

坐りもせず、相手がしつこくおなじことを訊くので、

「これを持ってきてくれたんだよ」

と、説明した。柑橘《かんきつ》類の入った紙袋を持ち上げて見せ、

「実家が農家なんだそうだ」

と補足した。

「そういうことじゃなく」

理解したのかしなかったのか、隼人はなおも言い、部屋のなかを見まわした。まるで、山口がまだそのへんに、女の子を隠してでもいるかのように。

「自分の立場がわかってるんですか」

そしてそう訊いた。

「文句を言われたら、こっちは庇《かば》えませんからね」

そこに至ってようやく、山口には、隼人が何をほのめかそうとしているのかがわかった。同時に頭に血がのぼり、口がうまくきけなくなった。

「ばかなことを」

そう吐き捨てるのが精一杯だった。相手はただの下宿人であり、しかもまだ子供だ。娘の美都子よりさらに子供なのだ。和枝と余生を過そうと決めたからといって、自分が隼人に変態扱いされるいわれがあるだろうか。

山口はテーブルを壁に立てかけ、早々に布団を敷く。夕食がまだだったが、食事をする気分ではなかった。

「冗談じゃない」

和枝の位牌に向って、訴えるように言った。ほとんど恨みがましく。

洗面を済ませ、着替えて電気蚊とり器のスイッチを入れると、山口は最近しばしばそうするように、和枝の寝巻を布団に入れた。抱いて寝るわけではないのだが、そこにあるだけで気が休まるのだ。朝になれば足元にまるまっていたり、畳に落ちていたりするにしても。

腹這いになり、テレビをつける。巨人が中日に負けていた。

予期できたことではあるのだが、ヒビキは鯖崎を質問攻めにした。桃との出会いや第一印象や、はじめてのデートはいつごろで、どこへ行ったのかというような、桃にまつわるあれこれのほかに、生年月日や血液型や、家族構成や好きなたべものといった、鯖崎個人に関することもこまごまと尋ねる。気を悪くするふうもなく、むしろたのしそうに、その一つずつにこたえる鯖崎に桃は感謝した。

「面接じゃないんだからさ」

そう言って、途中で妻を窘《たしな》めてくれた隼人にも。隼人はいい声をしている、と桃は思う。低い、色気のある声だ。昔はよく喋る男という印象を持っていたが、年齢と共に口数が減ったようで、そのことが、彼を以前よりも幾分賢そうに見せていた。

「ごめんなさい。ほんとにそうね。噂の鯖崎くんにようやく会えて、つい桃ママみたいな気持ちになっちゃって」

ヒビキが恥入ったように言い、

「桃ママ?」

と鯖崎が反応する。

「そう、桃のママ。会ったことあります? すごくきれいで知的な感じ。私も昔から
かわいがっていただいて——」

桃は続きを聞くのをやめた。

「きょうは大人しいのね」

隣に坐っている未来に話しかけてみる。未来とは、かつてお姫さまごっこをしたり、
絵本の文章を勝手に変えて読む遊びをしたり、一つのベッドに眠ったりした仲だ。

「たべないの?」

皿に、牛も豚も鶏ものったままなのに気づいて尋ねた。

「あなたのパパ、お肉焼くの上手よ」

実際、それらはすべて、隼人の焼いたものだった。炭奉行であるらしく、誰にも手
出しさせずに焼いた。未来は返事をせず、ウーロン茶を一口のむと、

「桃ちゃん、この人と結婚するの?」

と訊いた。

「しないわ。ていうか、そういう話はしたことないの」

桃はこたえ、自分が動揺したことを認めまいとした。動揺する必要などないのだから。

「ふうん」

未来は、桃の顔をじっと見ている。桃の返事が信じるに足るものかどうか、決めかねているかのように。

「野花！」

隼人の声がした。

「やめなさい。お兄さんがスープをのんでるんだから」

見ると、立ち上がった野花が、鯖崎に何か耳打ちしているところだった。

「いや、大丈夫です、構いません」

鯖崎は言い、スープ・ボウルを手にしたまま、くすぐったそうに少女の言葉にうなずいている。

「めずらしい」

ヒビキが笑った。

「いつも人見知りなのに」

桃にとって意外だったことに、鯖崎は子供と接するのが苦手ではないようだった。

初対面であるにもかかわらず、勇樹とは野球の話が弾んでいたし、さっきは亮と、レバーの押しつけ合いを演じていた。

それにしても――。宴《うたげ》のあとというより戦いのあとといった方がふさわしそうな、テーブルのありさまを見て桃はいまさらながら怯《ひる》む。

「たべたねえ。おいしかった」

誰にともなく呟いて、紙製の前掛けをはずした。未来にはもっとたべるよう促したものの、桃自身もあまりたべてはいなかった。第一、食事が始まってから、まだ一時間しか経っていない。アルコールのペースに合せてゆっくり食事を愉しむなどという贅沢は、小さい子供がいてはできないものなのだろう。

「感じいいじゃん、鯖崎くん」

ヒビキに小声で囁《ささや》かれ、桃は自分でもどうしようもないなと思う笑顔になりながら、小刻みに四度うなずいた。

「消せー。消してくれー」

勇樹が悲痛な声をだし、畳にうずくまって頭を抱える。野球の試合が、彼にとっては不本意なかたちで終ったらしい。

「たのむー。消してくれー」

あまりにも苦しげにうめくので、桃はつい笑ってしまう。芝居がかった仕種《しぐさ》をかわいいと思った。

「桃ちゃん、今度また泊りに行ってもいい?」

未来が、兄のパフォーマンスには目もくれずに言った。

「もちろん。いつでもどうぞ。ヒビキがいいって言ったらだけど」

桃はこたえる。やわらかいものが膝のあいだに突然出現し、

「はい」

と言って片手をつきだす。掘炬燵《ほりごたつ》式になったテーブルの下を、亮はもぐってきたらしい。

「あら亮くん。ハロー」

笑顔をつくって手をさしだすと、握りしめてべたべたになったレバ刺を、なぜだか桃にくれるのだった。


ヒビキとその家族に会ったあとはいつもそうであるように、自分の部屋に帰ると桃はほっとした。ただし、いつもはそこに一抹の——と同時に、どこか決定的な——淋しさもあるのだが、きょうはそれがなかった。時間はまだ早く、桃の隣には鯖崎がいる。がちゃりと音をたてて玄関扉の鍵をあけたとき、帰ってきたと桃は思った。自分の部屋にではなく、自分たちの〝普段〟に。

鯖崎は自分でスリッパをだして履いた。部屋に入るとまずエアコンをつけ、桃より先に台所に立って、

「何のむ？」

と訊いた。まるで自分の家にいるみたいに。桃もまた、勝手にいつもの手順を踏んだ。窓をあけて部屋の空気を入れ換え、留守番電話を解除して、手を洗ってうがいをする。まるで、客など来ていないかのように。

居間に戻るとテーブルに白ワインが用意されていた。オーストラリア産のシャルドネで、今夜ここに鯖崎が寄ることを見越して冷やしておいたものだ。立ったままグラスを合せると、桃はワインに口をつける前に、鯖崎の唇に口をつけた。焼肉屋にいるあいだから、そうしたくてたまらなかったのだ。軽いキスをするつもりだったが、ながい、深いそれになった。ながすぎて、桃は身体から力が抜けてしまう。中身をこぼさないようにグラスをテーブルに戻すだけでも一苦労だった。鯖崎の口は熱く、でも唇はつめたかった。会いたかった、と思った。ずっと一緒にいたというのに。

このまま寝室に移動するにはどうしたらいいだろう、と桃が思った瞬間に、鯖崎の唇が離れた。

「たのしかったね、大家族との焼肉」

鯖崎は言い、にっこりしてワインをのんだ。

「子供たち、みんなヒビキちゃんにそっくりだね」

そのとおりだった。とくに男の子二人の目元は、ヒビキに生き写しといえた。

「和枝さんもね、おんなじ目だったの」

ソファにならんで腰をおろして、桃は言った。

「和枝さんて、去年亡くなったヒビキのお母さんだけど」

小さいけれどくっきりとした、柴犬《しばいぬ》のような目。思いだし、桃は微笑む。よく動き、よく喋る人だった。「桃ちゃんごめんねえ、この子迷惑かけてない？」桃の顔を見ればそう言った。「この子はボケーッとしてるから」「この子はちっとも勉強しないから」「そもそも私がこんなふうでしょ？」「この子はほんとに不器用で」「どうなることやら」

そういう言葉を、ヒビキの母親はすこしも心配そうにではなく口にした。むしろたのしそうに。

「どうなることやら」

桃は真似をして言った。

「どうなることやら？」

訊き返され、

「なんでもないの。和枝さんがね、よくそう言ってたなあと思って」

と説明する。どうなることやら——。でも、そんなふうに言われていたヒビキはいまや立派な主婦で、立派な母親だ。

「きっといいお母さんだったんだろうね」

鯖崎は言った。

「ヒビキちゃんみたいな娘が育ったっていうことは」

「そうなの！」

嬉しげな声がでたのは、鯖崎がヒビキの善良さを理解してくれたらしかったからだ。ながいつきあいなので、桃は自分の親友が、初対面の男性を怯ませやすいことを知っていた。隼人でさえ最初はあきらかに怯んでいた。石羽に至っては、最後まで彼女を苦手だと言っていた。

「でもさ、彼女は桃ちゃんのお母さんのことをほめてたね」

鯖崎は言い、桃のグラスにワインを注ぎ足す。

「何だっけ。〝桃ママ〟？」

桃は即座に顔をしかめる。

「それはいいの。やめて」

母親を、思いだしたくはなかった。「どうしてヒビキちゃんとばっかりつきあうの？」「お友達は選びなさいね」「あの子には遠慮ってものがないの？」いやなことばかり言った。それでも、ヒビキには、面と向かって桃から離れろと言わなかっただけましだ。母親は、陽にたびたびそう言った。「桃に近づかないでちょうだい。気性が感染《うつ》るといけないから」「そんな娘は一人でたくさん」

桃はゆっくりまばたきをして、記憶を追い払おうとする。「桃？」しかし母親の声がまた蘇《よみがえ》った。いちばん最近――といっても二か月くらい前――、電話で話したときの声だ。母親は機嫌がよさそうだった。あるいは機嫌がよさそうなふりをしていた。

「あのね、あなたに紹介したい人がいるんだけど」いいこと教えてあげようか、と小さな子供がもったいぶって切りだすときにそっくりな口調で、母親は言った。それはつまり見合話で、会うつもりはない、と何度言っても母親は電話を切ろうとしなかった。聞きたくない返事は聞こえなくなるらしいのだ。しまいには大きなため息をつき、「あっというまに陽みたいになっちゃうわよ？」と言った。「それでもいいの？」と。

勿論《もちろん》いい、と桃は思う。いいどころか、時間にも常識にもとらわれない姉の暮しぶりを、うらやましいとさえ感じている。けれどその一方で、自分と姉は違うはずだと感じてもいた。自分には安定した仕事があるのだし――子供のころからそのために勉強してきたのだ。歯学部に六年間通い、医籍登録のために国家試験を受けて――、安定しているかどうかはわからないが、大切な男性もいる（その男性は、いま桃の隣で、テーブルに置いてあった医学雑誌をぱらぱらとめくっては、「うへー」とか「怖《こ》えー」とか、「まじですか」とか呟いていた)。

桃は雑誌を横から閉じる。ふり向いた鯖崎に、

「向うに行く?」

と尋ねた。

「行くっ」

元気よく即答した鯖崎は、ワイングラスとボトルを持って、いそいそと寝室に移動する。

鯖崎が考えているのは響子のことだった。彼女のおずおずとした眼差《まなざし》や、白い、どこもかしこもやわらかそうな肉体のこと。たしかに口数は多かったが、その事実とは裏腹に、内気そうな印象を受けた。いちばん下の子供——野花、といっただろうか——がずっと母親にくっついていて、響子はその子を片手で抱き支えるようにしたまま、器用にたべたりのんだりした。自分にも桃にも気を遣ってはくれていたが、彼女の意識はずっと、夫と子供たちに注がれていた。いとおしげに。

彼女の声は、彼女について何も語っていなかったと鯖崎は思う。夫も子供たちも桃も、そのことを当然のように受け容《い》れていた。

桃に聞かされていた事前情報から、鯖崎はもっと所帯じみた女性を思い描いていた。

他人の思惑など気にしない、騒々しくて独善的な女性を。けれど実物の響子はまるで違っていた。思春期の子供みたいに不器用で、思春期以前の子供みたいに臆病《おくびょう》に見えた。

桃ちゃんも臆病だけれど、それ以上だ。桃の両脚のあいだで鯖崎は思う。響子のことを考えてはいても、身体は自然と桃との行為に没頭できた。呼吸が合うのだ。桃は半ば無意識に膝を立てる。声をだしたりはしないが、背の反らせかたや手の力――桃はときどきベッドをたたく。鯖崎にしがみつくこともあるし、両手を真上にあげてヘッドボードにつかまろうとすることもある――で、鯖崎を駆り立てる。桃の手足はすべらかで、皮膚は街なかの雨に似た匂いがする。足の爪はいつも淡い二色に塗り分けられている。職業柄、手の爪を染めることはできないのだと、本人は残念そうに言うが、鯖崎は桃の手が好きだ。染めていない爪も。

響子は小さな手をしていた。節というものを感じさせない、和菓子のような手だった。

果てたあと、鯖崎の胸に最初にひろがったのは、ひらひらとよく動く、響子のその小さな手だった。

蒸し暑い午後だ。山口はまるめた週刊誌で、小蝿を一匹叩《たた》いた。今年は小蝿が多いような気がする。和枝は、蠅やゴキブリを山口が為留《しと》めると、手をたたいて喜んだ。「すごいすごい。頼もしいわあ」と言って。ほめてもらおうと思ったわけではないのだが、山口は位牌の置かれた茶簞笥《ちゃだんす》をふり返り、まるめた週刊誌を持ち上げて見せた。死んだ虫をティッシュに包んで捨てる。「弱」に設定してあるエアコンを「強」にし、畳に胡坐《あぐら》をかいて坐った。張り替えたばかりの障子を眺め、山口は清々《すがすが》しい気持ちになろうとする。あるいは得意な気持ちに。なって当然ではないだろうか。ふいに思い立って道具を買いにでかけ、汗をかきかき帰ってから、四時間もかけて作業をしたのだ。破けていたのは数か所だったが、そこだけ応急手当をするのではなく、庭に面した二枚の障子全体を、新しく張り直した。古い紙をはがし取り、桟に残った糊《のり》や紙の跡を丹念に拭《ふ》き取るのに一時間、新しい障子紙を慎重かつ思いきって張るのにまた一時間、乾かして、再び取りつけるのには二時間かかった。障子など張り替えたのは、子供のころ以来だったが、まあ満足のいく出来映えで、それなのに、山口は清々しい気持ちにも、得意な気持ちにもなれずにいる。

替えて欲しいと和枝に頼まれてから、一年以上経っていた。それでも自分が死んだあとで、山口が一人でこれをやり果すとは、和枝も思っていなかったはずだ。

ゆうべの腹立ちは無力感に取ってかわられていた。無力感と惨めさに。結局のところ、問題は隼人ではなく自分自身なのだ。

山口は、この家に来たそもそもの最初から自分と共にあった、小ぶりの旅行鞄をあけて、封筒を取りだす。役所の名称と所在地が印刷された茶封筒だ。美都子にこれを渡されて、もう五か月が過ぎている。こういうものに、提出期限はあるのだろうか。用紙をもらって一か月以内でないと受理してもらえない、とか。住民票や戸籍には、そういう期限があった気がした。山口は、そっと中身を取りだして広げる。署名も押印もすでにしてあり、あとは提出するだけだ。そうすれば離婚は成立する。

三十二年間。それが、山口の結婚生活のすべてだ。ながい年月と呼べるのかもしれないが、山口にはすこしもそう思えなかった。あっというまだった。ほとんど信じられないほどだ。三十二年前の、若く潑剌《はつらつ》としていた（はずの）自分はどこに消えたのだろう。

離婚届を封筒に入れ、鞄に戻す。まだ提出していないことを知ったら、妻は怒るだろうかと考えてみる。なぜ何も言ってこないのだろう。自分たちの離婚が成立したかどうか、気にならないのだろうか。

山口は和枝の位牌を見上げた。この家で、和枝の（位牌の）目の前で、妻のことを考えている自分に気が咎《とが》めた。しかし、ではどこで考えればいいというのだろう。庭か？　トイレか？　昔通ったバーの隅か？　山口にはそのくらいしか居る場所がないのだし、そのどこにいても、和枝には胸中を見透かされてしまうに違いないのに。

電話では「法要の相談」に来ると言っていた隼人だが、実際にはそれは相談ではなかった。日時も場所も、すでに決っていた。命日の直前の土曜日に、浅草にある和枝の菩提寺《ぼだいじ》で読経だけしてもらったあと、そういう場合に彼らの親族がよく利用する料理屋の二階で、遅めの昼食を摂《と》る。ごく内輪の集りで、出席者はおそらく十二人、ということまでわかっていた。

「来ますか？」

山口は、隼人のつっけんどんな物言いをはっきり思いだせる。

「で、山口さん、来ますか？」

要するにあの男は、来るなと言いに来たのだ。正直なところ、山口はそんな場所に行きたくはない。親戚のことなど一人も知らないのだし、行けばうさんくさい目で見られるに決っている。響子に、ぜひ来て欲しいと頼まれていなかったら、行かないと即答しただろう。きみたちの悼んでいる〝和枝さん〟と、俺の和枝は別人なんだよ。そうつけ加えられたらさらによかった。

「うかがうよ、悪いけど」

山口は隼人に、そうこたえた。

けれどいま、午後の日を受けて妙に白々とあかるい障子の内側で、山口はその返事を悔やんでいる。読経と食事？　互いに気詰まりだとわかっているのに、そんなところにのこのこと出掛けて何になるだろう。

山口は受話器をつかみ、短縮ダイアルの1番を押す。隼人ではなく響子がでてくれることを祈った。呼出音が三回鳴り、

「はい」

と女の声がこたえた。「響子さん？」尋ねると、「いえ、未来です」と言う。「ああ、未来ちゃんか。山口ですが、お母さんいらっしゃる？」「ちょっとお待ちください」と告げられ、ややあって響子が電話口にでた。

「娘さんとそっくりですね、声が」

山口は言った。実際、区別がつかなかった。

「そうですか？」

可笑しそうに響子はこたえる。その声音に、和枝と似たところがあるかどうか、探している自分に山口は気づく。

「お母さんの法要のことなんだけど、僕はやっぱり遠慮させてもらおうと思って」

口にした途端に気が楽になった。

「ええ？　そうなんですか？　でもどうして？　ていうか、お母さん、淋しがるんじゃないかしら」

響子はあたふたと言った。

「勿論無理にとは言いませんけれど、もし遠慮なさってるんだったら、あの」

和枝の声とは似ていない。山口はそう思って満足した。深みが違う。もっとも、和枝は酒呑《の》みでヘヴィスモーカーでもあったから、年齢と共に声が嗄《か》れただけかもしれなかったが。

「あの、ごめんなさい」

響子が、まだ何か言っていた。

「きのう、隼人が失礼なことを言ったんですよね、きっと」

ええ。そうこたえたいところだったが、一応大人の分別を見せることにして、

「いや、そういうことではないんです」

と山口は言った。

「僕は僕で、別個に、そういう席でではなく彼女を悼む方がいいんじゃないかと」

あらかじめ考えていたわけではなかったが、どうすればいいかがふいにわかって、山口は続けた。

「別個に」

響子はその単語だけをぽつんとくり返し、

「ええ、別個に」

と、山口もまたくり返した。

夫の腕に腕をからませて、コッンコッンとヒールの音を響かせながら歩く美術館が、由紀はほんとうに好きだ。一人で外出するときより落着いた気持ちでいられるので、絵を鑑《み》る愉しみがよりふくよかになる。

またパパを連れ回して。そう言う娘たちの声が聞こえそうな気がした。といっても、娘たちはどちらも、由紀に直接そんな言葉をぶつけはしない。陰でこそこそ呟くのだ。聞こえよがしに。由紀は、たとえばいつだったか桃がみなちゃん――とても礼儀正しい娘さんで、いずれ親戚づきあいをするようになるのだろうと、由紀が考えていた子――に、「私はパパに同情するわ」と言ったのを憶えている。詠介が、実質的に引退した直後のことで、「これからあの人に、さんざん引っぱり回されるんだろうなあ」と桃は言い、さも嫌そうに、顔をしかめて見せたのだった。あの人。母親をそんなふうに呼ぶなんて、どういう無礼かと由紀は思う。もっとも、それがある種の嫉妬《しっと》だということも、由紀にはわかっていた。自分には、こうして連れ回す――何とでも呼べばいい――男がいないものだから。

由紀の考えでは、娘たちは二人とも孤独すぎるのだ。孤独だと、心がささくれ立ってしまう。

「見て、あなた」

由紀は歩みを止め、詠介の腕にからめた手に、すこしだけ力を加える。

「すてきねえ、この絵」

うん、とこたえた詠介は、素直に立ち止まり、由紀が満足するまでじっと待っていてくれる。大きな絵だ。ドガの、「障害競馬——落馬した騎手」という一作で、不穏な題材なのに、ため息がでるほど美しいのだった。

「まあ、見て」

次に由紀が足を止めたのは、マネの「プラム酒」という絵の前だった。

「どう見ても女の人の肖像画なのに、タイトルが〝プラム酒〟だっていうところがいいわね。小説みたいね」

由紀は言い、詠介は「うん」とこたえる。

「ワシントン　ナショナルギャラリー展」というのがこの展覧会の名前だった。ほんの少女のころから、由紀は絵を鑑るのが好きだった。クラシック音楽専門の詠介とは違って、芝居も映画も好きだった。自分には芸術に感化される才能があるのだ、と由紀は思っている。

「あら、見て、これ」

由紀はうっとりと言う。

「おいしそうな桃。それにこのテーブルの質感。上手ねえ、ラトゥールって」

会場を一巡し、おもてにでると夕方だった。夏の日ざしはまだそこらじゅうに散らばっていて、周囲に植えられた樹木のせいか、空気は芳《かぐわ》しい匂いがした。

「飯にはすこし早いな」

詠介が言った。

「そうね。じゃあすこし歩きますか？」

散歩をし、大仰ではなく小ぢんまりとして気のきいた店を見つけ、暗くなる前に食前酒を一杯のめたら嬉しいと由紀は思う。

「ここは六本木？　それとも西麻布《にしあざぶ》というの？」

尋ねると、

「どうだろうな」

という返事だった。

「すぐそこが青山墓地だから、青山かもしれんな」

詠介は言い、

「こっちに歩いてみようか」

と、緩やかな坂道を指さす。言うのだろうな、と由紀は思った。いつも言うのだから、きっときょうもこの人は言うのだろうな、と。予期して由紀は微笑む。半ばやさしく、半ばかなしい気持ちで。すると詠介はそれを言う。

「あの子たちに電話してみようか」

と、たったいま思いついたみたいに。

あれはどういう意味なのだろう。

コントラで義歯を削りながら、気がつくと桃はまたそれを考えている。考えても仕方がないと思うのに、何度でも考えずにいられないのだ。

「ヒビキちゃんに、直接連絡してみてもいい？」

今朝、帰りがけに鯖崎は言った。

「興味津々なんだ」

と。興味津々？　どういう意味で？

削った義歯を患者の下顎《したあご》に軽くはめ、薄紙を噛《か》ませる。

「きついですか？　高さはどう？」

すこしきついしすこし高い、と患者はこたえた。ピンク色のケープとタオルに首を覆われ、ライトに顔を照らされながら。

鯖崎に、ヒビキに連絡するなと言うことはできなかった。どうしてそんなことが言えるだろう。

「興味津々？　そうなの？」

そう言うのが精一杯だった。鯖崎は、にっと笑ってうなずいた。桃は義歯をさらに削り、患者の下顎に再びはめる。

「今度はどうですか？　まだ高い？」

まだすこし、という返事を聞いて、桃は義歯をまた抜く。ヒビキが隼人以外の男性に興味をもつとは思えないし、子供たちを育てるのに手一杯の状態なのだから、鯖崎が連絡をしたところで、何がどうなるはずもない、と考えてみる。考えてみても、すこしも気が晴れなかった。問題はヒビキではないのだ。

「今度はどう？」

削りすぎてしまっただろうかと思ったが、義歯は今度はぴたりとはまった。

「あ、大丈夫みたいです」

こたえが返り、桃は助手に、セメントを練るように命じた。

最後の患者が遅刻して来たので、治療を終えると六時すぎになっていた。窓から見える銀座の街に、夕暮れが降りてきている。

「エアコン切っていいですかあ」

節電にとりつかれている太田さんが言い、桃は構わないとこたえた。バレッタをはずし、携帯電話をチェックすると、着信が二件あった。母親への電話だが、おそらく父親）から一件、石羽から一件。

石羽にはかけ直さないことに決め、母親にかけると父親がでた。例によって食事の誘いで、「街にでてきたから」と父親は言った。「陽にもかけたんだけど、あいつは忙しいらしくて」とも。

「行こうかな」

桃はこたえ、その返答に自分で驚く。断るつもりだったのだ。

「そうか。よし。おいでおいで」

予定のない夜だったのだから、これはごく普通のことだ、というふりを桃はする。娘として、たまにはつき合ってあげなくてはいけないと思うから行くのであって、一人でいたくないからでも、あの部屋に帰りたくないからでもないというふりを。

書きかけだった夏休みの課題レポート——課目は生態学——を一つ書き上げると、午後九時をまわっていた。夕食はそうめんだけで簡単に済ませていたので、安寿美はパソコンを閉じた途端に空腹を覚えた。お腹がへっている、それも、ものすごくへっている、と思う。袋菓子をあけることも考えたが、それでは満足度が低い気がして、オムレツをつくることに決める。バターをたっぷり使って、口が一つしかないガスコンロで。

勉強机から調理スペースまでは三歩だ。安寿美は移動し、小さな冷蔵庫をあける。

深夜、というほどの時間ではないにしても、安寿美の規準では食事をするには遅いこんな時間に、わざわざ調理したものをたべるというのは心ときめくことだった（安寿美の生れ育った家ではみんな早寝早起きで、夜中に調理したり物をたべたりするのは大晦日《おおみそか》くらいなのだ）。

大学の友人たちのなかには、安寿美とおなじように地方から東京にきて、一人暮しをしている子が五、六人いる。彼女たちは口を揃えて、一人で食事をするのがいやだと言う。その延長で、一人で調理をするのもいやであるらしく、自称「料理上手」の環《たまき》さえ、誰かのためにならつくるけど、自分しかたべないならつくらない、と言っていた。安寿美はそういうふうには考えない。みんなでしてたのしいことは、一人でしてもたのしいはずだと思っている。

もともと一人が好きなのかもしれない。というより、実家では、そもそも一人になることが難しかった。部屋も妹と共有していたのだ。いま、この部屋には安寿美一人しかいない。安寿美にとって、それはとても自由な気のすることだ。

オムレツは上手にできた。形こそ悪いがやわらかく、なかはとろとろのはずだ。安寿美はオムレツにケチャップはかけない。塩と胡椒《こしよう》だけで十分だ。バターの匂いのする温かいそれを皿にとり、安寿美はベッドに腰掛けてたべる。音がなくて淋しかったので、いつも枕元に置いてあるラジオをつけた。つけた途端に女の人が、「そーれはいいですねえ」と言い、男の人が、「いいでしょう? いいんですよ」と言う。それだけで、部屋の空気ががらりと変った。侵入者。安寿美の胸に、そんな言葉が浮かぶ。安寿美の部屋には小さなテレビもあるのだが(去年、理科クラブの先輩から譲り受けたテレビで、デジタル対応ではないので秋には見られなくなってしまう)、安寿美はラジオの方が好きだった。ラジオの方が親密な気がする。声であれ音楽であれ、部屋に直接届く気がする。

夜食をたべ終え、皿とフライパンを洗うと、ベッドに寝そべって漫画を読んだ。レポートを一つ片づけたことを思いだすと気分がよく、こういうときに読む漫画は至福だ。愛読書である猫漫画〝グーグー〟の四巻を読んでいるうちに、安寿美はいつのまにか寝てしまった。

午後、あまりの暑さに美紗子《みさこ》は目を覚ました。タオルケットしか掛けていないが、全身がじっとり汗ばんでいた。カーテンは閉めきってあるのだが、日ざしも熱も南向きの寝室にじわじわと侵入し、体温で温まったベッドのマットレスそのものが暑いのだった。

美紗子は昔から夏が苦手だ。ただでさえ丈夫な方ではないのに、暑いとそれだけで体力を奪われ、ぐったりしてしまう。腕をのばし、目覚まし時計をつかんだ。午後三時二十分。美紗子は腹立たしい気持ちになる。横になってから、まだ一時間も経っていない。四時までは眠るつもりでいたのに。寝返りを打ち、目をとじてじっとしてみたが、蒸し暑く、息苦しいだけだった。

昼寝の習慣がついたのは去年からだ。去年、夫が家をでて行ってから。かかりつけの医者にも、それはいいことだと言われている。美紗子の場合、朝夕の犬の散歩で運動は足りているので、あとはよくたべてよく眠ることが大切だと。もっとも、美紗子が昼寝をするのは身体のためというより時間のためだ。一日というのはながすぎて、そうでもしないととてもやり過ごせない。

再び眠ることはあきらめ、のそのそと着替えていると、部屋の隅で寝ていたレトリーバ犬のアルゴが寄ってきて、美紗子の腿《もも》に濡れた鼻をおしあてた。

「つめたいお鼻」

美紗子は言い、しゃがんで犬の首を抱いてやる。従順なアルゴは今年十一歳で、大型犬としては高齢の部類だ。老女の二人暮し。五十七歳の美紗子は冗談と愚痴と自虐を兼ねて、親しい友人たちによくそう言うのだが、実際には娘も一緒に暮している。暮してはいても、平日は仕事に、休日は遊びにでかけてしまうので、いていないようなものだった。

アルゴを従えて階下におりる。かちゃかちゃと爪のぶつかる音がして、美紗子はそろそろまた犬をトリマーのところに連れて行かなくてはと考える。階段にも廊下にも、埃《ほこり》と犬の毛が目立った。夫がいなくなってから、自分が家事をおろそかにしていることはわかっていた。

「お茶でもいれましょう」

美紗子は自分の気をひき立てるように言う。ひとりごとが多いのは昔からで、夫がいなくなったからではない（これは、美紗子にとって重要なことだった）。やかんに水を入れて火にかける。

美紗子の夫はインターネットで知り合ったとかいう女と恋仲になり、ある日突然でて行ってしまった。驚いたし腹も立ったが、それ以上に恥かしかった。いい年をして、みっともない。そう思った。美紗子は止めなかった。どうせすぐに帰ってくるに違いないと思っていた。けれど夫は帰らなかった。半年経っても一年経っても帰って来ず、それ以降は数えるのをやめたつもりだが、でて行ったのが去年の春だったから、もうじき一年半だということくらい、数えなくてもわかってしまう。

その女がどんな女か、美紗子は知らないし知りたくもない。許せないのは夫が浮気をしたことではなく、あんなふうにあっさりと、これまでの人生を捨てたことだ。それは美紗子の人生でもあったし、娘の美都子の人生でもあったのに。

湯呑みを持ったまま、美紗子は犬と庭にでる。室内にも犬用トイレはあるのだが、アルゴはおもてで用を足す方が好きなのだ。おかげで、植木屋の努力にもかかわらず芝がすぐに傷む。日よけの下の、練鉄製の椅子はしばらく拭いていないので汚れているが、美紗子は構わず腰をおろした。蟬がやかましく鳴き立てている。暑いことは暑いが、風がある分だけ室内よりましだった。

気に入りの場所――低い石垣に囲まれた植込みの手前――で腰をおとしたアルゴを眺め、美紗子は玄米茶を啜《すす》る。

「別れちゃえばいいじゃん」

夫がでて行ったとき、娘の美都子はそう言った。

「だって最低だよ、こんなの」

と、不愉快そうに。美紗子は自分が非難されているように感じた。愛人をつくったのも家をでたのも美紗子ではないのに。

たしかに仲のいい夫婦とは言い難かったかもしれない。ほとんど結婚直後から喧嘩《けんか》が絶えなかったし、そのうち喧嘩をするだけの気力さえ失くしてしまった。しかし、だからといって年月は無ではなかったはずだ。諦念《ていねん》と習慣と妥協の産物だったとしても、積み重ねたこの年月は。

「アルゴ、おいで」

犬を呼び、美紗子は玄米茶をのみ干す。お茶はまるい味がした。まるい、子供のころからよく知っている味が。美紗子は夏でも温かいのみものが好きだ。夫はつめたい麦茶やアイスコーヒーをのみたがったが、そういえばここ数年、それらをつくっていなかったことをぼんやり思いだした。

電話が鳴ったとき、美紗子は玄関で犬の足を拭いているところで、依然として夫のことを考えていたのに——というより、だからこそ——、その電話が夫からだとは思いもしなかった。はじめのうちこそ電話が鳴るたびにびくりとしていたものの、美紗子はいつのまにか警戒することをやめていた。あるいは、こちらの方がより真実に近い言い方だが、忘れていた。

「はい、山口です」

受話器をとって、無防備にそう言うと、一瞬の沈黙のあと、

「ああ、僕だ」

という声が返った。美紗子が何も言えずにいるうちに、夫は、

「このあいだはありがとう」

と続けた。

「離婚届、きょう提出してきたから」

とさらに続け、

「遅くなってすまなかった」

と勝手に結んだ。

「このあいだ？」

娘に渡した通帳のことを言っているのだろうとわかったが、ついそう訊いた。このあいだというには時間が経ちすぎているし、他には言うべきことを何も思いつかなかったからだ。けれど夫はそれにはこたえずに、

「遅くなったけど、ちゃんと提出してきたから」

とくり返した。

「役所から、そっちに確認の書類がいくはずだから」

そっち、という言い方が癇《かん》に障ったが、ともかく返事をしなくては、と思ったので、

「そう」

とだけ美紗子は言った。ひややかな声がでた。

「うん」

夫が言い——違う、もう夫ではないんだわ、と美紗子は思ったのだったが——、また沈黙がおりる。

「じゃあ、そういうことだから」

それが最後の言葉だった。気がつくと電話は切れていた。

ビニールバッグというものは、どうしてこう臭いのだろうと響子は思う。新品のときから独特のにおいがするが、濡れると別種の臭さになり、日に干せば干したでいまにも溶けそうな、人工的なにおいを放つ。

響子はベランダから、未来のスクール水着とビニールバッグ、それにビーチサンダルをとりこむ。続けて、干しておいた布団も。リビングの床は例によって物だらけなので、布団のように大きな物を抱えて歩くときには気をつけなくてはならない。うっかり紙を踏めばすべるし、つくりかけの工作だのパズルだのを壊せば子供たちに泣かれる。いちばん危険なのはペットボトル飲料のおまけについている人形たちで、亮の集めているそれは、踏むと毛が逆立つほど痛いのだった。

響子は布団を子供部屋に——幸い何も踏まず——運び入れる。そこでは未来が机に向かって本を読んでいて、響子が布団をどさりと落とすと顔をしかめた。

「うるさいなあ」

と言う。たしかにリビングでは野花が子供番組をみているし、亮がときどき奇声を発する。布団の落とし方も静かとはいえなかったかもしれない。

「ごめん、ごめん」

響子は下手にでてやることにしたが、それも未来が、

「それにその布団おしっこくさいよ」

と言うまでだった。

「仕方ないでしょう?」

響子はため息をついた。シーツを洗い、布団に殺菌消臭スプレーをかけ、雑巾で何度も叩いて日に干した。他にどうすればいいというのだろう。

「あなただってしたでしょう? おねしょ。えらそうに言えた義理じゃないでしょうよ」

未来は響子をにらみつけてから、

「この家はくさくてうるさい」

と断じる。

「ママのせいじゃありません」

語気強く言い返し、響子は子供部屋をでる。夏休みが早く終るといいと思うのはこういうときだ。あるいは、夏休みなんてなくていいと思うのは。

「それから携帯また鳴ってたよ」

うしろから、未来の不機嫌な声が聞こえた。

「余計なお世話」

言い置いて、自分の携帯電話を探す。「くさくてうるさい」ばかりではなく、この家では物がしょっちゅう行方不明になるのだ。

「テレビすこし小さくしようね」

野花に言い、リモコンをとって音量を下げたが、内心、腹が立ってそうしたくないほどだった。勉強していると言えばいいと思っているのだろうか。弟と妹を部屋から追いだして。たかだか小学校の宿題ではないか。

携帯電話は電子レンジの上に置いてあった（自分でそこに置いたことを、響子は思いだす）。着信はメールで、鯖崎からだった。鯖崎とは、ここ数日で三度メールのやりとりをしている。一通目は食事のお礼で、二通目は忘れてしまったが、三通目は街なかで野花に似たお地蔵さんをみつけたとかいう写真つきメール――勇樹と亮に大うけした――だった。響子は四通目をひらく。

「来週、どこかで会えないかな。時間も場所も、都合つけます」

とあった。おや、と思った。このメールを桃が知っている（たとえば二人でいるときに送信した）可能性もなくはないが、なんとなく、そうではないような気がした。鯖崎が、桃のいない場所で――それも結構早急に――自分に会おうとしている。となれば、トピックは桃に違いなかった。好奇心がむくむくと湧き、響子は壁のカレンダーを見る。無論、隼人に相談してみなければならないが、隼人の次の休みの日――水曜日――の昼間なら、でかけられそうだった。返信はあとですることにして、携帯電話をスカートのポケットにしまう。そろそろ夕方の買物に行かなくてはならない。

日灼け止めを塗り、財布と鍵を手提げに入れる。子供たちに留守番を頼んでおもてにでた。風がなく、湿度は高く、自転車置き場から自転車をだすだけで腕も背中も汗ばんだ。それでも外は気持ちがいい。一人になるのは、かもしれなかったが。

響子は、前後に子供をのせているときには絶対にできない〝男の子乗り〟で、勢いよく自転車にまたがる。昔から、〝女の子乗り〟より〝男の子乗り〟の方が好きなのだった。

九月

雨が降っている。クリニックが休みの木曜日、桃は部屋の掃除をした。ひさしぶりに服でも買いに行こうと思っていたのだが、天気が悪いのでやめにした。夜には鯖崎と会うことになっている。でもそれは、まだ何時間も先のことだ。

電気をつけていないので、部屋のなかはうす暗い。ティッシュの箱の白さが、ぼうっと浮きあがって見えるほどだ。それでも電気をつけることはせず――だって、まだ午後一時だもの、と桃は思う。せっかくまだ午後一時なのに、電気をつけたら夜みたいになってしまう――、プレイヤーにロン・カーターのCDをのせた。

これを聴くと淋しくなるのか、淋しいとこれを聴きたくなるのか、桃には自分でも判然としない。けれど、これを、ときどき無性に聴きたくなるのだ。自分の孤独を確かめるために。音楽にはいろんな効用がある、と桃は思う。

鯖崎は、ヒビキと会っているらしい。そのことを、桃は鯖崎から聞くより先に、ヒビキから聞いた。

「びっくりしちゃったわよ」

ヒビキは電話でそう言った。

「わざわざ家の近くのファミレスまで来てくれて、お昼を一緒にたべたんだけど、私はてっきり何か桃のことを相談されるんだろうと思ってて、すわ結婚か、とか先走って考えたりしてたから」

と早口の、おばさん喋りでまくし立てた。

「そしたら全然相談じゃなくて、ただ普通に喋ってごはんたべて、鯖崎くんはずっとにこにこしてて、私つい喋りすぎちゃって、彼、何か言ってなかった？　うるさくて参ったとか」

結局用事は靴の展示会のことだった、とヒビキは言った。今度靴の展示会があって、桃のことも誘っているから、よかったら一緒に来てほしい。そう言われたのだそうだ。

「桃、行く？」

尋ねられ、桃はまだわからないとこたえた（ほんとうはわかっていた。その日は神奈川で学会があり、出張しなくてはならないのだ）。まだわからない。自分がなぜそんなふうにこたえたのか、考えるのはいやだった。

「そんなの電話で済むのにね」

ヒビキは可笑《おか》しそうに言い、

「でも、おかげで私はたのしかったんだけど」

と認めた。

「ダンナ以外の男の人とごはんをたべるのなんてひさしぶりだったし、子供たちのこと以外のことを喋るのもひさしぶりだったから」

と。何を喋ったの？ そう訊《き》きたかったが、訊かなかった。そんなことを訊くのは穿鑿《せんさく》だし、嫉妬《しっと》しているようでみっともないと思ったからだ。

「よかった」

それで桃はそう言った。

「鯖崎くんていい子ねえ」

ヒビキはほとんどうっとりと、そう感想を述べたのだった。

あ、この曲。桃は思い、回想を中断する。ロン・カーターの弾くバッハのなかでもとりわけ桃の気に入っている、"SICILIANO"だ。ゆっくり、甘やかに、音が満ちる。

二人がその後もう一度会ったことも桃は知っている。おなじファミリーレストランで、そのときは食事ではなくお茶をのんで話したらしい。ヒビキからは電話で、鯖崎からはメールで、それぞれ報告があった。

報告。呟《つぶや》いて桃は苦笑する。二人とも、桃に報告する義務があるとでも思っているかのようなのだった。そうなのだろうかと桃は訝《いぶか》る。もし彼らにその義務があるなら、自分には聞く権利があるのだろうか。それとも聞く義務が？

雨はまったく止みそうにない。桃は次の学会で発表する予定の臨床データにもう一度目を通しておくことにする。すでにアクセプトはされているのだが、展示だけではなく発表もすることになったので、口頭で説明しなくてはならないし、そのときに使うパワーポイントの、扱いが桃は不得手なので気が重かった。

いいお湿り。ガラス戸ごしに庭を眺めて、由紀は思った。連日猛暑にさらされてきた木々も、これで一息つくだろう。このまま涼しくなってくれるといいんだけれど。

膝の上の婦人雑誌には、陽の書いたルポルタージュが載っていた。「セックスレス夫婦の実態」という記事で、由紀は半分も読まないうちにうんざりした。下らないし、品がない。結婚したこともないくせに、と、正直なところ思う。あの子には、誇りも慎みもないのだろうか。

陽という娘のことが、由紀には昔から不可解だった。不器用で強情で、おまけに厚かましかった。ほんの小さな子供のころからだ。何かというと、「なぜ」と訊いた。なぜいま寝なくちゃいけないの。なぜ服を着なくちゃいけないの。なぜお行儀よくしなくちゃいけないの。なぜ黙らなくちゃいけないの。おそらくそれとおなじ傍若無人さで、なぜセックスしなくちゃいけないの、とでも考えているのだろう。

陽は母親に対して批判的だった。ほんとうに冷ややかな目で由紀を見た。批判の、嫌悪の、侮蔑《ぶべつ》の目で。そんな娘が、由紀はおそろしかった。いまもおそろしい。けれど不思議なのは、あの子のおそろしさが詠介にはまるで見えていないらしいことだ。詠介にも、桃にも。

由紀はため息をつく。桃は陽にくらべればずっと素直だ。このあいだも、美術館にでかけた帰りに一緒に食事をした。親子三人水入らずで、六本木で（そのときに桃のつけていた、真珠の指輪が洒落《しゃれ》ていたので、由紀はほめてやった。すると桃は礼を言ったあと、自分で買ったのだとつけ足して、由紀を大いに失望させた。自分の身を飾る道具を自分で買うなどということは、由紀にはとても想像がつかない。装身具を自分で買うなんて、破廉恥もいいところではないか。そう言うと、桃は冷ややかに母親を見て――陽にそっくりだったと由紀は思う――、「自分で働いて買ったのよ」と呟いたのだった。勿論《もちろん》、働くのは立派なことだと由紀も思う。でもそれは、自分で自分の身を飾るためではないはずだ）。

いつからだろう。膝の上の雑誌を閉じて、由紀は考える。いつから、桃まで反抗的な娘になってしまったのだろう。

陽が手に負えなくなったときのことは、よく憶えている。小学校にあがって数年後、彼女がまだ十歳か、十一歳のころだった。特別なきっかけがあったとは思えない（し、あったとしても、由紀は知らない）。陽はすこしずつ頑《かたくな》になり、不機嫌になり、同時に太り始めた。それまでは美しい少女だったのに、どこか愚鈍な、どう見ても不必要な脂肪を蓄えてお り、それまでは美しい少女だったのに、どこか愚鈍な、冴《さ》えない娘になってしまった。由紀は食事に気を配ったが、節制させようとすればするほど、ばかげたものや身体に悪そうなものをたべたがった（あるいは、由紀の見ていないところでたべた）。言うことをきかなくなり、何を考えているのかわからなくなり、しまいにはほとんど口をきかなくなった。

あの日々。思いだすと、由紀はいまでもぞっとする。まるで、人間以外の動物を飼っているみたいだった。

陽はおそろしく不器用な娘でもあった。いくら教えても、雑巾がけ一つまともにできなかった。身のまわりのことに無頓着で、制服のスカートのひだがとれかかっていたり、部屋が散らかっていたりしても平気なようだった。由紀には耐えられなかった。同性としてあまりにも恥かしく、それが自分の産んだ娘だというのはほとんど屈辱的だった。自分と詠介の娘だと思うことは。

高校生になると、陽は部屋にこもりっきりで、本ばかり読むようになった（そのころ、陽の部屋の掃除や整理整頓を桃がしていたことを、由紀は知っている）。

陽も桃も、学校の成績はよかった。けれどだからといって、学業以外のことをおろそかにしていいわけがない。由紀自身も、女子大を優等賞つきで卒業したし、才媛《さいえん》と呼ばれたことだってある。でも、それが一体何だというのだろう。由紀は、自分が才媛と呼ばれたことよりも、詠介に「マドンナ」と呼ばれたことの方がずっと、ずっと誇らしい。

雑誌を、古新聞のあいだに紛れ込ませて縛っていると――こんなものを、詠介の目に触れさせたくはない――、居間のドアがあいた。

「ママ、僕のシャンプーがないんだけど」

全身ピンク色に上気させ、腰にバスタオルをまいただけの恰好《かっこう》で、詠介が言う。

「まあ、ごめんなさい」

詠介専用のシャンプーの、残量がすくないことは知っていたのに、新しいものをだしておくのを忘れていた。

「すぐ行きますから、お風呂に戻ってて下さい」

由紀は言い、古紙を縛った紐《ひも》をハサミで切る。夫の裸体を眺めたい欲望を、気どられやしないかとどぎまぎした。

「うん。でも急いでくれよ。もうじき佐田《さだ》の富士《ふじ》がでるから。幕内にあがれるかどうか、吾郎ちゃんと賭《か》けてるんだ」

「はい、はい」

由紀は笑う。吾郎ちゃんというのは詠介の船のお仲間の一人だ。風呂場に行く前に台所に行って、雑巾を手にする。廊下はびしょびしょに違いないから。


最初に足が見えた（というのは、この狭い店が地下だからだ）。桃は手摺《てすり》に片手をかけて、慎重に階段をおりてくる。まるで男物みたいに見える、ベージュのトレンチコート姿だ。肘《ひじ》のあたりが濡れていて、外はまだ雨足が強いことがわかった。

「ごめんなさい、私、遅刻した？」

そう言って、脱いだコートをウェイターに手渡す桃を、鯖崎は眺める。

「してない。いま、ちょうど七時だよ」

コートの下に、桃はグレイの、ノースリーブのワンピースを着ていた。生地も仕立ても上等そうな、シンプルな服だ。響子なら選ばないだろう。そう考えて、鯖崎は微笑む。桃ほどには洗練されていない響子の、だからこそかもしだせるのであろう開放的で無防備な感じを思いだしたからだ。桃を見た途端に、ほとんど不可避的に響子の顔が浮かんだ。響子とは二人きりで二度会った。来週、また会うことになっている。

「よかった。道、ちょっと迷っちゃって、遅れたかと思った」

桃は言い、向いの席に腰をおろすと、船室を模した店内を見まわす。

「ボストン料理ってどういうのなの？」

愉しそうに訊いた。

「ボストンに行ったことはないけど」

前置きをして、鯖崎は説明する。シーフードが多く、クラムチャウダーが有名なこと、珍しいビールがあること、ここが奈良橋の気に入りの店であること。このところ互いに忙しく、桃に会うのはひさしぶりだった。

「きょうは何してた？ 休みだったんでしょ、仕事」

注文を終え、運ばれたビールを一口のんで、鯖崎は尋ねた。

「学会の準備」

桃は肩をすくめてこたえる。つまらないことよ、とでもいうように。

「ほんとうはお買物に行くつもりだったんだけど」

「学会に行くって何だか恰好いいよね。白い巨塔みたいで」

鯖崎が言うと、桃は笑った。ビールに添えられてでてきた、塩味の小さなパイを一つつまむ。さくさくといい音をたててたべたあとで、

「鯖崎くんは？ きょうは何してた？」

と訊いた。

「午後はずっと工房にいた」

鯖崎はこたえる。そこで打合せがあったのだ。

「あ、でも、そのあとこれを買ったよ」

鞄から、CD屋の袋をとりだす。

「ソノダバンド。このあいだのやつ」

桃はにっこりして受けとると、

「ありがとう。やさしいのね」

と言った。クラムチャウダーが運ばれ、ビールからワインに切り換える。

「そうそう、このあいだ陽ちゃんのところで、写真を見せてもらったよ。二人が子供のころの写真。一枚だけ、どっかにはさまってたんだって」

思いだして言うと、桃は目を見ひらき、大袈裟《おおげさ》に息をすいこむ真似をした。

「どんな写真？　いつの？」

普段落着いていて、体温の低そうな桃が慌てるのを見て鯖崎は微笑み、

「大丈夫。二人ともすごくかわいく写ってるやつだったから」

と言って安心させた。家族旅行のときのスナップで、ガラス越しに見える飛行機を背景に、姉妹がならんで立っている写真だった。陽が小学校の高学年、桃が低学年といった感じで、二人ともそっくりなしかめ面で写っていた。揃いの白いワンピースは、母親の手製だそうだった。

「ああ、金沢に行ったときだわ、それ」

桃は表情の読みとれない顔で言った。

「うん。陽ちゃんもそう言ってた。兼六園《けんろくえん》とか、武家屋敷とか見てまわったって」

沈黙ができた。よくない話題だっただろうかと心配になりかけたとき、桃がテーブルに身をのりだした。

「ね、陽に、日本の三大庭園はどこかって訊かれなかった？　そのとき、クイズみたいに」

愉しげに尋ねられ、

「そういえば訊かれた」

とこたえると、桃はくすくす笑った。

「じゃあね、金沢の名物のゴリの佃煮《つくだに》の」

鯖崎は桃に最後まで言わせず、

「訊かれた！」

と、もう一度こたえる。そのあとの、

「ゴリってどんな字か」

は、二人がてんでに口にした。桃はいまや、肩まで震わせて笑っている。

「魚へんに休むって書くんだってね。陽ちゃんに聞くまで知らなかったけど」

「ごめんなさい。あー、可笑しかった」

笑いの発作が収まると、桃は胸に片手をあてて言った。

「私たち、覚えさせられたの、そういうのを旅行の前に。それで、ほら、いったん覚えると忘れられなくなっちゃうことってあるでしょう？　覚えておく必要もないのに」

小学生のころの陽と桃を、鯖崎は思い浮かべる。まじめな女の子たちだったのだろうと想像した。まじめな、そしてたぶん、頭のいい。

「陽はね、それがくやしいみたいなの」

くやしい？　鯖崎にはよくわからなかった。わからなかったが、くすくす笑っている桃は、またしても鯖崎に響子を思いださせた。

二度目に会ったとき、響子も話の途中でよく笑った（女性は、男性より頻繁に笑うと鯖崎は思う）。あの小さな手をひらひらと動かして――響子は身ぶり手ぶりが大きい――、ストローの紙袋をちぎり、アイスティにガムシロップを入れた。はじめのうち、響子が話すのは桃のことばかりだったが、鯖崎が尋ねると、自分のことも断片的に話した。夫が昔、暴走族まがいだったこと（「あのころは恰好よかったんだけど」）、最近ショックだったのは、昔あけたピアスの穴がふさがってしまったことだということ、救急車の音がこわいこと、学生時代に「プリティ４」（！）という名の素人バンドを結成し、ヴォーカルを務めていたこと（「だって、楽器はなんにもできなかったんだもの」）。

退屈じゃない？

そして何度もそう訊いた。

こんな話、退屈じゃない？

昼間で、場所は響子の家の近くのファミリーレストランだった。鯖崎は、外まわりの仕事を抜けだして――というか、まあ、調整して――そこにいた。何の用事もなく、それでも会いたいとただ思って、響子が笑ったり喋ったりするのを見るだけのために。

「ヒビキがね」

桃が言い、鯖崎はびくりとしたが、桃はそれに気づくふうもなく、バターソースのかかったロブスターを器用に殻からはずしながら、

「鯖崎くんていい子ねえって、何度も言ってた」

と続ける。

「その言葉、そのまま彼女に返すよ」

鯖崎はこたえ、にっこりしてみせた。悪いことをしているわけではないのだから、ここで怯《ひる》まないことが肝要だと知っていた。

「不思議な魅力のある人だね」

正直につけ加えると、桃は一瞬かなしそうな顔をした。したけれど、それはすぐに笑顔に変る。

「でしょ?」

そう言って、取り分けたロブスターを鯖崎にくれた。店のなかは静かだが、外はまだ雨が降っているのだろうか。台風が近づいていると、今朝テレビの天気予報が告げていたことを、鯖崎は思いだした。

青い空だ。山口は自分の使う竹箒《たけぼうき》の音を、なかなかのものだと思った。いい感じだと。こんなふうに早起きをして、誰に頼まれたわけでもないのに道を掃いている自分を、和枝が見れば感心しただろうし、元妻が見たら驚くに違いなかった。元妻——。先月離婚した山口は、その言葉を胸の内で転がす。いい響きだ。彼女は死んだわけではない。いまも川崎のあの家で、元気に暮しているはずだ。娘はもう大きいし、経済的な補償も十分にした。それでいいではないか。人生は一度きりなのだ。そして、山口はいまや身軽だ。

掃き集めた落葉をちりとりで取り、ゴミ袋に入れる。このあいだの台風で、街路樹の葉が、まだ青いまままたくさん落ちた。枝にしがみついていれば、いずれ黄色く染まっただろうに。

家に入ると空腹だった。山口はコーヒーをいれ、納豆トーストをつくる。自分が、世間で言うところの〝バツイチ〟であるのは理解しているが、山口の気持ちとしては〝やもめ〟だった。〝やもめ〟の方が、断然しっくりくる。自分は妻を二人亡くした。山口はそう思う。コーヒーを待つあいだに、そのうちの一人――ほんとうに死んだ方――に線香を上げた。朝の線香は、夜のそれより清々《すがすが》しく香る。大丈夫だから。山口はそう話しかけた。俺はちゃんと、生前お前が望んだように、一人でも生きていくから。

「また寄付したの？」

電子レンジで温めたシナモンロールとコーヒー、という朝食を向い合って摂《と》りながら、奈良橋は苦笑した。

「またっていうか、毎月通帳から落ちるやつだから。前に話したでしょ」

陽は言い、窓からの日ざしに目を細める。間借人共有のスペースであるリビングの、いま陽の坐《すわ》っている位置にだけ、四角く日があたっている。

「捨てられた犬を救おうとしてる団体のやつ？」

「じゃなくて」

朝日を避けて横にずれると、ガラスのローテーブルをはさんで、ほとんど端と端という奇妙な位置関係になった。

「犬のやつは定期じゃないの。余裕のあるときに、任意の金額を寄付してるだけだから」

奈良橋は可笑しそうな顔をする。

「何?」

尋ねると、可笑しそうな顔のまま、

「何でもない」

とこたえる。陽は構わず説明を続けた。

「毎月のやつはユニセフ。驚くわよ、私たちにとってそんなに重荷じゃない金額で、何ができるか知ったら」

話しながら台所に行き、二人分のマグカップにコーヒーのおかわりをつぐ。

「百円でビタミン剤が、千円で栄養補助食が、三千円ではしかの予防接種用ワクチンが、困っている子供たちに毎月届けられるのよ」

再び腰をおろすと、パジャマがわりのスウェットパンツごしに、じゅうたんがちくちくした。しばらく殺菌の粉をまいていないので、ダニがいるかもしれないと陽は思う。

「まあ、わかるけど」

奈良橋は言った。

「でもさ、一泊二日だよ？」

あごに無精髭《ひげ》が見える。奈良橋は小柄な男だ。年中日灼けしているのか、そもそも色が黒いのか、陽には判然としない肌、豊かだがまとまりのない髪、それに愛敬《あいきょう》のあるまるい目を持っている。

「無いものは無いの」

陽はこたえた。ききわけのない子供を叱る母親のような、そっけない口調になったが、奈良橋は気を悪くするふうもなく、

「無いか」

と呟き、

「じゃあ、まあ、今度にするか」

と言った。

「ごめんね」

陽は心から謝りながら、でも自分は悪くないと思う。無いものは無いのだから仕方がないではないか。

「いや、陽が謝る必要はないけど」

奈良橋は言い、唇についた砂糖のかたまりを拭《ぬぐ》った。

「あると思うわ」

陽はこたえる。

「私は悪くないけど、謝る必要はあると思う。せっかく誘ってもらったのに、応《こた》えられないんだから」

奈良橋はすこし考えて、

「うん、まあ、そうとも言えるな」

と認めた。陽は微笑み、この人の、こういうところが自分に合うのだ、と思う。鷹《おう》揚《よう》なところ、頓着しないところ、でもフェアなところが。

陽が奈良橋を自室に泊めるようになって、二年が経つ。国内外を問わず旅の多い奈良橋は、国内外を問わず旅の嫌いな陽を最近よく旅に誘う。いつかイタリアを見せたいのだと言う。かつて自分の暮した国を。陽にはよくわからない。見せたいと言うのなら見てもいいが、とくに見たいとは思わない。奈良橋のことは好きだが、わざわざ外国に行くことで、それを証明する必要があるとは思えなかった。もっとも、今回誘われたのは外国ではなく箱根で、奈良橋によれば、そこに「すばらしい宿」があるらしい。「外界から完璧に遮断されるから、一泊二日でも(というより、陽でも、と言いたかったのだろうと陽は推測するのだが)十分にくつろげる」そうだった。

行くのかもしれない。食器を流しに運びながら、陽は思う。好きな相手に旅行に誘われたら、時間やお金をやりくりし、普通はみんな、何とかして行くのかもしれない。けれどその一方で、もしそうなら自分は普通じゃないのだろう、とも陽は思う。それは諦念《ていねん》ではなく自覚だ。そして、そんな陽を奈良橋は「愛している」と言う。

「シャワー使っていいかな」

尋ねられ、

「空いてれば」

とこたえた。そろそろ他の間借人が起きだすころだ。食器を洗い、テーブルを拭《ふ》く。足元に、奈良橋の鞄が転がっていた。大きな、いかにも丈夫そうな革製の手提げ袋だが、それでもあちこちすり切れている。見慣れた鞄が、ふいに異様なものに思えて陽は戸惑う。異様なもの、生々しいもの、自分の住むゲストハウスの、ダニがいるかもしれないじゅうたんにはそぐわないものに。愛人の鞄。そんな言葉が浮かんだ。

陽はこれまで、四十二歳という年齢を考えれば不可避だと思われる程度には、男性と接触してきた。口説かれたこともあるし、寝たこともあるという意味だ。けれどそれだけのことだった。関係がなが続きしたためしはないし、つきあうとか、恋人になるとかいうのとは、全く違うことだと思っていた。奈良橋に関してもだ。でも、二年になる。

奈良橋とは気が合うし、奈良橋はそのままの陽を受け容《い》れてくれた。だから陽も受け容れた。奈良橋は陽の暮しぶりを咎めない。考え方も、物事への対処のし方も。お金の使い方も。さらに言えば、たとえば一泊二日の旅行代金を、自分がだすとは決して言わない。そんな権利は自分にないと知っているのだ。相手を認めるということ、尊重するということ――。

客観的にも主観的にも、自分たちは愛人関係なのだろうと、陽はこのごろ思うようになった。奈良橋に妻子がある以上、そう呼ぶのが妥当だろうと。

シャワーを浴び、一晩分の髭もそって小ざっぱりした奈良橋を玄関先で見送るとき、だから陽はできるだけそれらしく見送ろうとしてみる。してみるが、どういうのが愛人らしいのか、陽にはわかりようがなかった。空は清々しく青く、日ざしがまぶしかった。

「んじゃ、また連絡する」

大きな鞄を肩から提げ、片手を上げて言った奈良橋に、

「了解」

とこたえる。隣家との境の垣根から、金木犀《きんもくせい》の匂いがした。

いい天気だね。ここは準備万端。おススメはこのブーツ。

ついさっき届いた写真つきメールを読み返し、響子はため息をつく。靴の展示会と

いうものに興味などないのに、行くと言ってしまったことをすでに後悔し始めていた。桃に会えるとばかり思っていたのだ。

リビングでは非番の夫が、下の子供たち二人とテレビゲームに興じている。上の子供たち二人は学習塾と英語塾だ。きのうまで、外出自体はたのしみだった。一人ででかけるのはひさしぶりのことだ。展示会は浅草だというから、帰りに銀座に寄って、デパートで買物をしようと考えてもいた。けれどこうして仕度をし、いざでかける段になると何だか億劫《おっくう》なのだった。

あんたは腰が重いわねえ。去年死んだ母親に、よくそう言われたことを思いだす。そんなんだから太るのよ。思春期のころは、母親のあけすけな物言いに傷ついたものだ。いまではそれすらもなつかしい。

「じゃあ、行ってくるね」

リビングに顔だけだして、響子は言った。部屋のなかはいつものように散らかっていて、昼食につくったミートソースの匂いが充満している。

「七時か、八時ごろには帰るから」

「え？　夕飯たべてくるんじゃないの？」

ゲーム機を両手で持ったまま、ふり返って隼人が訊く。

「そんなこと言ってないでしょ。たべるもの、何か買って帰るから」

隼人には、鯖崎くんに誘われた展示会に行く、とだけ言ってある。当然、桃も一緒だと思っているのだ。響子自身がそう思っていたように。

「そうなの?」

「そうよ」

えー、と、亮が不満げな声をだした。ピザをとるとか、近所のファミリーレストランに行くとか、父親とのあいだで話が決っていたのだろうと想像がつく。響子のたまの外出は、この家ではイヴェントなのだ。

嘘をついたわけじゃない。玄関ドアに外側から鍵をかけながら、響子は思う。桃が来ないと知ったのは数日前だし、それをわざわざ夫に報告するのも変な気がした。それだけのことだ。

「暑っ」

声にだして呟く。麻のワンピース(しかも色はこげ茶)を選んだのは失敗だった。これでは汗じみが目立つだろう。

たしかに求人はたくさんあった。

老眼鏡ごしに、山口はパソコン画面を凝視する。年齢制限のあるものも多いが、ないもの、もしくはあってもそう厳格ではなさそうなもの――概《おおむ》ね、とか、基本的に、とか書かれたもの――も結構ある。経験は不問で、なかには「農業従事経験が無いこと」を条件にしている求人もあった。北海道、山形県、福島県、愛媛県、高知県、鹿児島県。他にも、日本中あちこちの市町村が、「新規就農者」を探している。研修期間は一年のところが多い。研修手当や助成金が支給され、家賃が破格に安かったり、場合によっては無料だったりもする。

「すごいもんだ」

山口は呟く。リストラや就職難が騒がれる一方で、人手不足を訴える声がこんなにある。

二人とも丈夫なうちに、どこか田舎で、自然のなかで暮してみたい。

生前、和枝が一度だけそう言った。

できれば暖かい土地がいいわ。

と。山口はとりあわなかった。それはいいね、くらいのことは言ったかもしれないが、戯言《ざれごと》というか睦言《むつごと》として言ったまでのことで、それきり忘れていた。当の和枝にしても、現実的な意味合いで口にした言葉ではなかったはずだ。

しかし、山口はいま、それを本気で考えている。無理だ、と決ったものでもないはずだ。視野を広く持てば、そして過去に拘泥しなければ。これまでとは全くちがう人生が、そこにはあるはずなのだし、自分が必要としているものは、まさにそれなのだから。

無理よ、そんなの。無理無理。

そう言って笑う和枝の声が、聞こえる気がした。

あれは冗談。夢物語よ。

想像上の和枝に止められれば止められるほど、山口はやってみせたくなる。どっちみち、他に行くところも、すべきこともないのだ。

とはいえ――。パソコン画面に視線を戻し、山口は気持ちがくじけるのを感じる。行ったこともない土地ばかりなのだ。農作業？　無謀なのはあきらかだ。

パソコンの電源を切り、かわりにテレビをつける。大相撲中継が始まっていた。行司の声、観客の声援。その一番の決着だけぼんやり眺め、山口は網戸をあけて庭にでた。黒々と湿った土の匂いがする。和枝に買ってもらったサンダルをつっかけ、和枝に教わった体操をしてみる。「錆《さ》びない体操」和枝はそう呼んでいた。まず首を前後にくり返し倒す。次に左右に。それから両手両足を、順番にぶらぶらさせる。「手の先、足の先がそれぞれおサカナになって、元気に泳いでいるイメージ」で。次に大きく真上に伸びをする。それからしゃがんで自分の膝を両腕で抱き、できるだけ小さく縮こまる。「誰にも見えないほど小さな、石になったイメージ」で。

神田《かんだ》で生れ育った響子にとって、浅草は馴染《なじ》み深い街だ。母方の菩提寺《ぼだいじ》がここにあるし、子供のころ、「外食」や「おでかけ」といえばこの街だった。隼人ともよくここでデートをした。観音様にお参りしたり、夜遅くまであいている喫茶店ではてしなく喋ったり。

水色の空だ。地図を手に歩きながら、知らない路地さえなつかしく感じた。玄関先に盛大にならべられた鉢植え、子供の運動靴が干してあったり、塀の上で猫が眠っていたり。空気がやわらかい、と響子は思う。やっぱりでてきてよかったかもしれない。こんなふうに、母親業から解放される時間は貴重だ。

鯖崎には、夕方来てほしいと言われていた。そうすれば、仕事を終えて自分もでられるから、と。でもそれは、桃と響子がどこか近くで、二人で食事をしているなら、というのが前提の話だ。もしもきょう、鯖崎に食事に誘われても断ろう。響子は思い、思った途端に恥かしくなる。誘われる理由がないのに、そんなことを考えるなんてばかみたいだ。いい年をして、四人も子供がいて。

会場をでたら、デパートは省略してまっすぐ帰ろう、と響子は決める。宅配ピザでもファミリーレストランでもいい、夫と子供たちの計画に、今夜は乗ろう。

その建物は、唐突に出現した。倉庫か体育館のようなものを想像していたのだが、洒落たレストランかブティックのような、小ぶりな一軒家だった。人が大勢道にはみだして、話したり煙草を喫《す》ったり、携帯電話をいじったりしている。

「あの」

入口横に設《しつら》えられた受付で、鯖崎を呼んでもらおうとしたとき、

「ヒビキちゃん！」

と声がして、本人が現れた。いつものスーツ姿ではなく、ボーダー柄の長袖のTシャツにジーンズ、というくだけた恰好をしている。

「よかった。迷ってるんじゃないかと思って心配してたんだ」

GUESTと書かれたシールを受付から取って、裏の紙をはがしながら言った。

「迷わないわよ、このへんは地元みたいなものだもの」

響子はこたえ、渡されたシールを腰の位置に貼った。

「それにもともと方向感覚はいいの。桃は方向音痴だけどね」

つけ加え、自分が饒舌《じょうぜつ》になっていることに気づく。来られなかった桃の名前を、口にださなくては悪い気がした。

建物のなかは靴だらけだった。陳列棚のようなものはなく、床に直接置かれている。あちこちに鏡。みんなサンプルを履いて歩いたり、写真を撮ったりしている。

「すごい」

つい声がもれた。

靴というより玩具《おもちゃ》に見えた。靴の形の玩具のように。

「色とりどり」

「全部、革？」

銅色に光るごつい靴を履いた女性に、目が釘《くぎ》づけになったまま、響子は尋ねる。派手というか、宇宙服を連想させる靴だ。普通の人が、普通に履く靴とは思えなかった。

「正解」

鯖崎がこたえる。

「いまはいろんな素材があるけど、革で作るのがうちのポリシーだから」

太腿《ふともも》まで履う緑色のブーツを履いた女性がいる。深紅のローファーを履いた男性も。

「すごいわ」

呆《ほう》けたようにおなじ言葉をくり返すと、鯖崎は嬉しそうに笑った。

「でしょ？」

誇らしそうに言う。

「全部を商品化するわけじゃないけど、注文があれば、たとえ一足でもうちは作るから」

壁際に積み上げられた箱、ファイルをひらいて何か説明している男性社員、どれを何足注文するか、携帯電話で誰かと相談している女性。みんな忙しそうにしている。

「鯖崎くんはいいの？　接客とかしなくて」

突然、自分が人々のじゃまをしている気がした。人々の、そして鯖崎の。

「平気。僕の顧客は、きょうはもう来ないから」

ＢＧＭのピアノ曲をかき消すように、靴底が床にあたる音が幾つも聞こえる。鈍く重い、ガタンとかごつんとかいう音が。

促されるままに階段をのぼると、二階もおなじ状態だったが、中央にテーブルがあり、水のペットボトルがたくさん用意されていた。

「自由に見てて。いまブーツを持ってくるから」

鯖崎は言い、色も素材も変えられることや、サイズはイタリア表記だということ、子供用の靴は扱っていないこと、などを説明してくれた。響子はぼんやりしてしまう。せっかくだから一足くらい新調しようと考えて来たのだが、自分に合う靴がここにあるとは思えなかった。

隼人なら、と考えて、男性用の靴を探した。隼人なら、少々派手でも履くかもしれない。

戻ってきた鯖崎は、小柄で日に灼けた、響子の印象ではしょぼくれた、男性と一緒だった。

「オーナーの奈良橋さん」

と紹介する。

「こちらは響子さん。桃ちゃんのお友達」

はじめまして、とオーナーは言った。

「陽とは飲み友達なんです。だから桃ちゃんにも仲よくしてもらってます」

と。響子が驚いたのは、男が片手をさしだしたからで、仕方なく握りはしたものの、握手って、変ってないだろうか、と思った。

「お姉さんとは、もう何年もお会いしてないいんです」

響子は言った。

「昔はよく一緒に遊びましたけど。私は一人っ子なので、お姉さんができたみたいで嬉しかった。映画雑誌を貸してくれたり、三人で桃パパのお酒をこっそりのんだり」

喋りすぎかもしれないと思ったが、どういうわけか止まらなかった。

「いちばんいい脱毛クリームはどれか、実験したり」

ははは、と、オーナーは笑った。笑ったが、あまりたのしそうには見えなかった。

「じゃあ、ごゆっくり」

言い置いて、奥にひっこんでしまった。

「ごめんなさい。私、喋りすぎたかしら」

質問ではなく謝罪のつもりで呟いたのだが、鯖崎は、

「全然」

とこたえる。

「それよりこれ、履いてみて」

そう言って、響子がぎょっとしたことにいきなりひざまずき、くるぶし丈の編み上げ靴を履かせようとするのだった。


いつものことだが、会場は賑《にぎ》やかだった。研究発表の場というより、同窓会とか、何かの記念式典とかみたいな雰囲気だと桃は思う。実際、大学時代や医局時代の友達と、再会することが目的で参加する人も多いと聞く。桃にはよく理解できないのだが――会いたいのなら、いつでも個人的に会えばいいのに、と、つい考えてしまう――、それぞれ首からIDカードをぶらさげて、悲鳴に近い歓声をあげ、抱きあって再会を喜ぶ若い人たちもいた。矯正科や口腔《こうくう》外科には、女性もたくさんいる。昔、というほどではないにしろ、桃が学生だったころ、歯学部というのは圧倒的に男性の多い学部だった。いいなあ、と、よくヒビキにからかわれたものだ。未来のお婿さんを選び放題じゃん、と。一方で、父親が開業医だった桃は、そうではない境遇の学生たちに、「将来の安定」を何かにつけてあてこすられた。

受付さえ済ませてしまえばあとは自由なので、自分の発表を無事に終えると、プログラムを手に展示室を一巡りして、桃は早々にホテルにひきあげた。学会に参加する目的は、桃の場合、端的に言って「ポイント」を稼ぐことなのだ。認定医資格の更新に必要な「ポイント」は、参加するだけでももらえて、指定の講演を聴講すればさらにもらえ、自分で発表すればまたさらにもらえる。太田さんには、もしバーゲンになっていたら注文してきて欲しいもの、のリストを渡されていたが、材料メーカーのブースには行かなかった。あまりにも混雑していたからだ。それはあした、講演を聴いたあとに見ようと桃は思う。帰る前に、と。

部屋に戻るとほっとした。窓から海の見えるこの古いホテルは、横浜で泊りがけの学会があるときの、桃の定宿だ。そして、でも、一人きりで泊るのは初めてだった。これまではいつも石羽が、仕事を終えて駆けつけてくれていたのだ。

六年というのは短い月日ではない。いま自分がいるのとそっくりな部屋で、石羽の隣で目覚めた幾つもの朝を、桃は憶えている。ルームサービスで二人きりの朝食を楽しんだり、わざわざ中華街まででかけて、揚げパン入りのお粥《かゆ》や豚足をたべたりした。「ポイント」目当ての学会には、去年まで、デートもついていたのだった。ここは、恋人たちがそぞろ歩くのにうってつけの街だと桃は思う。夜も遅くまで遊んだ。老舗《しにせ》のクラブでジャズを聴いたり、たまたま見つけたバーでダーツに興じたりした。石羽はダーツの腕がよかった。

午後五時。窓の外はまだあかるい。桃はバスタブに湯をためる。まず風呂に入り、それから街に夕食にでようと考える。ホテルのレストランで済ませてしまえば簡単だが、それではいけないような気がした。くやしいというか、不甲斐《ふがい》ないというか。いやだわ。母親なら、間違いなくそう言うだろうと思った。

「夜に、一人で外食するなんて、ママは絶対にいやだわ。冗談じゃない」

母親の口調を真似て、声にだして言うと闘志が湧いた。あまり空腹ではなかったが、風呂に入ればお腹もすくかもしれない。

目が覚めてすぐ、鯖崎は響子のことを思った。鯖崎が踏んだとおりぴったりだった、煉瓦《れんが》色のレースアップブーツを履いた響子は、きのう、展示会場の鏡の前で、「うそ」とか「やだ」とか呟いて、子供のように足踏みをした。「ちょっと、これ、似合ってない?」それから自分でそう言った。嬉しそうというよりも、単純に驚いた顔で。かわいかったと鯖崎は思う。ものすごくかわいかった。

曇り空だ。テレビをつけ、シャワーを浴びる。すでに響子に会いたかった。情報番組の音声で時間を推し量りながら、牛乳をのみ、スーツを選んで身につけた。手早く髪を整える。

窓を閉め、テレビを消して部屋のなかを見まわす。独身男子のひとり住いにしては手入れがいきとどいている、と自負している部屋だ。もっとも、と鯖崎は思う。もっとも、それは独身男子のひとり住いだからこそ保たれる種類の清潔さでもあるのだ、と。１ＬＤＫだが、ＬＤ部分は結構広い。家具は最小限しか置いていないし、見せない収納を心掛けてもいるので、がらんとして見える。鯖崎にはそれが落着くのだった。両親の住む実家まで、電車で一駅（歩いても二十分）という便利さもあり、鯖崎はこの部屋で料理を一切しない。従って食材の買い置きもない。こだわったのはゴミ箱で、大きな、銀色の機能的なものを、リビングとキッチンに一つずつ置いている。ゴミはすぐに捨てる。そうすれば部屋は散らからない。

そうやって小ぎれいに暮している部屋に、鯖崎は一度も女性を連れてきたことがない。連れてこないと決めている。

オートロックの扉を抜けておもてにでると、風がひんやりしていた。ひさしぶりだ、と鯖崎は思う。こういう空気はすごくひさしぶりだ。

「雨です」

中川さんが言った。診終えたばかりの患者のカルテをめくりながら、

「そう」

とだけ詠介はこたえる。クリニックのなかは静かだ。

「雨？」

受付から太田さんが訊く。

「そう。いま階下に降りたらダーッと、すごい勢いで降ってたからびっくりしちゃった」

詠介はそれがすこぶる気に入っているのだが、ここにいると、外の様子がまるでわからないのだ。事務スペースの脇に、小さな縦長の窓があることはあるのだが、幅が狭い上にガラスが汚れていてよく見えない。

「きょうはもう予約もないようだから、何ならあなたがたはもう帰ってもいいよ」

鷹揚なところを見せようとして言ってみたが、逆に不興を買った。

「えー？　まだ四時ですよ」

「追いださないで下さいよ、こんな土砂降りのときに」

急患に備えて出張ってきたが、院長不在のきょう、患者はすくなかった。勤務医の篠田くんだけでもさばけたかもしれないが、詠介は、桃の患者をたまに診るのが好きだった。患者の口のなかを見れば、歯科医の技術がわかる。桃のそれは、詠介の見たところ（無論、詠介自身にはまだ及ばないものの）、なかなか大したものだった。

「外、半袖じゃ肌寒いくらいだった」

「えー？　ほんとう？」

女の子たちは賑やかだ。

「このまま涼しくなってくれるといいけどねえ」

いまは通常週に一度の非常勤だが、毎日ここにいたころとおなじ自然さで、詠介はここを自分の居場所だと感じる。ある意味では自宅以上に自分の家だと。女の子たちのうちの一人は新入りだし、古株の女の子たちにしたって個人的にそうよく知っているわけではないのだが、それでもやはり、なつかしいのだ。

詠介は今夜、かつての寄り合い仲間と酒をのむ予定だ。二階の雀荘《ジャンそう》の経営者とか、いまはよその街に移ったが、以前おなじビルのテナントだった映画配給会社の人間たちとか。

「あら、いいこと」

由紀はそう言って送りだしてくれた。

「古き良き銀座の紳士連ね」

と。

電話が鳴り、中川さんが、例のよく通る、明瞭《めいりょう》すぎるような声音で、

「あ、桃先生。お疲れさまです」

と言ったので、娘がかけてきたのだとわかった。

「大先生、桃先生が、学会終ってこれから電車に乗るところだけれど、ここに寄った

方がいいですかって」

「いや、いいよ来なくて」

詠介はのんびりとこたえる。

「何も問題ないって伝えて」

はあい、というあかるい返事を聞きながら、詠介は机の上の、以前はなかったガラスの小皿に気づく。桃が毎朝外す、指輪や時計を置くための皿だということを詠介は知らなかったが、いまは髪留めが一つぽつんとのせてあり、小さかったころの娘の、ママゴトやら人形遊びやらおはじきやらを連想し、なんとなく微笑ましいと思うのだったった。


鯖崎から電話がかかってきたとき、響子は大鍋でカレーを煮込みながら、小鍋で里いもと烏賊《いか》を煮つけているところだった。前者は夕食用、後者は夫婦の晩酌用で、あとはサラダをつくればいいだけだった。

「来ちゃった」

というのが鯖崎の言った言葉で、意味がわからず、訊き返すと、

「会いたいから、来ちゃった」

と、響子の耳が確かなら聞こえた。鯖崎は外にいるらしく雨音が激しく、家のなか

はテレビの音がやかましく、けれどそれら以上に、いま聞いた気のする言葉のせいで動悸《どうき》がして、

「え？　何て言ったの？　どこにいるの？」

と尋ねたあとも、返答がよく聞き取れなかった。

「ちょっと待ってね」

小鍋の方だけガスの火を消し、寝室に移動しながら、自分がこそこそしているようで、子供たちの視線が気になった。

鯖崎は、近くまで来たのだと言った。仕事が早く終ったので、ヒビキちゃんの顔が見たくて、と。

「なーに、それ」

響子は言い、笑おうとしたが声がかすれた。前に会ったファミレスにでてきてくれるのでも、僕がそこにおじゃまするのでもいいから、ともかく顔が見たいのだと鯖崎は言った。

「つまんないものだけど、お土産も買ってきたし」

と。

「私の顔なんて見たってしょうがないでしょう？」

努めておばさんぽくこたえたが、自分の声が変に聞こえた。

「しょうがあるよ。見たいんだもん」

反論のしようがあっただろうか。

そして、いま、鯖崎はここにいるのだった。散らかり放題のマンションの、六人用なので響子が予備のスツールに坐れば客の一人くらいはつくことのできるダイニングテーブルに、夫や子供たちと一緒に。

ひきとめたのは響子だった。

「ダンナさんが帰ってくる前に帰るよ」

と鯖崎は言ったのだが、

「せっかく来たんだから隼人にも会って行ってよ」

と、響子が言った。隼人の身になれば、自分の留守に、妻に会いに男が来て帰って行ったと知らされるより、一緒に来客を迎える方が好もしいだろう、と思ったからだ。

「じゃあ、その人に会うまで靴には全然興味がなかったの?」

今夜、隼人は機嫌がいい。もともと、女とのむより男同士でのむ方が好きな人種なのだ。

「おもしろいなあ。でも、人生ってそういうことで変ったりするんだよなあ」

と、しきりに感心してみせる。

「ますますたのしみだな、きのうコイツが買ってくれたっていう俺の靴」

きのうは、たしかにたのしかったと響子は思う。夕方で、一軒家のレストランみたいなその建物のなかには、斜めになった日が差し込んでいた。そこらじゅう鏡だらけで、ゴツンばたんと、靴が床にあたる音がしていて。鯖崎が選んでくれた編み上げ靴は、自分でもびっくりするくらい似合い、おまけに歩きやすかった（そのあとで、値段にもびっくりしたのだったが）。一般の客は響子の他にいないようだった。GUESTとマジックで大書きされたシールを貼っている人が、他には見あたらなかったから。プレスとかバイヤーとか、よくわからないけれど業界っぽい人たちばかりがたくさんいた。

「どうしてそんなふうに思うの？」

というのが、鯖崎の言ったことだった。

「私、なんだか場違いみたい」

響子がついそう呟いたときのことだ。深く考えて言ったことではなかった。遠慮というか気後れというか、ともかく何か言った方が、いいような気がした。

「ヒビキちゃんはお客さんなんだから、もっとエラそうにしてなよ」

エラそう、という言葉が可笑しくて笑ってしまったが、

「商品は全部お客さんのためにつくられてるんだし、プレスだってバイヤーだってみんな、一人ずつのお客さんに届けるためにここにいるんだから」

と言われたときには何だか感動した。響子には、結婚前にすこしだけ、会社勤めをした時代がある。時代があるが、そのころの自分が、いまの鯖崎のように真面目に、自分の仕事と向き合っていただろうかと考えてしまった。まあ、考えるまでもなく向き合っていなかったのだが。隼人とすでに結婚の約束をしていたし、それまでの「つなぎ」のつもりで就職した。そして、二年半後に妊娠し、いわゆる寿退社をしたのだった。

「そりゃあ、オールブラックスが上だろう」

隼人が言い、

「でも、僕はワラビーズが好きなんです」

と、鯖崎が言う。話題はラグビーに移ったらしい。

「もうあっちに行っていい？」

亮に訊かれた。大人同士の会話は退屈なのだ。

「野花もつれて行ってね」

響子はこたえる。未来が最初に席を立った。隼人そっくりのスポーツ観戦好きに育っている勇樹は、テーブルから離れそうにない。

「そうだ、おだんご」

思いだし、響子は言った。鯖崎が、子供たちへの土産にみたらし団子を買ってきてくれたのだ。

「いまお茶をいれるから、おだんごをいただいてから行きなさい」

「はーい」

亮がこたえ、

「いらない」

と、未来はこたえる。響子は台所に立ち、やかんに水を入れて火にかけた。

「でもさ、でもさ、クエイド・クーパーよりダニエル・カーターの方が、スタンドオフとしては上でしょ？」

勇樹が勢い込んで、言うのが聞こえた。


陽はいま、乳ガン闘病中の女性のルポルタージュを書いているところだそうで、担当編集者と、担当ではないが仲のいいべつな女性編集者、それに前に会ったことがあるが、誰だか桃には思いだせない若い女性と、病院で女性が感じる屈辱について話している。無神経な医者とか、身近な人間の不用意な発言とか。

テレビ画面から、音声を消したアメリカ映画が流れている。陽の言う「BGM代り」だが、音が消えているのになぜBGM代りなのか、正直なところ桃にはわからない。それでも「マンモグラフィー」とか「触診」とか、「シリコン製の新しい乳房の性能」とかの話よりましなので、テレビ画面をぼんやり眺めているのだった。映画はあきらかにコメディで、おそらく「ポリスアカデミー」だろうと思われた。制服警官がこんなにたくさんでてくるコメディが、もし他にもあるならそっちかもしれなかったが。

桃が渋谷駅に着いたのは、五時前だった。

今夜、会えたりする?

鯖崎に、そうメールを打った。雨で、桃は傘を持っていなかった。そのまま家に帰る気にはなれず、陽のところに来たのだったが、鯖崎からは返信がなく、代りのようにヒビキから、

いま鯖崎くん来てるよ。桃もおいでよ。もう帰ってるんでしょ。

というメールが届いた。

「桃ちゃん、ちゃんと定期検診してる?」

尋ねられ、

「してます、勿論」

とこたえると、

「お姉さんにも、するように言ってよ。このひと全っ然しないんだから」

と言われた。

るくせによ」

「早期発見が大事だとか、信頼できる〝マイ・ドクター〟を探せとか、自分で書いて
「そりゃ、仕事だもん」

陽が言った。

「仕事で書くことと、私生活は別よ」

三本目のワインが空く前に帰ろう、と桃は思う。

「雨、まだ降ってるのかな」

呟いて、壜詰のアーティチョークのオイル漬け（今夜の客の、誰かの手土産）を一つつまむ。


青いTシャツ（左胸の位置に、小さなハイビスカスの花が白抜きになっている）に、パイル地の、マルチカラー・ボーダーのロングスカート、というのが今夜の響子の服装で、その普段着さ加減――というか、部屋着感――に、鯖崎は圧倒されてしまう。ここが自宅という自分のテリトリーで、そばにダンナもいるから安心しているのだろうと、鯖崎は思う。きのうの、おそらく外出用だと思われるワンピース姿の響子より、ずっと無防備で生々しい。

「結婚は、じゃあまだ考えてないんだ」

隼人が言い、鯖崎は、

「ええ、まだまだです」

とこたえてうなずいた。午後十一時をまわり、この家のリビングは、ようやく大人だけの空間になったところだ。

「そうだよなあ、若いもんなあ」

隼人は何かをぼやく口調で言い、水割りの氷をカラカラ回した。屈強そうな見かけのわりに、酒に強くないらしい。

「でも、桃はもうそんなに若くないんだから考えてあげなきゃ」

響子が言い、夫のグラスを取って水を注ぎ足す。

「あれ？　酒は？　酒も入れろよ」

鯖崎は改めて隼人を眺める。ヒビキちゃんの夫を。会うのは二度目だが、目の前の男性について、随分たくさんのことを知った気がする。運送会社に勤めていること、巨人ファンでオールブラックスファンであること、若いころ、暴走族まがい――というのは響子の言葉で、本人が言うには「群れなかったので単独暴走野郎」――だったこと。カルビが好きなこと、靴のサイズが二十七センチ（イタリア表記の44）であること、いまでも腹筋運動を二百回続けることができ、腕立て伏せは片腕でもできる（本人談）こと、低い、結構いい声をしていて、妻を「響子」と呼ぶこと。よく喋る人間でもあり、職場に「内田」という名の人間がいることや、叔父さんがタクシーの運転手をしていることまで知ってしまった。

それにひきかえ――。この家でだされる水割りは薄いのですこしも酔わず、はっきりしたままの頭で鯖崎は考える。それにひきかえ、自分は響子についてまだ何も知れずにいる、と。

「でもいいよなあ、若いっていうのはそれだけでさ、いろんな可能性があるってことなんだから」

性懲りもなくおなじようなことを呟く隼人に同情を覚え、鯖崎は自分で奇妙な気がした。同情？　ヒビキちゃんと暮している男なのだから、うらやましく思ってもよさそうなものなのに。

「ちょっとごめんなさいね」

響子が言い、すぐ横の台所に移動した。パイル地に包まれた豊かな臀部《でんぶ》に目が吸寄せられる。

「あしたのお弁当の準備をしちゃわないと」

「あ、じゃあ僕は失礼します」

立ち上がり、グラスと割り箸《ばし》を流しに運ぶ。ふり向いた響子は、あきらかにほっとした表情をしていた。

「落着かない家でごめんね」

それでいて、心底申し訳なさそうに言う。夕方たしかにしていた薄化粧は、時間の経過と湿気と酒で、すっかり見えなくなっている。落ちたのだろうか。それとも崩れた？　どちらの言い方が正しいのかわからなかったが、いずれにしても、響子の肌は血色がよく、てかてかしていた。

「まだ電車あるよな」

そう言った隼人はすでに立ち上がっていて、見送り態勢だとわかった。

「待って待って」

響子はいい、食器棚の下の扉を慌しくあける。

「すみません、すっかり長居しちゃって」

詫《わ》びた鯖崎に、隼人は気持ちのいい笑みで応じ、

「いいよ、また来てよ、楽しかったから。ほら、いつもはガールズトークになっちゃうから、こいつと桃ちゃんの」

と、後半は声を低めて言った。

「これ持ってって、これ」

がさがさと音のする包みを、響子に玄関で渡された。

「おせんべ」

鯖崎の胸に、包みをほとんど押しつけるようにしながら小声で説明し、満足そうににっこり笑う。

「いや、いいよ、悪いよ」

あとになって、そうむきになって辞退するほどのことではなかったと気づくのだが、遠慮というより不意打ちにあったような驚きから、鯖崎はつい後ずさった。鯖崎は基本的に間食をしない。響子がなぜ自分に煎餅《せんべい》をくれようとするのかわからなかった。

「いいから、いいから」

響子は依然としてにこにこしており、鯖崎は結局のところそれを受けとるよりなかった。

響子と隼人は、二人共マンションの廊下まででて見送ってくれた。響子は両手を振った。あの小さな手をひらひらと。

エレベーターに乗り、扉が閉まった途端に響子が恋しくなった。奇妙としか言いようのないことだ。夫も子供もいる女性、別れ際に煎餅をくれる女性――。そして気づく。この建物のあの部屋で、まるでそこにしか居場所がないかのように暮している彼女を、誰も理解していないことが鯖崎は腹立たしいのだった。ひき返し、ひきずりだし、外を見せたかった。大丈夫だと言いたかった。何が大丈夫なのかはともかく、そうあるべきなのだから大丈夫だ、と。

おもてにでて、携帯電話をチェックすると、着信電話二件のうち一件が、着信メール四件のうち一件が、それぞれ桃からなのだった。

すっきりさせるためにも、と桃は考えていた。すっきりさせるためにも、かけ直して用件を訊いた方がいいのではないだろうか。

陽の家にはさらに客が増え、話題は乳ガンからお一人さまの老後に移り、遺品の整理とか墓地の値段とか、さらに陰々滅々としてきたので逃げだした。マンションに帰りつくと留守番電話のランプが点滅していて、押すと石羽の声が流れたのだった。

ゆうべ泊ったホテルの部屋を、桃は思いだしてしまう。淋しいというより味気なかった滞在を。おなじ場所が、以前とはまるで違うふうに感じられた。部屋をでてフロントにおりるまでの、短い距離さえ一人で歩くとながく感じた。

石羽に新しい彼女ができたと聞いたのはいつだっただろう。四月か五月、まだ暑くなる前だった。桃は再生ボタンをもう一度押してみる。用件録音、一件、目、きょうの、午後、九時、八分。人工的な女性の声が告げ、ピーッ、と、小さいのに耳障りな音がする。

桃？　俺。何度もごめん。ていうか（かすかな笑い声、もしくは鼻息）、電話もらえないかな。何時でもいいから。

もう一度聞いた。

桃？　俺。何度もごめん。ていうか（雑音）、電話もらえないかな。何時でもいいから。

落着いていて明瞭な声も口調も、桃の記憶にあるとおりだった。別れて一年が経つのに、この部屋で石羽の声を聞くのは、ひどく自然なことに思えた。もう一度再生ボタンを押そうとすると、すぐ横で携帯電話が振動し、びくりとして、桃は手をひっこめる。その小さな機械を凝視したまま、振動四つ分動けずにいた。

石羽からであることを、一瞬望んだような気がした。気がしたがそれは鯖崎からで、桃がでると前置き——名乗るとか、相手が桃であることを確かめるとか——なしに、

「ごめん、電話全然気づかなかった」

と言った。

「学会はどうだった？」

無事終了、と桃はこたえる。ちゃんとポイントを稼いできたわ、と。

「よかった」

鯖崎の声はあかるい。今夜、会えると思ってたのに。その言葉を桃はのみ込む。約束していたわけではないのだから。

「展示会は？」

代りにそう訊いた。あかるい声をだそうと努める。

「無事終了」

おなじ言葉を鯖崎は使った。

「盛況だったよ。ヒビキちゃんも来てくれた」

きのうも会ったのに、きょうも会ったの？　そう訊いてしまわないように、桃は黙る。

「桃ちゃん、もう家？」

「そう。さっき帰ってきたところ。陽のうちにいたの」

会いたい、と言えば鯖崎が来てくれることはわかっていた。深夜だから、来て、泊っていくだろう。けれど、なぜかそう言いたくはなかった。それで、

「会いたかったのに」

と過去形で言った。頼んでいるわけではなく、事実を報告しているのだ、と思おうとしながら、

「今夜、鯖崎くんにとても会いたかったのに」

と。

じゃあ、いまから行く。いつもの鯖崎ならそうこたえるはずだった。あるいは、うん、僕も会いたかったよ、と。

「来ればよかったのに」

鯖崎は言った。

「ヒビキちゃん、会いたがってたよ」

桃は耳を疑った。玉砕。頭に浮んだのはそんな言葉だった。

「ふうん」

淋しくなどなく、ただ機嫌をそこねたのだ、というふりを桃はする。

「すくなくともヒビキは、私に会いたがってくれたのね」

鯖崎は一瞬黙り、驚いたことに真面目な声で、

「うん。会いたがってた」

とこたえたのだった。

十一月

「旅行ォ？」

つい声が大きくなった。

「私にすごまないでよ」

喪服姿の妻が言う。義母の一周忌の法要を終え、親戚一同と共に、近くの料理屋に来たところだ。

「何でわざわざこの時期に行くんだよ。きょうのことをわかってて、嫌がらせみたいに」

声はひそめたが、腹立ちは隠さず隼人は言った。

「知らないわよ、そんなの」

響子は夫に背を向けて、子供たちの脱いだ靴を揃えながらこたえる。自分の脱いだ靴くらい、子供たちに揃えさせるべきだと隼人は思ったが、口にはださなかった。自分も揃えなかった（無論響子が揃えた）ことを思いだしたからだ。

「非常識だろうよ」

畳をきしませて、座敷の奥へ進みながら続けた。義母の晩年の同居人だった山口という男は、隼人にはどうにもうさんくさく思える。だいたい、あの家に居すわっていることがおかしい。

「別個に悼みたいんですって。いいじゃないの、もう」

すりガラス越しに薄い日が差し込み、長テーブルには壜ビールと烏龍茶《ウーロン》、それにオレンジジュースがすでにならべられている。

「隼人くん、隼人くん」

響子の叔父夫婦に声をかけられ、

「我々はどこに坐《すわ》ればいいかな」

と尋ねられた。

「あ、もう適当に坐っちゃってください」

隼人はこたえ、自分でも適当に腰をおろす。床の間を背にした上座には、義母である和枝さんの、遺影と位牌《いはい》が置かれている。

「もう一年だなんて早いわね」

親戚の誰かが言い、

「あのときは本当に突然だったからびっくりしたけど」

と、またべつの誰かが言う。

菩提寺《ぼだいじ》での読経は、隼人がほっとしたことに、正座ではなく縁台のような木製の椅子に、ならんで腰掛けて聞く様式になっていた。広々した板の間は、窓がすべてあけ放たれており、風が渡って気持ちがよかった。線香の匂いがした。絢爛《けんらん》という言葉がぴったりの、鮮やかな色彩の緞帳《どんちょう》が中央にめぐらされ、その内側で、坊主がぽくぽく木魚をたたくのだった。隼人はとくに信心深い性質《たち》ではないが、読経を聞きながら穏やかな気持ちになった。よく喋り、ころころとよく笑う人だった和枝さんが、〝成仏した〟と感じられた。

「隼人くん、挨拶、挨拶」

促され、立ち上がって簡潔に、集ってくれたことへの礼だけを述べた。自分よりもずっとよく故人を知っていて、「和枝さん」ではなく「和ちゃん」とか「姉さん」とか呼ぶ人たちに対し、礼を述べるのは奇妙な気がしなくもなかったが、他にどうしようもない。松花堂弁当が運ばれ、コップに酒が注がれて、献杯をした。すぐに泣く妻は笑いながら、早くも目を赤くしている。それでも、葬式とは違って座があかるい。思い出話や世間話や、ときどきあがる笑い声や。

「やっぱり、来てしかるべきだったんじゃないのか?」

隼人は蒸し返した。

「礼儀ってものがあるんだから」

響子は首をかしげる。

「そうね。私も来てほしかったんだけど」

呟《つぶや》いて黙り、急に顔を上げて隼人を見て、

「でも、隼人山口さんに何か言ったでしょ。何か、来るなみたいなことを」

と言う。

「言わないよ。言うわけないだろ」

それについては自信があった。来るなとは、思ってはいても言っていない。

「ほんとう？」

妻は疑わしそうだ。

「それならいいんだけど」

口ではそう言いながら、隼人から目をそらした。

「ママ、見て」

妻の向う側で野花が言い、自分の靴下を指さす。

「かわいいね。おさかなね」

妻が応じる。野花は新しい靴下――小さな魚が刺繍《ししゅう》されている――が、よほど気に入っているらしい。隼人も、今朝から何度も見せられていた。

「あのお弁当、おばあちゃんもたべるの？」

勇樹が訊《き》き、それはどうやら、たべないなら、もったいないから自分がたべる、という意味らしかった。


土曜日。晴れてはいるが空気がつめたく、もう冬だなと陽は思う。雑居ビルの五階、指圧サロンの隣が桃のクリニックだ。すこし前までは父親のクリニックだった。エレベーターにのり、薄暗い通路を歩いていくと、いつものように、扉はストッパーをかませて開けたままになっていた。昔はこのへんでもう歯医者の匂いがしたものだけれど、と陽は思った。いつからか、その匂いがしなくなった。まるで、ごく普通のマンションの一室みたいだ。

「こんにちは」

脱臭機が強力になったのだろうか、それとも使う薬品の変化だろうか、と考えながら受付に挨拶すると、

「まあ！　お姉さん」

と中川さんが高い声をだした。

「桃先生、お姉さんです」

あなたのお姉さんじゃないけど、と胸の内で呟き、奥の応接スペースに進んだ。近くで映画の試写会があり、ついでに妹の顔を見ようと思って寄っただけだが、ここは、陽にとってもなじみ深い場所だ。コポコポと、排唾器の立てる音が聞こえる。

だされた紅茶をのみながら待っていると、

「珍しいね」

という声と共に桃が入ってきた。白衣のポケットに両手をつっこんでいる。

「近くまで来たから」

陽はこたえ、すこし前に読んだマーガレット・ミラーの小説に、白衣に関する描写があったことを思いだした。何だっただろう。「えてして白衣姿というのは、ふつうの若者と区別して、陰気で不愉快な、決して話題にしたくないことを取り扱っている人物であることを示すものなのだ」とか何とか。事故で失明した女性をめぐる、筋の込み入った小説だった。

「土曜日だし、診察もうじき終るかなと思って」

「終るけど」

桃は言い、事務机の前の、キャスターつきの椅子に腰をおろした。応接スペースと事務スペースは、おなじ小さな空間なのだ。

「でも夜は約束があって」

携帯電話をいじりながら、桃は続ける。

「鯖崎くんとだから来てくれてもいいけど、でもなあ、ちょっと邪魔」

陽は笑った。妹がこんなに率直な物言いをするのは、自分に対してだけだと知っていた。

「遠慮します」

こたえて安心させてやった。陽には理解できないことなのだが、桃は依然として鯖崎に夢中なのだ。奈良橋から聞いたところでは、当の鯖崎はヒビキちゃんに激しく横恋慕中だというし、桃もそれを知っていて、「どうしてヒビキなのかなあ」と、ぼやいているというのに。

「あ、ママもいま銀座にいるよ」

携帯電話の画面を見ながら桃が言った。

「みなちゃんからメールがきて、『お母さま、備前《びぜん》焼の一輪ざしを買って下さいました』って」

陽はしかめ面をつくった。母親には会いたくない。

「ここに来たりするかな」

立ち上がり、すぐにも帰れるよう鞄を手にとると、桃に呆《あき》れ顔をされた。

「そりゃあ困った人ではあるけどさ、嚙《か》みつくわけじゃないんだから、そんなに怯《おび》えなくてもいいでしょう？」

怯える、と思った。陽にとって、母親は徹底的に恐怖なのだ。

「それよりせっかく来たんだから、ちょっと診ようか？」

「いい」

即答した。無料で診察してもらえることは確かにありがたいが、診察されればどこかに不具合を発見されるに決っていたし、すくなくともスケーリングされることはわかっている。陽はスケーリングが嫌いなのだ。

「わあ、奥さま！」

そのとき中川さんの声が聞こえた。

「桃先生、今度はお母さまですぅ」

語尾をのばして、たのしそうに言った。


父親の車の後部座席で、未来は妹の足を見ている。車に乗るとすぐに靴を脱ぐ癖のある野花の足は小さく、新品の、白い靴下に包まれている。きょうは履いていないが、おなじものを未来も持っていた。

先週の日曜日、勇樹と亮と野花は、母親と水族館にでかけた。無論未来も誘われた――というより、あやうく無理矢理連れて行かれそうになった――のだが、断固として断った。魚に興味なんてない。それに、水族館には鯖崎くんも行ったのだ。おかしくないだろうか、そんなの。

「やめて。風が入ってくる」

隣で窓をあけた勇樹に、未来は言った。

「なんでだよ。いいじゃん」

勇樹は両親に言われれば従うのに、おなじことを未来が言うと無視する。

「いいじゃん」

おなじ言葉を亮までが口にして、座席の上を、未来をまたいで不安定に移動して、あいた窓に近づこうとする。

「やめて、痛いよ」

べつに痛くはなかったが、腿《もも》に弟の足がぶつかったので、そう言った。

「ユウ！　亮！　静かにしなさい」

野太い声で父親が叱り、

「うるさいのは未来じゃん」

と、勇樹が口をとがらせる。亮がまたしても未来の上をまたいだ。

「お前のせいで叱られただろ」

勇樹が小声で言い、未来のふくらはぎを蹴《け》る。この車の後部座席に押し込められることが、未来にはいつも苦痛だ。ここは家とおなじくらいうるさく、家よりも狭い。亮が反対側の窓もあけた。もういい、と未来は思う。蹴りたいのなら蹴ればいいし、窓をあけたいならあければいい。

「未来！」

助手席で、母親がきんきん声をだした。

「野花と亮が乗りだしてるでしょう？　危いから窓を閉めなさい」

「私があけたんじゃないよ」

未来は言った。

「私はさっき、閉めてって勇に」

最後まで言わせてももらえなかった。

「いいから閉めなさい。もし妹が落っこちたらどうするの？」

野花の両脇に手をさし入れて、未来は妹を抱き寄せた。隣に深く腰掛けさせる。勇樹と亮が無言でそれぞれの側の窓を閉めたが、ふり向いた勇樹がにやりと――あきらかにザマーミロという感情を込めて――笑うのを見たときには、怒りのあまり吐きそうな気がした。

「まったくもう」

母親は母親で腹を立てている。

「じっと坐って車に乗っていることもできないの？　おばあちゃんの法要の日だっていうのに」

母親は膝の上に、和枝さん――おばあちゃんは、孫たちにも自分をそう呼ばせていた――の、大きな額入り写真をのせている。和枝さんがここにいたら、ママを叱ってくれたかもしれないと、未来は思う。「そんなにぽんぽん言いなさんな」「響子はすぐ感情的になる」そう言って、未来を庇《かば》ってくれたことが何度もあるのだ。でも死んでしまった。

うつむくと、また妹の足が目に入った。青い魚の刺繍のついた、未来自身も持っている（けれど履く気のしない）靴下の白い色が、じんわり滲《にじ》んだ。

備前焼と萩《はぎ》焼。二人の陶工の展覧会は、まあまあだった。どの作品も悪くはなかったが、目を奪われたというほどでもない。それでも一点購入したのは、いつも丁寧な案内状――印刷された葉書きだが、余白にきれいな手書き文字で、どうされていますかと由紀を気遣う言葉や時候の挨拶が、必ず添えられている――をくれるみなちゃんへのお礼の気持ちで、みなちゃんという子を特別優れているとは思わないにしても、日頃電話一本寄越さない二人の娘たちに較べれば、やはりずっと礼儀正しい、気配りの行き届いたいいお嬢さんだと認めないわけにいかない。それに、と、クレジットカードの伝票に署名しながら由紀は思う。それに、艶《つや》のある渋い土色——光の加減で赤茶色にも鉄錆《てつさび》色にも、炭に近い黒にも見える——の一輪ざしは、由紀が丹精している庭の、野草によく似合うはずだ。

「ここは静かね」

小さなスツールに腰掛け、だされた緑茶をのみながら言った。

「裏通りですから」

みな子はこたえて微笑む。

「このあと、桃ちゃんのところに行かれるんですか?」

尋ねられ、由紀はついため息をもらした。

「そうねえ、どうしようかしら」

詠介がいる日ならば行くのだが——。

「行ってもけむたがられるだけだから」

苦笑まじりに呟くと、みなちゃんは、

「そんな」

と、かなしげな声をだした。

「そんなことあるわけないです。ここまで来て寄らなかったら、桃ちゃんきっと怒りますよ」

その言葉を、由紀は信じたわけではない。それどころか、まるで信じなかったのだが、まっとうな意見だと思った。詠介の妻であり桃の母親である自分が、遠慮をする必要はないはずだ。お菓子でも買って、働いている女の子たちに差し入れしよう、と由紀は決める。

「そういえば」

みなちゃんが言った。

「うちの兄、喜んでます、また桃ちゃんに会えるようになって」

「そうなの?」

由紀は、自分でもまが抜けていると思う声で訊いた。

「はい」

みなちゃんはにっこり笑う。どういうわけか満足そうだ。

「まあ、いつから?」

尋ねたが、時期など問題ではなかった。

「ちっとも知らなかったわ」

それで、返事を待たずにそう言った。

石羽っち、と桃が呼んでいた男性を、由紀はそこそこ気に入っていた。もっとも、詠介のような男を伴侶《はんりょ》に持つ自分には、そこそこ以上に気に入る若い男などいるはずがなく、ということは、由紀から得られる最大の評価が〝そこそこ〟なのであり、その男と桃が再びつきあい始めたというのは、いいニュースだった。結婚するものとばかり思っていたのだ。別れた、と、ある日突然宣言されるまでは。

「お品、また宅配便でお送りしますね、展覧会が終ったらすぐに」

みなちゃんに見送られて画廊をでた。初冬の日ざしは薄いが美しい。由紀は銀座という街が好きだ。思い出がたくさんある。学生時代には、詠介とよくこの街で映画を観た。ハットリ――いまはそう呼ぶ人もすくなくなったが――の時計の下で待ち合せをした。由紀と詠介は結婚式などというものはしなかったが、両家の家族で食事をし、祝ってもらったのもこの街だった。

老舗《しにせ》の洋菓子屋でドライケーキの詰合せを買って、クリニックに着いたときには四時をまわっていた。がたぴしするエレベーターで五階に昇ると、例によって騒々しい受付嬢に迎えられた。

「わあ、奥さま！」

中川さん――という名前だったと由紀は思いだした――は言い、続けて、

「桃先生、今度はお母さまですぅ」

と、奥に向って声を張りあげた。あなた、そんな声をだしたら患者さんがびっくりされますよ、と窘《たしな》めるすきもなく、

「陽さんもいらしてるんですよ」

と、たのしげに説明された。お菓子の入った紙袋を渡し、由紀は応接スペースに足を運ぶ。

「調子はどう?」

まず桃に訊き、

「珍しい人がいるわ」

と、陽に向って言った。

「良好。ママは?」

桃がこたえたが、由紀は陽から目をそらさなかった。お稚児《ちご》さんみたいなおかっぱ頭。黒いセーターに迷彩柄のずぼん、というおそろしげな服装で、いまにも帰ろうとするかのように、コートと鞄を手に持っている。太りすぎだった若いころとは違って、この子は会うたびに痩《や》せていくようだと由紀は思う。

「どうしたの? 母親に挨拶もできないの?」

「帰るところだったの」

と陽は言った。由紀は両方の眉を上げる。

「それが挨拶?」

コートを脱いで椅子に坐り、改めて娘二人の顔を見た。

「待合室には誰もいないようだったけど、きょうはもう診察はお終《しま》い？」

尋ねると、

「あと一人。もうじきみえると思うわ」

と、桃がこたえた。事務椅子に腰掛けて、心細そうな表情で由紀を見ている。

「あなたも坐ったら？」

由紀は陽に言った。

「そんなところにぬぼっと立っていられたら、目障りでしょうがないわ」

ただでさえあなたは人の神経に障るんだから、と続けると、

「ママ！」

と桃が声をだした。

「なあに？」

由紀は訊き返す。ほんとうのことを言っただけだ。ひさしぶりに会ったのに、元気かと尋ねもせず、不愉快そうにぶすっとして。反抗期というのは思春期に終るものではないのだろうか。

「いいよ、桃」

陽は言い、持っていたコートを着ると、

「ちょうど帰るところだったの」

と、無表情に由紀を見てくり返した。

「それはさっき聞きましたよ。いいからお坐りなさい」

由紀の言葉を黙殺し、陽はそのまま帰って行った。

「ママ」

呟いた桃の声は弱々しく、ほとんど聞きとれないほどだった。

まったく、母親というものは。

電話を切り、安寿美は苦笑した。ハラマキとはまたレトロなことだ。

「しましまのと水玉のとどっちがいい？」

母親は言った。

「最近は、薄手で伸縮性があって、暖かくてアウターにもひびかない、いいものがでている」

のだそうで、

「たくさん買ったから、あんたにも一つ、山口さんに持って行ってもらうから」

と。安寿美は水玉とこたえた。一体なぜハラマキを「たくさん買った」りしたのか理解不能だし、欲しいとも思わないのだが、「それは断然水玉だな」と、適度と思われる熱意を込めてリクエストしたのだった。

外はもうすっかり暗い。カーテンを閉め、ラジオをつけると、女性の声が、「まーたそんなことを言って。だめですよアオキさん、御家庭がおありなんですから」と言った。はしゃいだ、あかるい、甘いといってもいい声音だが、実際はいい年をしたおばさんかもしれないと、安寿美は思う。「だけどさ、思うだけなら自由でしょ、思うだけなら」アオキさんらしい男性がこたえた。「せめて心は自由でいたいじゃないですか」

安寿美は冷蔵庫をあけて、タッパーをとりだす。中身はおでんだ。バイト先のコンビニでもらった。夏休みあけから始めたバイトは、いろんなものをもらえるので嬉しい。消費期限ぎりぎりの蒸しパンとか、ゴボウサラダとかおにぎりとか。週に三日、午後五時から十一時までのシフトで働いている。

タッパーの中身を、色の濃い煮汁ごと鍋にあけて火にかける。ラジオからは、安寿美も聴いたことのある古いフォークソング——タイトルはわからないが、「いーまはーただー、ごーねんーのつーきひーがなーがすーぎたはるーといえるーだけですー」という歌——が流れている。

こういうのは、孤独と呼ばれる状態なのだろうか、と安寿美は考えてしまう。大学に行って大学から帰る、週に三日のアルバイト、友達はいるが、大学の外で会うことはほとんどなく、彼氏というものもいない。うら若い娘の夕食がコンビニのおでんで、

BGMはかなしげな古いフォークソング、というこの状態は。

くくっと、喉《のど》の奥から笑い声がもれた。この状態に、安寿美は痛痒《つうよう》を感じない。というより大変満足している。自分の部屋、自分の時間、最高ではないか。鍋のなかで、おでんがぐつぐつ煮え始めている。水玉模様のハラマキも来ることだし、冬に向けて、安寿美は準備万端だ。ただ一つ残念なのは、この部屋にこたつを置くスペースがないことで、安寿美はこたつというものが好きなのだ。東京にでてくるまで、自分がそれを好きだということにさえ気づいていなかった。あるのがあたりまえだと思っていた。なくして初めて気づくことがある、と、よく恋愛の歌に歌われているが、安寿美はそれを、こたつで知ったわけなのだった。実家には、昔ながらの掘炬燵《ほりごたつ》がある。いまは勿論《もちろん》電気だが、かつては練炭が置かれていて、そのころにはまだ生れていなかった安寿美は、でもこたつの内部に幾つも残っている焦げ跡を馴染《なじ》み深く憶えていて――かくれんぼをしているわけでもないのに、しょっちゅうこたつにもぐったのはどうしてなのか、自分でもよくわからないが――、なんとなく、練炭時代も知っているような錯覚に陥る。

あの家の居間にいま山口がいる。そう思うと奇妙な気がした。安寿美はおでんを皿にとり、チューブの辛子を脇にたっぷり絞りだす。

庭先にうずくまった山口に駆け寄ったのは、コンビニでのアルバイトを始めたばかりの頃だった。

「だ、大丈夫ですか？」

動転し、「だ」がダブルになったのは、心臓発作を起して死んだ和枝さんのことが、咄嗟《とっさ》に脳裏に浮かんだからだ。てっきり山口も死ぬのかと思った。

「え？」

顔を上げた山口は、けれどすこしも苦しそうではなく、すぐに立ち上がって、

「いや、失敬。大丈夫ですよ」

と言った。ナントカ体操をしていたのだと言い、石に――そう、確か「誰にも見えないほど小さな石」に、なっていたのだと言った。

「は？」

訊き返し、全然大丈夫じゃないじゃん、と思ったことを憶えている。誰にも見えないほど小さな石――。

「ならない方がいいですよ、そんなものに」

安寿美が言うと、山口はいつもの、困ったような、情なさそうな笑みを浮かべた。

そして突然、

「あなたの御実家は、農家だとおっしゃったよね」

と言ったのだった。

山口は農業をやってみたいのだそうで、パソコンでいろいろ調べていた。新規就農者の募集とか資格とか支援システムとか。安寿美には、ナンセンスに思えた。安寿美の実家はみかん農家だが、柿《かき》や苺《いちご》やしいたけも作っている。親戚もみんな農家で、一年中どこかで何かを出荷しており、仕事はきりもなくある。人手が足りないから、うんと年をとって背中がまがってしまった人たちも、なかなか引退できずにいる。

母親に話すと、一度遊びにきてもらえばいいじゃないの、と、すぐに言った。安寿美がお世話になっているかたなら、いつでも家にお泊めするわよ、と。べつに、大してお世話になってもいない、と瞬時に思ったことも事実だが、それは言わずにおいた。山口は目を輝かせ――老人にしてはかわいい顔をする、と安寿美は思った――、それならぜひ、和枝の命日の頃にうかがいたい、とこたえた。それで、いま、山口は静岡にいるのだ。

おでんをたべ終え、袋入りの小倉ホイップサンドもたべてしまうと、安寿美の夕食はあっけなく終った。鍋と皿を洗い、ラジオを消してテレビをつける。

「いい人ねえ、おとなしくて遠慮深くて」

というのが、さっきの電話で、母親が山口について言ったことだった。

「きょうはね、克彦《かつひこ》くんのとこに行ったの。見学って言いながら、結局手伝っちゃったみたいよ」

おとなしくて遠慮深い、というのがほめ言葉かどうか安寿美にはわからないが、母親はほめているつもりらしかった。

安寿美は、克彦くん――というのは安寿美の従兄《いとこ》だ。梅農家を継いでいる――と奥さん、子供たちの顔を思い浮かべ、そこにまざっている山口を想像しようとした。しっくりこない。こないが想像することはできた。山口の、影の薄さというかおずおずした様子というか、ともかくその場に馴染まない感じは、でもここで見かけるときとおなじで、ということは、彼にとってはそれが普通なのかもしれない。

まだすこし空腹で、乾燥わかめを戻してぽん酢をかけてたべようと、安寿美は決める。栄養バランスが、それですこしはよくなるかもしれない。

何だか、以前ほどにはたのしくない。微発泡の白ワイン――高級なものではないけれど、結構味が深いし、口あたりがいいので揚物との相性はバッチリ、と言って鯖崎の選んだもの――をつい何杯ものんでしまいながら桃は思った。鯖崎はあいかわらずやさしいし、にこにこと、惜しげもなく桃に笑顔を向けてくれているのに。

いわゆる〝お任せ〟方式で、凝った組合せの串《くし》が次々にでてくる串揚げ屋は照明が暗く、会話のじゃまにならない程度の音量で、ジャズが流れている。鯖崎はいま、最近観ておもしろかったという芝居の話をしているところだ。ロックバンドのでてくる芝居で、それは勿論その芝居のなかだけの、架空のバンドなのだけれど、芝居の外側、つまり現実世界でもCDやプロモーションビデオを発売していて、「でもそれもフィクションの一部」なのであり、「だから観客としては、自分たちが芝居に取り込まれたような、芝居が現実にはみだしてきたような、奇妙な混乱と興奮を覚える」のだそうだ。「パンフ、持ってくればよかったなあ」と結んで、鯖崎は生きゃべつを一口かじった。

デート、と桃は思う。これはたしかにデートだ、と。休日出勤だったという鯖崎の、きょうのネクタイは淡いグリーンで、それをごく薄いグレイのワイシャツに合せている。上着もずぼんも細身のスーツ。この子はいつもお洒落《しやれ》だ、と考え、デートの相手をこの子呼ばわりするのはどうなんだろう、とまた考える。さっきから私は考えてばかりだ、とも。

「そうそう、見せたいものがあったんだ」

鯖崎は言い、カウンター下のフックにかけてあった鞄から、手帖を取りだす。

「これ、このあいだ野花ちゃんがかいてくれた、俺の絵」

あはは、と声にだして桃は笑った。

「かわいい。子供にしかかけない絵ね」

頭部は黄色一色で、身体は青一色だった。頭部の方が、胴体より大きい。

「水族館でかいてもらったの？」

鯖崎とヒビキが、ヒビキの子供たちも一緒に品川の水族館に行ったことは、ヒビキからの報告メールで知っていた。

「水族館の帰りに寄ったケーキ屋っていうか、カフェ？」

語尾をあげて、鯖崎はこたえる。

「野花ちゃん、絵が好きで、幼稚園でも絵をかく時間がいちばん好きなんだって」

「子供の相手をするのって、疲れない？」

桃は頭に浮んだことをそのまま言った。

「全然」

鯖崎は、にっこり笑って即答する。

「かわいいじゃん、子供」

トマトと白身魚の串、豚ヒレと絹さやの串、エビのすり身を詰めたれんこんの串。串は、ストップをかけるまで運ばれ続ける。

「まあ、毎日だと大変だろうけど、俺があの子たちに会うのは、たまのことだから」

鯖崎の言葉の何かに、桃は苛立《いらだ》つ。あたり前でしょう、「あの子たち」はあなたの子供じゃないんだから、と言いたい気持ちに駆られて自分で驚く。私は、一体何に腹を立てているのだろう。

「男の子たちもおもしろいよね。勇くんは普段大人ぶっているけど、アシカのショーに大興奮してたし」

その「勇くん」が生れたとき、私は病院に駆けつけたのよ、と桃は思い、自分の思考を支離滅裂だなと思う。これではまるで、鯖崎と張り合っているみたいではないか。鯖崎と親しくなっていくヒビキにではなく、ヒビキ（とその子供たち）と親しくなっていく鯖崎に、嫉妬《しっと》しているみたいだ。微発泡白ワインに、酔ったのかもしれなかった。

「ヒビキのこと、好きなの？」

尋ねると、

「好きだよ」

というこたえが返った。サーモンの串、ウイキョウとチーズの串。

「じゃあ、子供たち抜きで会いたいとは思わないの？」

重ねて尋ね、

「思うよ」

と即答された。

「思うけど、現実問題として難しいし、それにね、あの子たちといるときのヒビキちゃんは魅力的だよ」

後半は諭すような調子に聞こえ、桃は混乱する。なぜ私が、ヒビキの魅力について諭されなければならないんだろう。

「酔ったみたい」

それで認めた。

「もうたべられそうもないわ。お腹いっぱい」

「えー、まじ？　もう？」

鯖崎は大袈裟《おおげさ》に驚く。ボトルは、二本目がまだ半分残っている。

「きょうね、ママと陽が二人ともクリニックに来たのよ」

酔ったせいというより話題を変えたくて、桃は唐突に言った。

「一緒に？　まじ？　珍しいね。何でまた？」

一緒にではなく、べつべつにだけれどたまたま同時に、と桃は説明する。

「陽はすぐに帰っちゃったけど」

と。母親は帰らなかった。応接スペースのソファに陣取り、次の患者が来ても、

「診察が終るまで待ってるわ」と言った。「私のことなら大丈夫。ここにいると落着くのよ、パパの気配がするから」とも。

思いだし、桃は苦笑する。「パパの気配」も何も、家に帰れば本人に会えるのだから。

何？　という顔で鯖崎に見つめられ、

「あの人はほんとうに変なの」

と、説明にならない説明を加えた。あの人というのが陽のことなのか母親のことなのか、鯖崎にはわからなかったかもしれない。

「パパべったり」

それでそう補足した。補足しながら、ほとんど初めてのことだが、桃は自分の母親をうらやましく感じた。あの人には「パパ」がいるのだ。ヒビキに隼人がいるように。

おもてにでると、まだ九時をまわったばかりだった。

「どうする？　近くにゴキゲンなバーもあるんだけど、桃ちゃん酔っちゃったんなら、ベッドに直行する？」

「しない」

桃はこたえ、

「やっぱりする」

と言い直した。地下鉄の駅に向って先に歩き始める。すぐに追いつかれ、背中に腕を回された。すくなくとも、と、夜の空気をすいこみながら、桃は考えてみる。すくなくとも私には、好きな男と寝る自由も、寝ない自由もあるのだ、と。

いい天気の日が続いている。冬晴れ、と由紀は呟いてみる。庭のまんなかに立って。ドウダンが今年も赤くなった。水を撒《ま》いたばかりなので、土は濡れて、しみじみした匂いを立ちのぼらせている。花も葉も落ちた薔薇《ばら》の木々が、竹を井桁《いげた》に組んだ丈高い支えに沿って伸び、裸の、細い枝を垂れさせているさまを、頼もしいと由紀は思う。頼もしいし、さっぱりしていて美しい、と。植物は口をきかないが、みんな、自分たちのすべきことを心得ているのだ。

詠介は、船のお仲間と出掛けている。クルージングには寒すぎると由紀は思うが、「動かさないと船のためにならない」とかで、冬にもやっぱり出掛けて行くのだ。ちょこっとだけ乗って、海辺の鮨屋で早い時間から酒をのみ、電車のあるうちに帰ってくる。だから今夜は夕食の準備をする必要がない。自分一人のために料理をしてもつまらないので、お茶漬で済ませるつもりだ。

石蕗《つわぶき》の、黄色い花を一輪、由紀は切る。使い込んだ植木鋏《うえきばさみ》は、由紀の手に馴染み、ぱちんと小気味いい音を立てた。先週みな子ちゃんの画廊で見つけ、今朝届いたばかりの一輪ざしに、その花は予想通りよく映えた。由紀はそれを、階段の途中、薄暗い一角にじかに置く。窓の多いこの家で、全く光のあたらない、稀少《きしょう》な場所に。夫のいない家のなかは静かだ。その静かさを、由紀は味わう。夫の存在を味わえないならば、不在を味わうしかないからだ。

子供たちが小さかったころ、由紀には物事を味わう余裕がなかった。いつも何かに追立てられていて、時間どころか空気まで、足りないと感じていた。自分が自分でなくなっていくようで、恐ろしかった。

いま、由紀はようやく自分を取り戻したと感じる。詠介の「マドンナ」だった自分を。

「どうしてそんなふうなの？」

先週、由紀は桃にそう言われた。詠介のクリニックで、陽が帰ってしまったあとで。口にはださなかったが、私はもともとこんなふうだったのよ、と、胸の内でこたえた。あなたたちは知らないかもしれないけれど、と。

もっと陽にやさしくして、とも桃は言った。ママは陽に意地悪すぎる、とも。由紀には、謂《いわれ》のない中傷に聞こえた。陽にであれ桃にであれ、意地悪をしようと思ったことなど一度もない。まあ、陽を見ると苛立つのはたしかだが、それはあの子があまりにも情ないありさまだからだし、何を考えているのかわからないからであり、生き方が美しくないからだ。自分の娘たちに、美しく生きてほしいし幸せになってほしいと願うのは、当然ではないだろうか。

由紀は、「ベスト・シャンソン100」という、四枚組のCDのうちの一枚を、プレイヤーにのせる。クラシック好きの詠介に軽蔑されるので、普段はかけられないC

Dだ。コラ・ヴォケールの「桜んぼの実る頃」、イヴェット・ギルベールの「辻《つじ》馬車」、なつかしく愛らしい音が部屋に満ちる。

それにしても――。ソファに腰を落着けて、由紀はさらに思う。桃は三十六歳だし、陽に至っては四十二歳だ。そういう年齢になっても、一緒に生きる男性の一人も見つけられないというのはどういうことだろう。それなりの器量よしに生んであげたのに――。

「石羽さんと、またおつきあいしてるんですって？」

由紀が尋ねたとき、桃は露骨にいやな顔をした。

「そういうんじゃないの。全然違うから」

そしてそう言った。由紀には理解できない。じゃあ、どういうのだというのだろう。説明もしてくれないなんて、人をばかにしている。

磨かれたガラス越しに庭が見える。ここからは死角になる場所で、石蕗がたくさん、元気な花をつけていることを、あした詠介に伝えるのを忘れないようにしよう、と由紀は思った。

「死んだの？」

美都子は、驚くというより気味悪がる顔つきで言った。

「うん。このあいだ、一周忌の法要も済ませた」

済ませたのは自分ではないが、山口は言い、運ばれたコーヒーに砂糖を入れる。

「一周忌って、そんなに前に死んでたのに、そのことを私にもお母さんにも隠してたの？」

美都子に指定されたのは、前回とおなじ、彼女の勤め先から近い喫茶店で、山口は電話で「めしでも」と誘ったのだったが、その誘いは、却下というより黙殺された。

「信じられない」

美都子が呆れたように呟く。夕暮れ。窓の外は、すでに夜の色だ。

「だから、俺はもうここにいる必要がないんだ。ここっていうのは、たとえば東京だけれども」

山口は説明した。正式に離婚も成立し、新しい人生を生きたいのだということ、知人の紹介で、静岡の農家に働き口を見つけたこと。実際には、働き口と呼べるほど安定したものではなかったけれども。

旅は、驚きに満ちていた。山口は、自分があんなふうに他人の役に——しかも肉体労働を通して——立てるとは思ってもみなかった。農作業だけではない。鶏小屋のフェンスの修理だとか、乾物を干すための網の手入れ、車の運転のできない高齢者のための運転代行、器具の洗浄、倉庫の掃除、といった雑用も、そこには山のようにあった。

運ぶこと、ならべること、ならべ替えること、状況を見て、出したり入れたりすること、道具をおなじ状態に保っておくこと、そのすべてが、きりもなくくり返されなければならないということ。

「派遣さんみたいだね」

地元の人たちには、そう言って喜ばれた。かつて、もっと景気のよかったころは、繁忙期にだけ手伝いに来る、労働者たちがいたそうだ。彼らは「派遣さん」と呼ばれた。「いい人にあたると、帰っちゃうとき淋しくてね」とか、「ろくでもないのもいたけど」とか、山口は今回、彼らをめぐる、いろいろな話を聞いた。「納屋でいいから寝泊りさせてくれっていう人たちもいた」らしいが、勿論山口はきちんと部屋を借りるつもりだ。安い賃貸物件が幾つもあったし、美紗子のくれた通帳を空にすれば、買える物件もあった。収入は微々たるものになるだろうが、たべるものには事欠かないはずだ。

何よりも嬉しかったのは、そこにいるあいだずっと、和枝を身近に感じられたことだ。「きれいねえ」「広いのねえ」「おもしろいじゃないの」山口は、和枝がそう言うのを感じたし、「大丈夫よ」と励ましてくれたり、「上手、上手」とほめてくれたりするのも感じた。「ま、死ぬわけじゃなし」と言って、ころころと笑うのも。

和枝に関する部分を除き、山口は自分の決心を娘に伝えた。

「心配ないよ、外国に行くわけじゃないし、俺もそう伊達《だて》に年をくってきたわけではないしね」

娘を安心させたい一心と、多少の自負から言い、年があけたらできるだけ早く――遅くとも、茶畑の繁忙期が始まる春までには――、引越すつもりだと告げる。

「みかんの出荷は種類によって一年中あって、向うの人たちにはすぐにでも来てほしいって言われてるんだけどね」

と、これはやや大袈裟な表現だったがつけ足した。山口のコーヒーはまだなみなみと残っているが、娘の紅茶はすっかりのみ干されていた。

「意味わかんない」

美都子が言う。

「死んだっていうそのヒトは、静岡とも農家ともカンケーないんでしょ？　お父さんは結局、お母さんともそのヒトともカンケーなく、勝手に新しい人生とか言ってるんでしょ？」

関係はある、と思ったが、どういう関係があるのかは、咄嗟に説明できなかった。物事はみんなつながっているのだ、というのが、そのとき頭に浮んだ唯一のこたえで、山口自身にさえ、説得力を持たなかった。

「いいけど」

美都子は言った。

「お母さんと離婚したんだし、お父さんはもうよその人だから、べつにいいけど」

そんな言い方はないだろう、と思った。お母さんとは離婚したが、お前とはずっと父娘《おやこ》なんだから、と。けれどそれを口にださないだけの分別はあり、山口は黙ってコーヒーを啜《すす》る。コーヒーは冷めきっており、山口は、自分が一人で、随分ながく喋っていたのだと気づく。

「もう行っていい？」

尋ねられ、

「ああ、うん。呼びだしてしまって悪かったね」

とこたえた。ほかに、こたえようがなかった。

読みかけの本――トマス・ピンチョンの新作は、「先生はきっとお好きだと思って」と言って、患者の一人がくれたものだ――を閉じ、石羽拓はつい電話に視線をやる。やったところで鳴るわけではないのだが。

桃とようやく連絡がとれたのは、二か月前だった。石羽の方から四、五回かけたあとで、ふいに桃からかかった。声を聞くのは十か月ぶりだった。

「石羽っち？」

深夜だった。石羽には、質量を備えた物質のようにその声が聞こえた。すぐそばにあり、手をのばせば触ることのできるもののように。会話は思うさま儀礼的で、けれど奇妙に滑らかだった。「元気？」「元気よ」「雨だね」「そうね」短い言葉をつなぎながら、あれは、互いに互いの声を確かめていたのだと石羽は思う。「このあいだクリニックに——」「行った。ごめん。行った」「べつに謝らなくてもいいけど」そこでかすかに笑い声がもれた。かつて石羽が、自分にだけ聞く権利があるのだと思っていた、甘やかな笑い声が。なぜ行ったのかは話さなかった。会いたかったとか、もう一度やり直したいとか、その手のことは。互いの家族の近況を尋ね合ったり、以前二人が好きだった、アメリカのオーディションセンス番組のその後——誰それがデビューしたとかしないとか、誰それのファッションセンスは最悪だったとか——を話しただけだ。スムーズだったと石羽は思う。桃との会話は、何もかもがやっぱりとてもスムーズだった。たとえば、夏のあいだだけつき合った広告代理店勤務の女とは、たとえばにしても比ぶべくもなかった。

「また話せるかな」

石羽が訊くと、

「旧友としてなら」

と桃はこたえた。だから旧友として、石羽はその後も二、三度電話をかけた。一度食事に誘った。つねにこちらからのアプローチだというのは気に入らないが、そのどれも拒まれはしなかった。食事をし、マンションまで送って、別れ際に唇を重ねたときですらも。

脈はある、と石羽は感じている。部屋には入れてもらえなかったし、キスのあとも表情が変らなかったとはいえ、桃が昔から慎重な女だったことを考えれば、それらはむしろ順当なことだろう。

石羽の知っている桃なら、そろそろ向うから連絡がくるはずだった。「何にせよ、一方的にしてもらうっていうのはよくないでしょう?」たとえばそんなふうに言って(そのセリフを、石羽はかつて、ベッドの上で桃に言われたことがあった)。

電話は鳴らない。鳴らないが、石羽は、いずれ鳴ると信じることができた。

トイレットペーパー、箱ティッシュ、キッチンペーパー、生理用品。紙製品はかさばるが、必需品なのだから仕方がない。ラップ、排水口用水切り袋、ゴミ袋。衣料用洗剤、布用殺菌消臭剤、卓上コンロ用のガスボンベ。カートはたちまち一杯になってしまう。必要な物のすきまに突込まれた袋菓子やチョコレートは、荷物持ちに連れてきた勇樹のしわざだ。

「幾つ入れたの?」

お菓子は三つまで、と言い渡してあるのだが、それより多いに決っている。小さい物は底に落ちてしまうので、いつもレジではじめて気づくことになる。

「だいたい三つ」

というのが勇樹の返事だった。大型のドラッグストアは何でも売っていて便利だが、助《すけ》っ人《と》を連れてこないと荷物が持ちきれない。連れてきたらきたで買物が増えてしまう。隼人の休みがこんなに不規則でなかったら、予定を合せて買物にでて、車をだしてもらうのだが——。

健康食品の売り場で、響子はふと足を止める。女性の胴体の写真——思いきりウエストがくびれている——のついた箱に、目が吸寄せられた。こんなウエストの持ち主なら、人生はずっと違うものになるのだろう。堂々と、自信を持って生きられるのだろう。たとえば娘の一言に怯えたりせずに。

最近の未来が、正直に言って響子は恐かった。冷やかな、批判的な目で自分が見られていると感じる。

「このコップ曇ってるよ。ちゃんと洗ってないんじゃないの?」

今朝はそう言われた。響子がたたんで抽出《ひきだし》に入れた衣類を、たたみ方が気に入らないと言って、自分の分だけわざわざたたみ直したりもする。

「ママ、ブラウスにしみがついてる」

そう言って顔をしかめ、汚いものでも見るような目で、響子を見る。そして、未来は響子が痩せた女ではないことを、何かにつけて言い立てるのだ。足音が大きいとか、腕の肉がいま揺れたとか、足の甲にまで肉がついてる(そう言ったとき、響子の足元を見おろした未来は、ほとんど怯えた顔をしていた)とか。

プロテイン飲料、ファイバー食品、健康茶、脂肪分の吸収をカットするとか、燃焼を促進するとか書かれたタブレット、かかと部分のないスリッパ、ひきしめ効果があるという靴下。

「買うの?」

勇樹に顔をのぞき込まれた。

「買いません」

こたえて、レジに向った。

「ママも運転免許を取ろうかな」

両手に荷物を提げ、寒空の下を息子とならんで歩きながら、響子は言ってみる。

「ね、どう思う?」

と、いかにもいいことを思いついたときの口調で。

「えー?」

疑わしそうに語尾を上げて勇樹は言い、けれど驚いたふうもなく、

「取りたいなら取ってもいいけどさ、やめた方がいいと思うな」

と続けた。

「交通事故とか起したら悲惨だよ?」

大人びた物言いをする息子は、サッカー観戦用に買ったナイロンのロングコートを着ており、コートが大きすぎるために、かえって子供っぽさが強調されている。一歩歩くごとに、袖と身ごろが擦《こす》れてシャラシャラ音を立てる。

「パパに訊いたら、きっとだめって言うと思うな」

未来のようには反抗的でなく、いまだにときどき甘ったれで、男の子の割には何でもよく話してくれる勇樹といると、響子は穏やかな気持ちになる。

「免許を取っても運転しないならいいけど」

生意気な口をきくところもかわいいのだった。

でかけていたのは一時間ちょっとなのに、帰ってみるとカーテンレールがはずれ、そこらじゅうシールだらけになっていた。台所の床が一か所べたつき、そばに雑巾が落ちていたので、何かをこぼしてぞんざいに拭《ふ》いたのだろうとわかった。おまけに亮が、隼人のシェイヴィングフォームを、自分にも野花にもぬりたくっているのだった。

適度なクラッシュ加工を施したジーンズ一本と、CDを二枚、どう発音するのかわからないが、ZADIG & VOLTAIREという名前の服屋がオリジナルで作っている、TOME 1 FOR HIMという香水を一壜。ひさしぶりに一人で買物を満喫した鯖崎が、自宅マンションに戻ったのは夕方で、しょっちゅう磨いているのでかなりきれいな窓からは、夕焼けが見えた。日曜日。夕食は実家で摂《と》ることに決め、さっき電話をしておいた。コーヒーメーカーをセットし、ジーンズの入った紙袋から、小さな革袋をとりだす。なかにはブレスレットが入っている。シンプルな革紐《かわひも》をぐるぐる巻きつける形のもので、留め金は銀色のスカルだ。一目見て、響子に似合うと思った。とはいえ、買ってしまったあとになって、何と言って渡せばいいのか考えあぐねる自分がいた。受け取れないと言われたらどうしよう、とすら思う。全く自分らしくないことだった。鯖崎は、すくなくとも自己認識として、他人に物を贈ることが、好きだし得意でもあった。ことさら意味を持たせないように、あくまでも思いつきとして、小さな物を贈ることが。それは好意の表明ではなく、理解のしるしだ。理解と友情、それにある種の共犯関係の。

けれど相手が響子となると——。鯖崎は不安になる。響子には、それは通じないだろう。

「えーっ、だめよ、だめ、受けとれないわ」

大袈裟に固辞する声が聞こえるようだ。桃に叱られちゃう、と言うかもしれない。あるいは、隼人に叱られちゃう、だろうか。

そんなふうに思う必要はない、ということを、どうすれば伝えられるのだろう。響子は響子であり、周囲の人間とは関係なく、響子のために選ばれた贈り物を、あたりまえに受けとっていいのだということを。

ミルクをわかし、コーヒーをカフェオレにした。波佐見《はさみ》焼のカップはぽってりと厚く、唇をあてたときの感触が気に入っている。コーヒーというものは、朝いれると朝の匂いがし、夕方いれると夕方の匂いがする、と思う。響子の顔や身体つき、声や表情や仕種《しぐさ》を思いだしながらのんだ。すると、どうしても声を聞きたい気持ちになった。台所に立ち、片手にカップを持ったまま、携帯電話の画面に触れる。履歴をだせば、たった数回触れるだけでつながる。

「もしも――」

「鯖崎くん?」

もしもし、と言うまも与えず響子が言った。

「いまこごっちゃぐちゃなの。悪いけどあとでかけ直すね。ごめんねー」

電話が切れ、鯖崎は茫然《ぼうぜん》とする。わかった、と言うまも与えられずに切れた電話は、手のなかで、電話自体が驚いているように、響子の番号を表示したままだ。

一方的に相手を思う、ということを、鯖崎は子供のころ以来したことがなかった。子供のころ、というのは小中学生のころだ。どちらの場合も、相手をただ好きだと思った。実際のところ、相手の気持ちなどどうでもよかったのだと、いまならばわかる。そんなふうに相手をただ好きでいることが、いつのまにかできなくなった。相手が自分を憎からず思ってくれている、というのが恋愛の前提になったからだ。

でも、と鯖崎は考えてしまう。この前提に、事を簡単にするという以外の意味があるのだろうか。

カップを洗い、カゴに伏せる。作りすぎてしまったコーヒーは、冷たいミルクと合せて冷蔵庫に入れた。窓の外の夕焼けは消えつつあり、朱色はいまや、ほんのわずかだ。

大小二つの紙袋と、CD屋のビニール袋。帰ってきて、置いたままの場所にそれらはあった。思い立ち、写真に撮る。

購買欲炸裂《さくれつ》、これが本日の収穫。

そう言葉を添えて、前提にのっとり、桃に送った。鯖崎にとって、メールもまた、理解と友情、それにある種の共犯関係のしるしなのだが、桃にならば、それらは通じるのだった。案の定、

いいなあ、お買物。何を買ったの？

という返信がほどなく来た。
ジーパン、香水、ブラック・コンテンポラリーのCD二枚。
鯖崎は列挙し、
それで、これから実家ゴハン。
とつけ足して送信する。夕焼けの消えた窓にカーテンを引くと、また着信があった。
孝行息子だと認めてあげましょう。
スマイルマークつきで、そう書いてあった。

コの字形のカウンターは白木で、内側では脂がはぜたりタレが焦げたりする匂いと共に、煙がもうもうと上がっている。壁のフックにならんで掛けられている客のコート、棚に置かれたテレビから流れるNHKニュース。

「本物のやきとり屋さんって、はじめてです」

おしぼりで手を拭きながら安寿美が言うと、

「本物のって？」

と、山口に訊き返された。

「デパートで売ってるやきとりならたべたことがあるし、やきとり弁当も買ったことがありますけど、こういう一軒家の店っていうか、路面店？　ははじめて」

ああ、と笑顔で了解した山口は、ふいにその笑顔をひっこめ、

「ビール、のめる？」

と、心配そうに尋ねる。

「のめます。すこしなら」

安寿美はこたえ、安心させてやった。

ご実家にすっかりお世話になってしまったお礼に、一食ごちそうさせてください。山口にそう言われたのは今朝のことで、遠慮というより面倒くさい気持ちが働いて、安寿美は断ろうとした。けれどぜひにと主張され、あなたもお忙しいだろうから、すこし先になっても構わないので、都合のつく日がわかったら知らせてください、とまで言われてしまうと、断ることの方がかえって面倒に思われ、じゃあ、きょう、とこたえた。それでいま安寿美はここにいるのだが、非常に空腹であり、店の佇《たたずま》いも客層――一人で来ている人が多く、意外なことに女性もいた――もおもしろく、来るまでは何となく気が重かったのに、いざ来てみるとわくわくした。たべる気満々、と思う。

「ここは和枝とよく来た店でね」

ビールのジョッキを、ぶつけずにお互い捧《ささ》げ持つようにしたあとで、山口が言った。

「はじめてのデートで連れて来られたのもここ」

神妙に聞くべき話だと思ったので、安寿美は両手を膝に置いた。けれど和枝さんの

話はそこで終り、山口は慣れた感じで注文を済ませると、

「今度のことは、ほんとうにありがとう」

と、身体ごと安寿美に向き直って言った。

「よくしていただいて、あなたとあなたのご家族には、とても感謝しきれない気持ちです」

自分の父親より年上の男性に頭を下げられて、安寿美は恐縮してしまう。

「うちの家族がお役に立てたのなら、よかったです」

しゃちほこばって、そうこたえた。

安寿美の実家のある土地の、明け方の空気の澄み具合や、夜の暗さ、子供たちの素直さ、しいたけという植物の不思議や、名前のないみかんのおいしさについてまで、山口は感激した口ぶりで語る。

よく喋るなあ。安寿美は驚き、無口で不器用そうな人、という、これまで山口に持っていた印象を、無口じゃなくて不器用そうな人、に更新する。

目の前で焼きあげられるやきとりは、新鮮な味がした。新鮮な味のするやきとりというものを、はじめてたべたと安寿美は思う。初老の店主が、ものすごくぼろぼろの団扇《うちわ》で、ぱたぱたと煙をあおいでいる。それとも鶏肉をあおいでいるのだろうか。それとも炭を？　安寿美がそんなことを考えているあいだにも、山口は隣で、安寿美の

母親の朗らかさや父親の穏やかさ、従兄夫妻の勤勉な働きぶりを誉め、

「ああいうご家族に育てられたから、あなたのような娘さんが育ったんだね」

と、しみじみと言う。安寿美は眉根を寄せた。眼鏡をかけていることもあり、こうすると「怒ってるみたいでこわい」と友達にときどき言われるのだが、怒っているわけではなく、納得のいかないときに、ついしてしまう癖なのだった。あなたのような娘さん？　安寿美がどういう娘なのか、山口が知っているとも思えない。

「いや、僕にも娘がいてね」

山口は、へらりと笑いながら言った。

「それが、どうも、あなたみたいには育ってくれなくて」

安寿美は瞬時に呆れてしまう。

「そりゃあ」

と、その娘に同情を覚えながら言った。

「そりゃあ、人はみんな違いますから」

と。山口は困った顔をした。困った顔をして、

「それは、まあ、そうなんだけどね」

と呟き、いつのまにかもらっていた日本酒におずおずと口をつける。

それからは、安寿美の実家の話も山口の娘の話もでず、安寿美は本物のやきとり屋

を堪能《たんのう》することができた。いちばん気に入ったのはレバーで、やげんと呼ばれる軟骨も悪くなかった。和枝さんは、この店のつくねとレバーがお気に入りだったそうだ。でもレバーについては好きなことを認めず、「あたしは血の気がすこし薄いから、レバーをたべる必要があるの」と言っていたらしい。そんなことを、山口はぽつぽつと話した。

支払いは、勿論山口がした。

「ごちそうさまでした」

安寿美は店主と山口の両方に言い、椅子をおりる。

入店時間が早かったので、まだ七時をすぎたばかりだ。おもてにでると、向いの八百屋も薬屋も煌々《こうこう》とあかるく、しっかり営業中だった。

「しいたけ、ここでは幾らで売ってるのかな」

山口が言い、安寿美は胸の内で苦笑する。すっかりその気になってるなあ。すたすたと八百屋に近づいていく山口を見ながら、いい人だなと思う反面、この人に農業ができるのだろうか、と他人事ながらあやぶまずにはいられなかった。

「たぶん亮がぶらさがったんだと思うけど」

響子は言い、歩きまわりながら、目についたわた埃《ぼこり》——大抵髪の毛とからみ合っている——を右手でつまみあげて捨てる。

「でもあの子の体重ぽっちでレールがはずれたりするかしら」

夫婦の寝室は、他の部屋ほど散らかってはいないものの、しばらく掃除機をかけていないので埃が目立つ。隼人が積み上げた週刊誌の山の、周囲はとくにそれがひどい。

「それに床のぬるぬるは卵だったのよ。生卵。冷蔵庫をあけたら落っこちてきたって言うんだけど、そんなの絶対あり得ないのよ、パックのままスタンドに置いてるんだから」

ざらりと汚れた指先をスカートにこすりつけて拭《ぬぐ》い、響子はベッドに腰をおろす。

「へんなことって、でも起るんだよ、子供のときは」

左手で持った携帯電話から、鯖崎の声が言った。

「壊れるはずのないものが壊れたり、あるはずのものがなくなったり、逆にそこにないはずのものがあったりとかね」

「そうねえ」

相槌《あいづち》を打ち、自分の足の爪がのびていることに気づいたので、鏡台の抽出から爪切りをとりだす。

「でも留守にしてたのは一時間かそこらなのよ、一体どんなスピードで遊んでるのよって話じゃない？　シールは三十枚以上貼りまくってるし、床屋さんごっことか言って髪も切ってたし」

惨状を思いだし、響子は身ぶるいする。幼児が二人で、ハサミを持ち合ったのだ。うっかり目でも突いてしまう可能性だってあったわけで、おなじ家のなかにいながら、それを放置していた未来の無責任さが信じられなかった。響子の耳に、鯖崎の小さな笑い声が届く。

「スピードっていうか、時間の流れ方がさ、たぶん違うんだと思うよ、大人と子供とでは」

「そうねえ」

納得したわけではなかったが、鯖崎の言葉には客観性が感じられた。

「誰も怪我をしなかったんだし、あの子たちはすごくいい子たちだし、大丈夫だよ」

「そうねえ」

夫でも恋人でもない男の声には外気に似た清潔さがあって、響子は、自分の苛立ちが収まっていくのを感じる。

「きょうは、隼人さんは？」

鯖崎が、話題と一緒に声の調子も変えて訊き、

「麻雀《マージャン》」

と、響子はこたえる。パチン、パチン、と音を立てて足の爪を切りながら、

「あの人、あした休みだから」

と。朝になって帰ってきたら、おそらく一日寝ているだろう。そう思うと、また気が沈んだ。寝ている夫を起こしてしまわないように、子供たちを静かにさせておかなければならないし、またしても掃除機をかけそびれる。

「隼人さん、あした休みなの？」

鯖崎の声に期待がまざる。

「じゃあ、もしかして、僕たち会えたりする？」

僕たち、という言葉が新鮮だった。展示会の日のように、一人ででかける自分を響子は想像する。一人ででかけ、鯖崎と会って、たとえばお茶をのむところを。話をし、ならんで歩き、通りかかった店をのぞいたりするところを。

「だめだめ。そんなの急に言われても無理」

でかけられたらたのしいだろうと思いはするし、短時間ならでかけられないこともない気がしたが、響子はこたえ、

「第一、あなたは桃と会うべきでしょ」

とつけ足した。誘われて、その気になりかけたことを気取られたくなかった。

「そうなの？」

訊き返され、

「そうよ」

とこたえる。平然とこたえたつもりだが、気持ちは平静ではなかった。電話を押しあてている左耳が熱い。

「当然でしょ、あなたは桃の彼氏なんだから」

足の爪を、どういうわけか、切り続けることができない。右手に爪切りを持ったまま、響子は自分の足先を見つめる。

「でもさ、僕はヒビキちゃんに電話をかけたんだよ。桃ちゃんに会いたければ、桃ちゃんに電話するよ」

鯖崎は言うのだった。

二月

植木の数も、自転車の台数も違っていた。

「またですか?」

アルバイトの加藤までが眉をひそめ、客に不機嫌な顔を見せてはいけない、と、日頃から若手を諭している隼人だったが、一つ目の現場でも似たようなトラブルがあったあとだけに、こいつらがうんざりするのももっともだ、と思えた。

おもてにでてて、事務所に電話で連絡を入れると、プランナーの内田さんはため息をついた。

「捨てるって言ったんですよ、自転車は二台しか持っていかないって」

隼人が返事をせずにいると、

「迷いのない言い方だったんで、念書までは取らなかったんですけど」

と、自ら認めた。

「植木は？」

尋ねると、

「植木は全部持って行きます。でも、書いたとおり、全部で八つって言われました」

とこたえる。

「言われましたじゃなくてさ、数えたんでしょ、自分で」

苛立《いらだ》ちがつのった。自転車も植木も、上に物を積めないので、リストを作る際、特に注意が必要な項目だ。そんなことはわかっているはずなのに。

「数えました」

内田さんは言う。

「八つ、だったと思います」

「思いますじゃなくてさ」

隼人は聞こえよがしにため息をついた。怒っても解決にはならないが、見積り書の正確さが引越作業の要《かなめ》で、何度言ってもそのことの理解の甘い内田さんに、腹が立った。

「ともかく一台まわしてくれないと、これじゃ積みきれませんから」

ぶっきらぼうに隼人は言い、

「現場がプランナーを信頼できなくなったら、アウトなんですよ？」

とつけ足して電話を切った。曇り空を見上げる。雪でも降りそうな寒さだ。実際、予報では、雪になるかもしれないと言っていた。家のなかに戻って、すでに作業を始めているスタッフに説明しなければ、と思ったところで電話が鳴った。てっきり、内田さんが応援トラックの配車について知らせてきたのだと思ったが、でてみると響子だった。

「何でこっちの携帯にかけるんだよ。いま大事な連絡を待ってるところなんだから、切るぞ」

乱暴な口調になった。隼人がいま手にしているのは、会社から支給された、業務連絡用の携帯電話なのだ。

「待って。切らないで」

響子の声には、動揺と不安が滲《にじ》んでいた。

「未来がいなくなったの」

と言う。

「もう一つの、いつもの携帯の方に何度もかけたんだけど、隼人でてくれないし」

意味がわからなかった。未来が、いなくなった？

「さっきちょっと叱ったの。ちょっとっていうか、だいぶ叱ったの。そうしたら口答えするから、私もカッとなっちゃって」

勘弁してくれ、と思った。また母娘《おやこ》げんかか。

「何時ごろ？」

苛立ちをおさえて尋ねる。

「朝よ、十時ごろ。何も言わずにでて行って、そのままなの。きょうは可奈子ちゃんのお家に遊びに行くことになっていて、未来はたのしみにしていたのに、行ってないの。さっき可奈子ちゃんのお母さんから電話があって——」

未来はまだ小学生だ。学校をさぼるわけでもないし、暴力をふるうわけでもない。響子がなぜいつも未来にてこずるのか、というより、小学生とおなじ次元でけんかをするのか、わからなかった。

「いいから落着け」

おろおろと、早口で説明している妻の言葉を遮る。腕時計を見ると、まだ午後二時をまわったばかりだ。

「いま現場だから、あとでこっちからかけ直すよ。日曜の昼間なんだし、自分からでて行ったんだろ？　他の友達のところにいるのかもしれないし、そのうち帰ってくるよ。未来だってもう赤ん坊じゃないんだから」

「でも——」

響子はさらに何か言いかけたが、

「あとでかけるから」

と隼人はくり返し、電話を切った。

「がーっ」

意味のない大声をだしてみる。全く、このところ碌《ろく》なことがないのだ。山口は突然でて行ってしまうし――思いだすと、新たに怒りがこみあげてくる。無責任もいいところだ。管理人がわりという約束で住まわせてやっていたのに――、内田さんの仕事ぶりはずさんだし、妻と娘はけんかばかりするし。

「かしらー」

ズック靴の踵《かかと》を踏んで、おもてにでてきた加藤の顔を見ただけで、よくない知らせだとわかった。

「衣類も全然多いです。タテバコ、完璧足りないですね」

隼人は再び携帯電話をひらく。

石羽の指はぽってりと長い。色が白いせいか、なんとなく女性的で清潔そうに見える。その指が、桃の腹の上でリズムをとっている。ギターの弦でも弾くみたいに、くり返し、一定の動きで。寝室は日あたりがよく、暖房がきいていて静かだ。ベッドにならんで仰向《あおむ》けに横たわり、桃は天井を見ている。クロス装の天井は白く、でも一か所だけ雨もりでもしたようなしみができていた。新築で購入し、すでに六年が経っている。

「腹へったな」

行為のあとの、のんびりと緩んだ声で石羽が言った。

「何かたべに行こうか」

と、あいかわらず指を動かしたままで。

「サンドイッチかパスタなら作れるけど？」

桃はこたえ、起きあがって下着を拾う。

「チャーハンは？」

期待のこもった声で訊《き》かれ、

「それも可」

と言って桃はにっこりしてみせた。

正月あけに石羽の部屋でそういうことになり、再会後、きょうが二度目の性交だった。簡単というか、おそろしくあたり前の行為みたいだったと桃は思う。気持ちは全然違っているのに、身体だけ昔に戻ったみたいだった。

「夜は、予定があるんだっけ」

「うん。陽のところに行くことになってるの」

こたえたが、誘うつもりはなかった。

レタスと玉子のチャーハンに合せて、インスタントのコンソメスープを桃はカップに作った。上等な食事とはいえないが、自分たちにふさわしいと思った。手軽で、安心感はあるが疲弊していて。無意識にスプーンを左側にセットし、桃は自分で驚く。石羽が左利きであることを、頭では思いだしもしなかったのに。

たべ始めてすぐ、玄関のチャイムが鳴った。石羽が目だけで（誰？）と問い、問われてもわかりようもなく、桃は肩をすくめた。

「はい」

インターフォンをとって言うと、相手が返事をする前に、画像が見えた。

「未来です。おじゃましてもいいですか」

杓子《しゃくし》定規な礼儀正しさで言われ、桃は一瞬怯《ひる》んだ。

「未来ちゃん？」

疑ったわけでもないのに声にだして訊き返し、オートロックを解除する。

「未来ちゃん。ヒビキの娘さんの」

石羽に向って言った。石羽が黙っているのは続きを待っているのだとわかったが、わかっても、それ以上説明することがなかった。未来がなぜ突然やってきたのか、桃にも見当がつかなかったからだ。

未来は小学生にしては背が高く、整った顔立ちをしている。

「おじゃまします」

と言って廊下にあがると、自分で自分の靴を揃えた。

「一人で来たの？　場所、よくわかったわね。うんと小さいころに来て以来なのに」

それも、あのころは桃が迎えに行くか、ヒビキが送ってくるかしていたのだ。

「住所を入れれば、地図でるから」

未来はこたえ、リビングの入口で、石羽を見て足を止める。

「こんにちは」

石羽は、本人としてはおそらくとっておきの、老人と子供と意中の女性にしか見せない類《たぐい》の笑みを浮かべて言い、けれど食事を中断しはしなかった。桃は未来を、二人掛のダイニングテーブルではなくソファに坐《すわ》らせ、インスタントスープだけをだした。お腹はすいていない、と、未来が言ったからだ。

「それで？」

未来の隣に腰をおろして訊いた。

「突然一人でやってくるなんて、ママとけんかでもしたの？」

未来が石羽を横目で窺《うかが》ったので、

「あの人のことは気にしなくて大丈夫。お友達なの。遊びに来ているだけだから」

と説明したが、自分が未来に、不要な言い訳をしているようで、決りが悪かった。

「帰るの？」

未来が訊き、意味がわからなかったので、

「え？」

と桃は訊き返した。

「あの人、夜になったら帰るの？　それとも泊っていくの？」

勿論《もちろん》帰るわ、とこたえると、

「じゃあ、きょう私が泊ってもいい？」

と、未来は言った。


上を向くことと、手を上にあげることが辛《つら》く、どちらをしても、首の痛みが激しいのだった。筋肉痛というより、筋が切れそうな気がする。腰の右側もひきつるのだが、不思議なことに、そこは右手ではなく左手を動かしたときにピリピリッとなる。頭痛もし、それは夜、布団に入ってからも続くのだが、朝になると治まっている。頭の一部分ではなく、全体がガンガン腫《は》れるように痛むそれは、病気や怪我ではなく、自分の身体のあげる悲鳴のようなものなのだろうと、山口にはわかっていた。鈴木農園——安寿美の遠縁にあたるらしい——の手伝いに呼ばれて、たった三日でこのありさまだった。もっとも、その前に一週間梅農家の出荷を手伝ったし、その前には引越もしたわけで、六十年間都市生活をしてきた身には、十分過酷なことだった。身一つの、あまりにも侘《わび》しい引越で、肉体的には楽だったが気疲れがした。最低限の電化製品や寝具を揃え、搬入に立会い、公共料金の手続きをした。美都子や、和枝の娘夫妻、その他にも何人か、挨拶をしたり気持ちを説明したりしなくてはならない人間がいて、彼らの多くは祝福も激励も、それどころか理解すら、してはくれなかった。山口は、新居に選んだ賃貸アパートに、電話を設置していない。美紗子のいる家をでて以来、自分に連絡してくる人間はほとんどいなくなっていたし、携帯電話で事足りるからだ。

「休憩、適当にとって下さいね」

プラスティックの箱を幾つもみかんで一杯にして、トラックに積み込みに行く鈴木氏が言い、

「はい。どうもありがとうございます」

とこたえたものの、山口の箱はまだ二つ目に入ったばかりだ。天気はいいが、気温は低く、風も強い。こんな日に、一体どうすれば汗をかけるのかわからないが、鈴木氏は赤黒く灼けた顔を、タオルで何度も拭《ぬぐ》っている。山口はといえば、借り物だが丈夫で厚手の作業ずぼんをはき、シャツを二枚重ねた上にウインドブレーカーを着て、長靴と軍手で身体の末端を守っていてもなお、寒いのだった。もっと動けば暖かくな

るかもしれなかったが、こうあちこち痛んだりきしんだりするのでは、そもそも無理な相談だった。

鈴木農園は広い。いままさに収穫している青島温州《あおしまうんしゅう》および寿太郎《じゅたろう》温州——どちらも、収穫後に一か月程度貯蔵して、春先に出荷するらしい——の他に、ポンカンだのダイダイだの清見《きよみ》だの、山口にとっては名前を覚えるだけでも大変な数の柑橘《かんきつ》類を栽培しており、キンカン専用だというビニールハウスまである。これだけの土地を所有していれば裕福に違いなく、それなのに、その裕福な人々が日々重労働をしていることに、山口は驚かずにいられない。

碌に役に立てていないな。

動くことがいよいよ辛くなり、日なたを選んで腰をおろして、山口は思う。それでも気分は悪くなかった。まあ、いいじゃないか、と自分に言った。いまさら見栄を張っても始まらない。四月からは日当をもらえることになっているが、今回の報酬は現物支給のみで、いわば研修を兼ねたボランティアだ。

都合のいいこと言ってるわ。

和枝ならそう言うだろうと思ったが、その声に非難の響きはないはずだ。山口は、自分の身体のあちこちが疼《うず》くのを、興味深く味わう。尻《しり》の下の地面はつめたくて固い。季節労働者、それも（いまのところ）無収入の。そう考えると、ひとりでに口元がほころんだ。俺は自由だ。病気になっても頼る人はいないし、そのうち野垂れ死ぬかもしれなかったが、そのときはそのときだ。怠《だる》い両腕を前に突きだし、上下にぶらぶら振ってみる。〝手の先がおサカナになって、元気に泳いでいるイメージ〟で。

子供だったころの姉を、桃は思いだしてしまう。不機嫌で頑《かたくな》で、ひどく傷ついていて。仮にも無断で家をでて、ほとんど知らない場所まできたというのに、めそめそしない気の強さも陽そっくりだ。未来はいま、持参したノートと教科書をひろげて、英語塾の宿題だという単語の一覧表を埋めている。他に、パジャマと歯ブラシも持ってきていた。

「泊ってくれるのは嬉しいけれど、ヒビキには電話しなくちゃ。わかるわよね、それは」

桃が言うと、石羽がダイニングの椅子から呆《あき》れ顔をして寄越し、未来は無言のまま、しかつめらしくうなずく。何があったのかと尋ねても、だんまりを決め込んでいた未来だったが、「パパかママに叱られたの？」と訊いたところ、「違う」ときっぱりこたえて、「パパは関係ないし」とつけ足したので、ヒビキには関係があるらしいことがわかった。

「陽ちゃんのところに行くんじゃなかったの」

石羽が言い、桃は片手で追い払う仕種《しぐさ》をする。陽には、どうしてもきょう会う必要があるわけではないのだし、電話を一本かけて、行かれなくなったといえばすむことだ。陽は気にしないだろう。

「いいの?」

宿題から顔をあげて、未来が訊いた。

「もしだめなら、べつなとこに行くけど」

目の大きな子だ。くっきりしたその二重まぶたも陽に似ている。

「もちろんいいわ。いいに決っているでしょう?」

桃は言い、好奇心にかられて、

「でも、べつなとこってどこ?」

と訊いた。強がりから口走ったわけではなく、心あたりがありそうな、落着いた口ぶりだったからだ。

「和枝さんの家」

未来はこたえる。

「いまは空き家なんだけど、鍵を持ってきたから」

桃の表情——おそらくぽかんとしたはずだ。用意周到ではないか——を見ると、未来はにっこり笑った。石羽が寝室に戻ってから、目に見えて緊張がとけたようだ。

「ヒビキがいいって言ったらだけど」

桃もにっこりしてみせる。

「今夜は二人で、なにかおいしいものをたべましょうね。一緒にお料理をするのでもいいし、近くのお店で外食をするのでもいいわ」

かつてのように、一緒に絵本を読んだり歌を歌ったり、アニメーションビデオを観たりお姫さまごっこをしたりするほど幼くはない未来と一緒に、他に何をすればいいのかわからなかった。未来はつまらなそうに肩をすくめて、

「どっちでも」

とこたえた。

「脂っぽくなくて、太らないごはんならどっちでもいい」

と。

ヒビキは、安堵《あんど》のあまりその場にへたり込んだかと思うような声で、

「よかったー」

と言った。

「桃のところにいるって」

と、そばにいる誰か――おそらく隼人――に報告し、ごめんねごめんねごめんねと、くどいほど謝りながら、未来を一晩泊めることに同意した。あしたは学校があるけれ

ど、一日くらい休ませても問題はないと思う――あの子は成績だけはいいから――と言い、桃の出勤時間に合せて――下の子供たちを幼稚園に送り届けなくてはならないから――クリニックまで迎えに行くか、隼人に車で――あしたは非番だから――マンションまで行ってもらう、と、早口で続けた。

「ほんっとうにごめんね。まさか桃のところに行くなんて考えもしなかったわよ。お友達の家や、塾の先生のところには電話をかけたんだけど」

ヒビキの声を聞きながら、桃はさめてしまったスープをのんだ。コールドコンソメ、と思う。寝室からでてきた石羽が片手をあげ、

「じゃあ、帰るわ。また連絡する」

と言ったので、玄関まででて片手をあげて見送る。

「隼人は仕事に行っちゃってるし、子供たちを置いて捜しにでるわけにもいかないし、もうどうしようかと思ったわよ」

未来が見ていないのをいいことに、石羽が桃を抱きすくめたのと、ヒビキが、

「鯖崎くんが来てくれたから助かったんだけど」

と言うのと同時だった。

「一人だったら交番に駆け込んでたかもしれないわ。桃のところに行くなら行くって――」

ドアが閉まり、桃はぼんやりしてしまう。ではいまも、鯖崎は電話の向うにいるのだ。ヒビキのすぐそばに。ほんとうにごめんね、をまたひとしきりくり返し、鯖崎くんにかわるね、とヒビキは言ったのだったが、桃は断り、そのまま電話を切った。

「泊ってもいいって」

居間に戻って未来に告げる。

「あした、ママかパパが、ここか銀座に迎えにきますって」

未来はそれにはこたえずに、真面目な、ほとんど怒ったような顔つきで桃を見つめ、

「桃ちゃん、いまの人と結婚するの？」

と訊いた。


趣味というか、たのしみにしている昼風呂からあがると、妻は居間の揺り椅子に坐って、誰かと電話で話しているところだった。詠介を見ると、あら、もうでていらしたの？　とでも言いたそうな顔をした。

「ええ、それで結構よ。必ず午前中にお願いね」

そう言って、そそくさと受話器を置く。相手はおそらく花屋だろうと、詠介には見当がついた。いまさら誕生日の嬉しい年齢でもないのだが、それでも妻は毎年詠介の誕生日に、大層な花を用意してくれる。抱えられないほど大きな枝物の束だったり、

拍子抜けするほど小さな野花の束(意表をついたつもりなのだろう。その目論見《もくろみ》どおり、詠介は意表をつかれた)だったり、シャンパンがつきささったアレンジメントであったりするそれは、予期していても、なお軽い驚きと感激を詠介にもたらすのだった。

「野菜ジュース、めしあがります?」

尋ねられ、うん、もらおう、とこたえて、詠介はソファに腰をおろす。リモコンを取ってテレビをつける。大相撲のない月は張合いがないと思い、でももうすこし待てば、相撲だけでなく高校野球の季節も始まる、と考える。部屋のなかは暖房がきいており、厚手のバスローブ一枚でも快適でいられる。

どろりとした野菜ジュースをのみながら、妻のとりとめないお喋り——魚の値段、陽が熱中しすぎている(と妻の思う)、捨て犬を救うボランティア、庭の蟻の巣——に相槌《あいづち》を打つ。

季節がよくなったら——たぶん四月とか、五月に——、妻と二人で旅行にでるのはどうだろう、と考えてみる。詠介自身は、船の仲間や学生時代の友人たち、医師会のつきあいなどでたまに旅をしているが、妻にはいつも留守番をさせてきた。ウィーンの大観覧車に乗せたら、洋画好きの妻は喜ぶかもしれない。詠介はオペラかコンサートをたのしめるし、妻はクリムトを観られるだろう。しかし、食事が妻には重すぎるかもしれない。肉が、なにしろどっしりとでてくるのだから。

テレビ画面では、息を吸って腹をへこませる健康法というのが紹介されている。妻の話題は近所に越してきた若夫婦に移り、入院中の親戚の容態を経て、また魚の値段に戻った。

「高価なら新鮮かというと、そうとも限らないわけでしょう?」

と言う。

「高級魚じゃなくても新鮮で、おいしいお魚をたべたいと思うのは贅沢なのかしら」

と。

「じゃあ、ギリシャにでも行くか」

行ったことのない国だったが、思いつきでそう口にしてみた。海に囲まれた国なのだから、魚は新鮮だろうと思ったのだ。

「ギリシャ?　何でまた」

妻は怪訝《けげん》そうに言う。

「お金がなくて大変な国なんでしょう?」

そんなところに行くよりも、温泉でのんびりする方がいいと言い、湯布院《ゆふいん》というところに、一度行ってみたかったのだと言う。

「じゃあ」

それについてすこし考えて、詠介は応じた。

「じゃあ、フィンランドはどうかな。いいサウナがあるって聞くぞ」

妻は一瞬きょとんとしたあとで笑いだし、

「あなたは奇抜なことがしたいのね」

と可笑《おか》しそうに呟《つぶや》く。

「いいですよ、お伴しますよ、どこにでも」

と。詠介としては、そうではなく、たまには自分が妻のお伴をしようと考えていたわけなのだが、まあ、おなじことだと思い直す。

「大野くんにでも訊いてみるか」

航空会社に勤める、年下の友人の名を挙げた。

「訊くのはいいけれど、お忙しくしていらっしゃるんだから、お返事を急《せ》かしてはだめよ」

妻の、言うとおりだった。気をつけるよ、と詠介はこたえ、空のコップを妻に返した。

「だいたい、どうして鯖崎を呼んだんだよ」

不機嫌な口調で隼人に問われ、

「呼んだんじゃないってば。じっとしていられなくて、誰かに相談しないと頭がへんになりそうだったから電話したら、心配して来てくれたんじゃないの」

と、響子はさっきも説明したことを、苛立ちながらまた説明した。

「なんで俺に電話しないんだよ」

「したでしょう？」

つい声が大きくなった。下の二人は寝かせたものの、上の二人はまだ起きているかもしれない。

「第一、問題は鯖崎くんじゃなくて未来でしょう？」

声のヴォリウムを落して続けると、隼人は打てば響く早さで、

「未来は謝ったじゃないか」

と言った。響子は思わず天井を仰ぐ。たしかに未来は謝った。帰ってくるなり玄関でまっすぐ響子の顔を見て、黙っていなくなってごめんなさい、と無表情に、おそらく帰りの車のなかで、隼人に言われたとおりに。思いだすと怒りが再燃した。父親には素直らしい未来にも、あしたはせっかく非番だし、迎えに行くなら今夜の方がいいやと軽く言い、でかけて行って、お前の気持ちはわかるとか、ママもきっと手一杯なんだよとか、適当な言葉で娘をなだめたに違いない隼人にも。

「謝ればいいってものじゃないでしょう？」

そう言うと、突然泣きそうになった。

「じゃ、どうすればいいんだよ」

パジャマの上にトレーナーを重ねて着た隼人は、大きな子供のように見える。ベッドにどすんと腰をおろすと、

「がーっ」

と意味のわからない声をだし、風呂上りなのでまだ濡れている髪を、首にかけたタオルで乱暴に拭《ふ》いた。寝室は冷え冷えしている。響子はエアコンのスイッチを入れ、

「あの子には、母親に対する敬意ってものがないのよ」

と、思いついたまま口にした。口にした途端にそれが事実である気がはっきりとして、動揺した。

「そんなことないだろ」

と、隼人は言ったけれども。

二人でガールズトークをした、と、電話で桃は報告してくれた。近所を散歩して、紅茶屋で紅茶を買って、でも未来は英語の宿題もちゃんとしていた、と。

「家出はたのしかったの？」

帰ってきた未来に尋ねると、

「たのしかったよ。桃ちゃんの家はすごくきれいだから」

とこたえた。

「桃ちゃんも、きれいでやさしいし」

身体は冷えきっているのに顔の中心だけが熱くなって、気がつくと響子は嗚咽《おえつ》していた。大人げないとわかってはいてもかなしく、腹が立ってくやしかった。

「何だよ、何で泣くんだよ」

おろおろと言い、立ちあがった隼人の電信柱みたいな身体にしがみつくと、家族で使っているボディーソープと、温かな湯気の匂いがした。

「もうやだ。私あの子がこわい。隼人にはきっとわからない」

トレーナーに顔をおしつけ、嗚咽したまま訴えたので、隼人の耳はおろか自分の耳にさえ、何を言っているのかわからなく聞こえたが、わからなくても構わなかった。というより、わからない方がいいのだとわかっていた。

「わああわああ、ばあばあばあ、べえべえべえ」

隼人が身体を揺すりながら声を合わせて茶化《ちゃか》す。茶化されながらあやされた響子が泣き笑いすると、臀部《でんぶ》をむんずとつかまれた。

BGMがわりのDVDはトム・ハンクスの「ビッグ」で、これは妹の気に入りの映画のはずなのだが、「なつかしい」と最初にひとこと言っただけで、桃はテレビ画面にほとんど関心を示さない。

「きょうも、いたんだよ」

呟いて、陽のむいたりんごにフォークをさす。ウイスキーと薄切りのりんごは、最近陽が凝っている組合せだ。

「まあ、鯖崎くんもそのうち飽きると思うけどね」

こたえたが、気になるのは二階にいる奈良橋のことだった。あるいは慌てて服を着た自分のこと。陽は、男性と――勿論女性ともだが――恋人づきあいをしたことはないし、するつもりもないと、ことあるごとに明言してきた。奈良橋という男の存在を、妹に隠す必要はないのだが、それでもすでに二年以上、なんとなく言いそびれたままだ。

「でも、なんでヒビキなんだろう」

呟いた桃に、

「珍しいんじゃないの、ああいう子」

とこたえてウイスキーを啜《すす》った。オールド・グランダッドという名のとろみのあるウイスキーは奈良橋が愛飲しており、なくなると自分で買ってくる。

「それにほら、あの子にはどこか放っておけない感じがあるじゃない？　脆《もろ》そうっていうか」

昔よく実家に遊びに来ていたので陽も知っている、妹の親友の印象を思いだして言った。

「二度目よ」

桃が言い、

「二度目？」

と訊き返したが、同時に理解して笑った。

「ああ、あの暴走族」

ヒビキちゃんの夫となった男が、改造バイクで実家にやってくるのを、姉妹の母親はひどく嫌っていた。ヒビキちゃんとくっつく前、あの男は桃にご執心だったのだ。つめたくしてもしても来るの。何も感じないみたい。高校生だった桃は、困ったようにそう言っていた。

「あのとき何かあったの？　あの暴走族と」

まさか、と言って桃は顔をしかめる。

「じゃあ、いいじゃないの、そんな昔のこと」

陽は断じ、薄切りのりんごを一枚指でつまむ。しゃりしょりと音をたてて噛《か》み砕くと、口のなかがひんやりした。実際、陽にはよく理解できないのだ。みんな一体何を求めて、あっちとくっついたりこっちとくっついたりするのだろう。そうまでして誰かと寄り添う、理由でもあるのだろうか。

「まあ、そうなんだけど」

桃は微笑む。

「はっきりしないわねえ」

ぎょっとしたのは、自分の口調が母親にそっくりだったからだ（その母親からは、今年こそ父親の誕生日に来るよう念を押されている。頭の痛いことに、奈良橋にも行きなさいと言われていた。家族は大事なのだから、と）。

テレビ画面ではトム・ハンクスが、高層マンションの一室に置いたトランポリンの上で、照れくさそうに――というのは恋人役の女優と二人きりだからだが――跳ねている。

「私ね、石羽っちともまた寝てるの」

桃が言い、

「いいんじゃない、それはそれで、べつに」

と陽はこたえた。誰かと寝ることと誰かと寄り添うことは全然ちがう。それを、陽はすでに奈良橋に教わってしまっている。

おもしろいことに、これまでになく食生活は充実している。実際に栽培している農作物ばかりか、干物だの缶詰だのも手伝ったお礼にと持たされるし、その家の夕食――きょうは鶏の唐揚げとれんこんの煮物――まで分けてくれるからで、買ったばかりの小型冷蔵庫は、新鮮な食材および惣菜入りの皿やタッパーでいっぱいだった。泥のついた大根二本は台所の床に、様々なみかんの詰った箱は玄関に置いてある。労働の対価というより安寿美の親戚の善意だとわかってはいるが、連日くたくたになるまで働いて、喜んでもらっていることもまた事実であり、双方にとって悪くない取引だと山口は感じる。

アパートは古いが、ちょうどリフォームがかかったところなので、四畳半の和室は畳が青く、清々《すがすが》しい匂いがする。ベランダはないが、窓の外に鉄柵《てっさく》があり、そこに腰掛けると、遠くに、気は心くらい小さくだが海が見える。

毎夕の習慣どおり、山口はコップ二つにビールを満たす。最後には両方自分でのみ干すのだが、額に入れた和枝の写真――知り合ったばかりのころ、一緒に五色沼《ごしきぬま》へ旅行したときのスナップだ。山口はまだ妻子と暮していた――の前に一つを置いて、心のなかで話しかける。もしも人間に魂というものがあるなら、和枝の魂は間違いなくここにいると、山口には信じられた。すくなくとも、山口の知っている和枝の魂は。たとえば天国で、死んだ夫と再会しているかもしれない和枝のことは、考えないようにしている。それは、たぶん別な和枝だ。生きていようと死んでいようと、人が他者に期待できるのは、結局のところ「部分」なのだろう。

空にはまだ夕焼けがわずかに残っている。朝が早い分、午後九時には眠くなってしまう山口は、鶏の唐揚げとれんこんの煮物、茹でてしょうゆをかけた小松菜と正体不明のお好み焼状のもの（これももらいものだ）をつまみながら、

「行かねーよ」

「何でだよ、行けばいいじゃん」

という声を聞いた。アパートの前の道は、高校の通学路にあたるらしく、結構賑《にぎ》やかなのだ。自転車の車輪が地面をこする音まで、よく聞こえる。声が通りすぎると、部屋はまた静まり返る。

自分が高校生だったころのことを、山口は過去としてきちんと思いだせるし、ついきのうとは言えないまでも、ついこのあいだ、というくらいの感慨は持てるのだが、同時に、高校生だったことなどないようにも感じる。いま下を通った二人の男の子が高校生だというのなら、あんなふうだったことはない、と強く感じる。すぐそばに置いた新品の電気ストーヴの、妙な匂いを放って赤々と発光している二本の管を、ぼんやり見つめながら。

玄関チャイムが鳴った。昔風の、まさにピンポンと鳴るチャイムなのだが、音量の調節が利かず、けたたましく響く。

「はいはい」

立ちあがりながら声にだして言い、翡翠《ひすい》ちゃん――安寿美の従兄《いとこ》の長女で、随分気取った名前だと山口は思うが、驚くほど素直ないい子だ――だとばかり思ってドアをあけた。よくこのくらいの時間に、母親に持たされた惣菜を届けてくれるからだ。

立っていたのは、しかし翡翠ちゃんではなかった。顔色が悪く、髪が長く、仕立てのいい茶色いコートを着た、山口の記憶どおりの妻だった。すでに離婚しているので妻ではなく元妻だが、妻、という言葉しか、山口の頭には浮かばなかった。

「心配しないで」

妻だった女は言った。こんばんはでも、おひさしぶりでもなく、心配しないで。

「復縁を迫りにきたわけじゃないから」

フクエン、という言葉の硬さが痛々しく思えた。そして思いだす。別れる何年も前から、美紗子がこんな口調でしか物を言わなくなっていたことを。

「言いたいことがあって来たの。すぐ帰りますから」

山口が返事をせずにいると、

「おじゃましますね」

と言って勝手にあがりこんだ。まるで間取りを知っているかのように、迷いのない足取りで居間（兼台所）に入る。もっとも、和室には居間を通らなければ行かれない構造になっており、ここにはそもそも間取りなど、存在しないも同然であることに山口は気づく。

「昼間に一度来たんだけどお留守で、さっきもう一度来たときもお留守で、近くに喫茶店でもあるかと思ったら何もないのね。ぶらぶらしてたら川があって――」

ふいに言葉を切り、

「ともかく住所は嘘じゃなかったわけね」

と、とげとげしく結ぶ。口数が多いのは、気が立っているしるしだと山口にはわかる。昔からそうだった。普段は感情の読み取れない、さめた物言いをする女で、それなのに気が立つと途端に饒舌《じょうぜつ》になる。その、へんに先回りして攻撃する声音と口調に、かつては苛立ったしうんざりもさせられた。しかしいまは、なんとなく滑稽《こっけい》に思えた。

「食事をしていたんだ」

山口は言った。

「よかったら、つまむといい」

うしろから殴られでもしたかのように、美紗子はふり向き、

「結構よ」

と、語気強くこたえる。

「じゃあ、でも、まあ、坐ったら」

促したが、リノリウムの床に直《じか》に坐らせるのは気がひけた上、テーブルには和枝の写真もあったので、結局和室に通した。

「いまお茶をいれるよ」

敷きっぱなしにしていた布団を半分に折りたたんで端に寄せ、

「ここは、ほら、茶どころだからね」

と言ってみる。立ったままの美紗子の脚が、そのとき目にとまった。ストッキングに包まれたそれは、細く筋ばってはいるものの、どこにも張りというものがなかった。くたびれた、年増女の脚だ。

安寿美の従兄の妻――翡翠ちゃんの母親――に教わったとおり、湯呑みをあたためてから緑茶をいれた。

「それで、言いたいことというのは？」

狭い、家具のない青畳の部屋で向き合って訊くと、美紗子は一瞬の躊躇《ちゅうちょ》も見せずに、

「あなたは最低よ」

と静かに言った。

「父親としても、夫としても、男としても、人間としても」

と、一語ずつゆっくり、たしかめるように。自分でも意外だったことに、山口のついたため息は微笑まじりだった。

「なんだ、そんなことか」

山口は言った。

「知っていたよ、そんなことは」

と、むしろようやく安堵して。


真冬の街は空気がひきしまっていて、晴れていても風がつめたい。でも、逆にいえば空気がつめたいからこそ、薄い日ざしの温かみを、肌がきちんと感じとれる。昼休み、桃は見慣れた大通りを歩きながら、ブティックのウインドウのなかはすでに、春というより初夏だなと思う。少女っぽいギンガムチェックのワンピース、妙に脚長に見えるコットンパンツ、色鮮やかなポロシャツ。土曜日の昼の銀座は、平日とは何かがはっきりと違う。一軒の店のウインドウに、迷彩柄のハーフパンツを見つけ、鯖崎に似合いそうだと桃は思った。すごく似合いそうだ。サイズがわからないのですぐ買うわけにはいかないが、夕方、約束の店に行く前に、ここで待ち合せてみるのはどうだろう。鯖崎がこれを気に入って、もし合うサイズがあれば買ってプレゼントするというのは？

そうしたい気持ちが強く湧いたが、桃はそれを退ける。そんなのは、なんだかパトロンみたいだと思う。それか、ホストにとりいろうとする有閑マダム。こういうとき、九歳という年の差を、桃は不自由だと思う。けれどすぐに自嘲《じちょう》した。ばかばかしい。パトロンとか有閑マダムとか、鯖崎が考えるはずがないことはわかっていた。彼にとって、自分は女友達の一人に過ぎないのだから。

最初からそうだった、と桃は認める。桃自身、鯖崎を男友達と考えていた。恋人ではなく男友達だと。どちらも独身で、大人なのだから、キスや性交を含む友情が成立してもいいと思っていた。そのことでもし誰かがかなしむなら、その誰かとは別れるべきだろうと思った。それで別れた。

だからこれは――。昔クロサワのあった交差点を渡り、肌を刺す風に首をすくめながら桃は考える。だからこれは自業自得だ。そう思うことは気持ちがよかった。腑《ふ》に落ちるし、納得がいく。でもどうしてヒビキなんだろう、という、疑問は疑問として。

「珍しいんじゃない、ああいう子」

陽はそう言っていた。それにほら、あの子にはどこか放っておけない感じがあるじゃない？　脆そうっていうか、と。たしかにそうだと桃も思う。ヒビキは感情がおもてにでやすいし、一本気だから危なっかしい。それにとてもやさしい。お世辞にも手入れがいきとどいているとはいえない外見にしても、夫や子供たちに手がかかりすぎるから、たぶん自分に手をかける暇がないのだ。桃は、いつだったか母親に、自分で自分の身を飾るなんて淋しいし恥かしい、と言われたことを、思いだしたくもないのに思いだしてしまう(母親というのは一体なぜ、いちばん言われたくない言葉を選んで口にするのだろう)。

カフェにつくと、みな子はすでにサンドイッチをぱくついていた。

「ごめんなさい、お先に。呼びだしておいてひどいけど、きょうはオーナーがいないから、三十分で戻らなきゃならなくて」

紙ナプキンを口元にあて、嚙んでいたものをのみこんでから言った。隙のない化粧と細い指先、古風に長い黒髪と端正な笑顔という、いつ会っても変らないみな子スタイルで。

「勿論よ。遅くなってごめんなさい。最後の診療が長びいちゃって」

嘘だったが、ウインドウのハーフパンツに見とれていたと言うわけにもいかない。

「それよりおめでとう。結婚、決ったんですってね。石羽っちに聞いたわ」

みな子の左手をとり、細い指の上で光っている、一目でそれとわかる華奢《きゃしゃ》な指輪に感じ入ったふりをしながら桃は言った。

「まあ、なんとか」

痛し痒《かゆ》しみたいな半笑いでみな子はこたえ、甘くて粉っぽい、いつもの香水の匂いがふわりと立った。

鯖崎との夕食に備えて昼は軽めに済ませようと決めていたので、カウンターで、桃

は豆のサラダと紅茶を選んだ。席に戻り、コートを脱いで腰をおろすと、

「六月四日、あけておいてね」

と言われた。

「六月四日？」

桃は、そのことに気づかなかった自分のうかつさに呆れた。

「そう。結婚式。勿論来てくれるでしょう？」

ひさしぶりにランチ、いい？　今朝みな子から届いたメールを見てすぐに、結婚が決ったことを報告してくれるのだろうとわかった。勿論いいわ。お祝いしなくちゃね。それでそう返信を打った。相手については以前から聞いていたし、二股《ふたまた》疑惑があるとか煮えきらないとか愚痴も聞かされていたので、その続報を聞くことになるのだろうとしか思わなかった。結婚式——。

「それは、どうなのかな」

そんな場所に行けば、石羽の両親とも顔を合せることになる。

「私は遠慮した方がいいと思うの」

桃は言い、

「勿論、お祝いはさせてもらうわ、またべつなときに」

とつけ足して、紙おしぼりのビニールをやぶいた。

「どうして？」

みな子は目を見ひらく。まるで、ほんとうにわからないみたいに。桃は黙殺した。

「プロポーズ、ロマンティックだった？」

かわりに、声の調子をあかるくしてそう尋ね、使いにくいプラスティックのフォークでレタスを一枚なんとか仕留める。

「まあ、それなりに」

みな子はこたえた。それを「やっと」言われたのは車のなかだったこと、うれしいというよりほっとしたこと、式は神前で行う予定であること、結婚後も仕事は続けるつもりであること。みな子は、連絡事項のようにてきぱきと話し、幸福感とか高揚感といったものは、あったとしても見せなかった。

「でも、どうしてもだめ？」

そしてそう尋ねる。親族席ではなくお友達席に坐ってもらうし、両親にも、桃ちゃんは私のお友達として出席してくれてるんだって、ちゃんと言うから、と。

桃はみな子が嫌いではなかった。おそらく本人は否定するだろうが――「え？　私は桃ちゃんよりずっと計算高いよ」たとえばそんなふうに言って、肩をすくめるところが想像できる――、嘘のない人だと桃は感じる。はじめて会ったときからそう感じていた。けれど、でも、そこに行かれる気はしなかった。

「ごめんなさい」

　それでそう言った。

「私、みなちゃんの御両親にすごくよくしていただいたんだもの」

　いらっしゃい、桃ちゃん、待ってたのよ。石羽に連れられて行くたびに、そう言って迎えられた。桃は母親と台所に立ったし、父親の運転する車に乗って、近くのスーパーマーケットに行った。両親ともによく喋る人たちで、どちらかというと無口な石羽とよりもその両親と、あの家で桃は話した。

「残念」

　みな子は肩をすくめる。

「桃ちゃんが来てくれたら、ママたちも喜ぶと思ったんだけど」

　悪びれずに続け、昼休みが短かったことを再び詫《わ》びて席を立つ。

「じゃあ、べつなときにお祝いしてね、お兄ちゃんと一緒に」

　最後にそんなことを言った。

　手をふって見送り、桃は一人とり残される。平日よりも人のすくない、ガラスばりなのであかるい、メニューの書かれた黒板の大きい、学食みたいに慌しいカフェに。

　豆のサラダをつつきながら、桃は石羽を思った。今夜会う鯖崎のことも。いつまでだろう。そして思う。いつまでこんなことをしなくちゃならないのだろう。というより、そもそも人は、どうして誰かを選ばなければならないのだろう。

手伝う、と言ったのは鯖崎だった。そのときには躊躇したものの、いざ無人の実家に来てみると、鯖崎のいてくれることがありがたかった。わかっていたことなのに、家に誰も住んでいないというだけで、かなしみがほとんど物理的に――胸から喉に、背すじに――、こみあげて泣きそうになった。

「去年まで、お母さんのボーイフレンドが住んでいてくれたんだけど」

鯖崎に説明した。

「ボーイフレンド？」

窓をすべてあけ放ち、部屋の空気を入れ換えてくれながら、鯖崎は言った。

「やるなあ、お母さん」

どうしてだかわからない。わからないが、その言葉で、響子はすこし気が楽になる。

「どこから手をつける？」

尋ねられ、

「台所から」

と、迷わずこたえた。母親と山口の生活の場だった和室はすでに片づいているし、物置と化した隣室はおそろしすぎたからだ。

「とっておきたいものはだいたい決ってるの。さっさとやっちゃいましょう」

半ば自分に言い聞かせるように、響子はあかるい声をだす。駅のそばのコンビニで買ったペットボトル入りのお茶を、一本鯖崎に手渡して、一本はあけて一口のんだ。寒いので、二人ともコートを着たままだった。

母親が亡くなったとき、通帳や保険証券、家の権利証といったものは隼人が持ち帰っていた。だからきょうは個人的なもの、無人の家に置いておきたくないと響子が考える、形見とか家族の思い出の品とかを、選びだしにきたのだった。

「そういうの、一人でするべきじゃないよ」

鯖崎は言った。先週、きょうのことを電話で話したときに。響子は驚いた。一人でする以外にないことだと思っていたからだ。子供たちが一緒では作業が捗《はかど》らないに決っていたし、隼人には、子供たちをみていてもらう必要がある。それに、これは響子自身の問題なのだ。

「手伝うよ。一緒に行く」

鯖崎は主張した。

「絶対、誰かいたほうがいいって」

濡れ縁ごしに見える庭は、黒土がむきだしになっている。もっとも、母親が生きていたころも、この庭は大した手入れをされていなかったのだが。

台所はすぐに済んだ。青い、切子硝子《ガラス》のコップ一揃いと、織部《おりべ》の小皿五枚、赤絵の大鉢一つ。選びだしたそれらを二人で和室に運ぶ。こうして運びだしたものを、次の休みに隼人が車でとりにきてくれることになっていた。ありとあらゆるものに思い出があったが、響子は見て見ないふりをした。持ち帰ったところで、収納場所もないのだ。

「次は?」

鯖崎が、笑顔で尋ねる。

「隣」

響子はこたえ、壁を指さしたが、母親が死んで以来足を踏み入れていないその部屋に、入ることがこわかった。

「待って」

廊下で、響子は鯖崎の腕をつかんだ。

「ここ、ごたごたなの。うちの母は整理が下手で、何でもためこんじゃうから」

意味のないことを言っているとわかっていた。ここには父親の遺品もある。死んで二十年以上経つのに、彼の背広や帽子がいまだに鴨居《かもい》にかけてあるのだ(すくなくとも、響子が最後に見たときにはそうだった)。

「きっと埃《ほこり》だらけだし」

自分でもだらしがないと思ったが、思い出の品々と対面し、そのうちのほとんどを捨て置かなければならないと思うと足がすくんだ。

「大丈夫」

笑みを含んだ声と同時に、鯖崎が両腕をまわし、励ますように、短く一瞬響子を抱いた。ばふりと、鯖崎のダウンジャケットから空気が抜ける。腕はすぐに離れた。

鯖崎は襖《ふすま》をあけ、

「大事なもの、いっぱいありそうだね」

と言う。

「火鉢！　レトロだなあ」

と言い、

「あれ、ヒビキちゃんの？」

と、クリーニング屋のビニール袋に入ったまま、父親の背広の隣にかけられている、セーラー服を指さして訊いた。

「ごめんなさい」

響子は涙声で言った。

「やだ、もう、ばかみたいよね、いい歳して。私、ほんとうに涙腺《るいせん》が――」

もう一度抱きしめられた。

「大丈夫」

もう一度その声を聞いた。今度の抱擁はながく、力強く、やさしかった。響子はしゃくりあげながら、気恥かしくて泣き笑いになる。

「ごめんなさい、わかってるの、ばかみたいよね」

鯖崎の胸で口をふさがれているので、とぎれとぎれの言葉が余計不明瞭《ふめいりよう》になった。どうしてだろう、と響子は思う。どうしてこんなに安心してしまえるんだろう。夫でも恋人でもない男の腕のなかにいるのに。

こんにちは、という声が聞こえた。一瞬のまのあとで、鯖崎が腕を離す。

「すみません、誰かいるんですか?」

二階の、女の子たちの一人の声だとわかった。いつも子供たちと遊んでくれた方の子じゃない方、山口に仕事を紹介したとかいう——。

「はあい」

返事をし、濡れた顔をぞんざいに手で拭って、廊下にでる。玄関には誰もいない。

「あ、こんにちは」

女子大生は庭に立っていた。あけ放ってある和室のガラス戸の前に。

「こんにちは」

響子は笑顔をつくった。

「よかったー。誰もいないはずなのにと思ってびっくりしました。山口さんが帰ってらしたのかなって思ったり」

　女子大生は言い、響子の顔——腫れぼったく赤く、おそらくまだ濡れている——に気づいて、

「大丈夫ですか?」

　と訊く。

「勿論大丈夫よ。母の遺品を整理してたの」

説明すると、ああ、と納得し、

「きついですよね、そういうの」

　と言った。

「あ」

　女子大生が声をだし、会釈をしたのでふり向くと、鯖崎が立っていた。

「アルバムは持って行くよね」

　と言う。

「持って行くわ。何冊もあるから置き場所に困るんだけど」

　響子はこたえた。誰ですか、と訊かれたら、親戚とこたえよう、と思ったが、女子大生は何も尋ねず、

「じゃ、これからバイトあるんで」

と言った。ぺこりと頭をさげ、

「遺品整理、がんばってください」

と。響子はガラス戸を閉める。

「スキャナーを買って、データ化しちゃえば？」

鯖崎が言う。

「CD-ROMに焼いちゃえば、場所をとらずに保存しておくことができるよ」

何を言っているのかわからなかった。

「何？　もう一度言って」

ふり向くとまた抱きしめられ、今度は唇も重なってしまった。

鯖崎くんに来てもらえて、ほんとうに助かったの。響子は、あとで桃にそう報告するつもりだった。つもりだったが、もう報告できなくなってしまった、と、頭の隅で考えていた。


玄関に立ったまま、宅配便で届いた箱を見おろして、美紗子は動くことができずにいる。箱には、午後二時から四時のあいだに届けるように、指示するまるいシールが貼ってあった。品名、みかん。ボールペンで記入された伝票の、見慣れた、筆圧の高い文字。

　ほんとうに送りつけてくるなんて。

　美紗子には信じられなかった。ばかにしている、と思う。送り返す、という選択肢がまず胸に浮かんだが、それはそれで消耗することだった。あの人には、存外悪気はないのかもしれない、という考えが次に浮かび、そんなふうに考えるから、私はこんなに軽んじられてしまったのだ、と思い直す。

「近々送るよ」

　と、たしかに山口は言った。二週間前、美紗子が住所を頼りに、静岡まででかけたときのことだ。会うつもりではなかった。遠くから見るだけ。最初はそう思っていた。娘から、相手の女はもう死んでいると聞かされたとき、美紗子は、夫がでて行ったときよりも打ちのめされた。あのときには、すくなくとも怒りで自分を保つことができたし、インターネットで知り合った女との関係など、長続きするはずがないと高を括《くく》ることもできた。けれどその女は、一年も前に死んでいたのだ。それなのに夫は帰ってこなかった。つまりそれは、女にうつつをぬかしていたわけじゃなく、美紗子との生活から逃げだしたかったということだ。娘をだしに、妻に金の無心をしてまで。

　箱は、テープではなくホチキスで留められている。赤銅色の、太くて頑丈な金属の針で。美紗子は台所から料理鋏《りょうりばさみ》を持ちだすと、針の下にさし入れた。上に向けて力を込めたが、針が曲がっただけだった。ホチキスをはずさないまま、ふたの片方を力任せにひっぱった。針のところで厚いボール紙がやぶけたが、次の瞬間、三つとも針がはずれてふたがあいた。ばた、とも、ばり、とも聞こえた音を立てて。

中身は無論みかんだった。種類も大きさも雑多な、いかにももいだばかりらしく、幾つかは葉のついたままの。箱のなかは外よりも暗く、手を入れるとひんやりとした。添え状のようなものはなく、そのことに、美紗子は心底安堵する。音を聞きつけたのか、いつのまにかそばに来ていたアルゴの首を抱き、

「みかんよ。ただのみかん」

と言って安心させた。

ひさしぶりに会った山口は、多少痩《や》せたかもしれないし、多少日に灼けていたかもしれないが、それ以外はかつて美紗子の夫だった男とまったくおなじ外見の、おなじ声の、ほとんど見知らぬ男だった。古そうではあったが整頓《せいとん》された部屋のなかを（散らかすばかりで、テレビのリモコン一つ元の場所に戻さない男だったのに）身軽に動きまわり（リビングの床に、一日じゅう寝そべって動かない男だったのに）、わざわざ茶碗をあたためて緑茶をいれてくれた（台所に足を踏み入れることさえしない男だったのに）。そしてあの食卓――。素朴なものばかりではあったが、結構な品数の料理がならんでいた。ビールのコップが二つ置かれ、一つは女性の写真の前に供えられ

ていた。思いだすだけで胸がざわめく。写真のなかで、小柄な、庶民的な顔つきの女が笑っていた。無防備に、たのしそうに。

美紗子が感じたのは屈辱だった。心臓がつめたくなるような、それは屈辱で、山口を詰《なじ》らずにはいられなかった。あなたは最低よ。そうののしった。驚いたことに山口は動じず、

「なんだ、そんなことか」

とこたえた。

「知っていたよ、そんなことは」

と、薄く笑みさえ浮かべて。喧嘩《けんか》の絶えない夫婦だったので、美紗子が山口を詰るののものののしるのもはじめてではなかったが、山口が返事をしたのははじめてだった。むっつりと黙り込むか、のらりくらりと言い抜けるかが常だったのだ。見知らぬ男だ。そう思った。私はこの人のことを、まったくわかっていなかった。そして、その瞬間に襲ってきた喪失感から、美紗子はいまも抜けだせずにいる。

床にぺたりと坐った姿勢で、アルゴの温かな首すじに顔を埋める。枝豆に似た、犬特有の匂いをすいこんでからアルゴを解放した。すりガラス越しに、沙羅樹《さらじゅ》の枝と緑が見える。せいせいした、と美紗子は思おうとする。私たちがつがう季節は終ったのだ。もう憎まなくていいし、愛そうとしなくてもいいのだ、せいせいした、というふ

うに。

鯖崎は耳を疑った。

「うそ」

というのが咄嗟《とっさ》に口をついてでた言葉で、けれど奈良橋と陽が男女の関係であるというのは、言われてみれば納得がいくというか、むしろ「やっぱり」と言うべき事柄であるような気もした。

「ほんと」

桃は言い、

「もう二年になるんですって」

と続ける。

「びっくりしたわ」

と、小さな声で。桃によれば、未来が家出をしたあの日曜日、陽の住むゲストハウスで姉妹が「のんだくれて」いると、二階から奈良橋がおりてきたのだそうだ。二階の、「あまの岩戸」から。

「なんか、生々しかった」

桃は言い、困ったような表情で笑った。

「陽に好きな人ができたっていうのは、喜ばしいことだと思うんだけど」

「だね」

短く返し、鯖崎は腸詰めを一つ口に入れる。線路際の中華料理店は、最近見つけた気に入りの店だ。

奈良橋の、妻を鯖崎は知っている。そもそもその夫婦の婚約祝い（兼奈良橋の帰国祝い）の席に、居合わせたのが縁で彼の靴屋に就職したのだ。四十代だが少女というより少年ふうの、かわいらしい女である彼女は社長夫人であると同時に店のスタッフの一人だ。それも有能な。

「わかんないものだねえ、人っていうのは」

鯖崎は言った。

きょうの桃は、複雑な色合いのセーターを着ている。オレンジとか黄色とかピンクとか、藤色とか薄緑とかが混ざった、やわらかそうなセーターで、色の白い桃によく似合っている。

「ひさしぶりだね、桃ちゃんと会うの、ちょっと」

会えて嬉しい、と、ふつふつと湧きあがる気持ちのままにそう言うと、

「ヒビキにばっかり会ってるからよ」

と、からかうような口調で即座に言い返された。

「たしかに」

鯖崎は認める。響子とは、会っているだけではなく、寝てもしまった。響子の、死んだ母親の家で。

第一歩になればいい、と鯖崎は念じている。彼女が本来の彼女をとり戻すための、第一歩に。けれど桃とのあいだには、まったくべつの空気が流れている。目をつぶっても感じとれるほどたしかで、なつかしいほど自然な空気が。

「これ、おいしいわ」

桃が言ったのは焼売《シューマイ》だった。蒸籠《せいろ》からは、まだ湯気があがっている。桃は、昼間石羽の妹に会ったのだと言った。結婚が決って、ほっとしたと言っていた、と。台湾ビールが二本ともあいていたので、鯖崎は紹興酒を注文する。

「でも、結婚は解放にならないのね」

桃は言った。

「解放？」

「だってほら、奈良橋さんは結婚しているし、ヒビキだってそうだわ。でも二人とも、べつな相手とべつなことが起きてる」

鯖崎は苦笑する。

「奈良橋さんはともかく、ヒビキちゃんは何事も起さないようにしてるよ」

運ばれたグラス二つに氷を入れた。

「おなじことだわ」

桃は断じる。紹興酒のグラスを手渡すと、そのままカランと氷の音を立てて一口のみ——桃の白い細い喉《のど》に鯖崎は見とれた——、

「みんな、いつまでこんなことをするのかしら」

と言って目元をほころばせて笑った。口元ではなく目元をほころばせる、桃の笑い方が鯖崎は好きだ。

「こんなことって、デート？　セックス？　男女交際？」

土曜日だし、場所も近いので、このあとはたぶん桃の部屋に行くことになるのだろうと思いながら言うと、

「その全部」

というこたえが返った。

「考えこんじゃうこととか、突然淋しくなることとか、不安になることとか」

と続ける。鯖崎は協力した。

「誰かに会いたいと思ったり、声を聞きたいと思ったり、そう思ったことに驚いたり、行動して後悔したり？」

「そうそう、そのとおり」

と言って桃は笑った。陽気というには諦念《ていねん》のまざりすぎた、でも可笑しそうな声と顔つきで。

壁にびっしり品書きの貼られた、赤と金の派手な内装の店内は狭く、満席で賑やかだ。ひさしぶりに会ったせいか、桃の表情の一つ一つ、仕種の一つ一つが新鮮に見えた。新鮮に、それでいてなつかしく。

「きょうね、みなちゃんと会っていて思ったんだけど」

メニューをひらき、追加する料理を物色しながら桃が言う。

「私と鯖崎くんは似た者同士なんだと思うわ」

今夜の桃は、昔の桃のようだと鯖崎は思う。出会ったばかりのころの、まだ石羽の恋人だったころの桃。

「知らなかったの？」

尋ねると、

「知ってた」

という返事だったので、鯖崎は安心する。早く店をでたい気持ちだった。店をでたら、ひさしぶりに路上で桃を抱きすくめようと決める。桃は笑うだろう。恋人としてではなく、共犯者として。

娘二人にはさまれて、詠介は上機嫌だ。すくなくとも今夜に関しては、それがいちばん大切なことだと、由紀は思おうとする。料理は申し分なく上手《うま》くできたし、ひさしぶりに家族が揃い、詠介の七十二度目の誕生日は、賑やかな夜になった。だからそれ以外の事柄――今夜いきなりつきつけられた、由紀には理解も承服もできない幾つもの事柄――についてはあとで考えよう。あとで、あるいはあした。

実際、由紀はくたくただった。何日も前から重ねた準備に加え、この数時間の会話やら酒やら驚きやら音楽やらで、すっかり消耗してしまった。

「あと片づけは僕らがしますから、どうぞ坐っててらしてください」

男たちに言われるままに、詠介と娘たちの坐っているソファからすこし離れた揺り椅子――この家を建てたとき、詠介に贈られたものだ。以来、家族のあいだでは〝ママの席〟ということになっている――に腰をおろし、ワイングラスを手にしているが、台所が気になった。この家の台所に男性が立っている、というだけでも信じられないことだった。詠介は、若いころよく客を招いた。学生時代の友人や船のお仲間、クリニックのスタッフ。旅先で出会ったとかいう、ほとんど知らない人たちを招いたことさえある。ちょうど今夜とおなじように賑やかだった、そういう夜が由紀は好きだったが、一度として客に洗い物をさせたことはない。当然ではないだろうか。でも今夜は――。何もかも、いつもとは勝手が違っていた。

友達を連れていきたい、と桃に電話で言われたのは四日前だった。どういうお友達？　尋ねると、陽の彼と私の彼、と説明された。

「陽の？」

訊き返し、由紀の思考はほとんどそこで止まってしまった。

「いいわよ。連れていらっしゃい」

こたえたが、自分の耳にさえこわばった声に聞こえた。

「ママ」

詠介に呼ばれ、見るとワインボトルがつきだされている。夫はソファに坐ったまま、腕をのばし、空になった由紀のグラスに――どう考えても届かない距離なのだが――注ぎ足そうとしているらしい。

「あら、まあ、ありがとう」

由紀は慌てて近寄った。

「愉快じゃないか？」

詠介は言う。

「こんなに愉快な夜はひさしぶりだよ」

由紀は否定しなかった。詠介は酔っているのだ。酔った人間を相手に、本音を吐くのは愚かなことだ。

「よかった。私たちも愉快よ」

桃が言い、同意を求めるように姉を見る。

「そうねえ」

陽は曖昧《あいまい》なこたえ方をして、由紀を見た。顔色をうかがっているのか、おもしろがっているのか、娘の表情からは判断がつかない。それにしても——。

「あなたたちも手伝ってきたらどうなの？」

由紀は言った。

「そんなとこに坐ってテレビなんてみてないで」

みているのは詠介だけだとわかっていたが、促すと桃一人が立ちあがり、はあい、とこたえて水音のしている方へ行く。

「あなたは？」

「邪魔だと思うわ。狭い場所に四人もいても」

由紀が呆れたことに、桃はすぐに戻ってきた。

「ママたちのそばにいなさいって。もうすぐ終るからって」

詠介が笑った。

「なかなかいい男をつかまえたじゃないか」

由紀は胸の内でため息をつき、この人は酔っているのだ、と、もう一度自分に言い聞かせる。そうでなければ喜べるはずがないのだ。陽も桃も、結婚するつもりはないと、はっきり言ったのだから(「でも、おつきあいしてるんでしょう?」無論由紀はそう尋ねた。「してるわ。だから心配しないで」と桃はこたえ、「してるんだと思うわ、たぶん」と陽もこたえた。そろってしゃあしゃあと)。

たしかに、二人とも感じのいい青年であることは認めなくてはならないだろう。礼儀正しいし、話題を選ばず会話に参加するだけの知性がある。由紀の手料理に気持ちのいい食欲を発揮してくれたし、実際にレコードをかけながらの、詠介の指揮者論にも辛抱強く耳を傾けてくれていた。けれど由紀の理解がもし正しければ、(聞き間違いということが、あるかもしれないと由紀はまだ期待していた)、おなじ会社の社長と社員だというこの男たちの、一人は既婚者で一人は「まだまだ身を固めるつもりはない」ほど若いのだ。

さっぱりわからない。由紀は娘たち——アルコールに(それぞれの男の存在に?)頬を上気させ、普段、由紀の前では滅多に見せない笑顔をたびたび見せた娘たち、かつて幼かった、いつのまにか大きくなり、ひとりでに大きくなったようなつもりでいる、手に負えない娘たち——を見やりながら考える。この子たちはどういうつもりなのだろう。何がしたいのだろう。一体なぜ、わざわざ孤独になろうとするのだろう。ほんとうに、由紀にはさっぱりわからなかった。

もう春だ。

門の手前が段になっているので、自転車を押して入るにはいつもやや苦労するのだが、そうして入った庭の隅に福寿草の黄色い花を見つけ、安寿美は思った。小さいけれど鮮やかな黄色の、それなのになぜか地味なこの花が、安寿美は好きだ。自転車を壁際に停め、U字形の鍵をかける。それにしても女子大生というのはめんどくさい人たちだ、と、もう何度も思ったことを、自分もその一人であることは当然無視して安寿美はまた考える。実家暮しの子たちはいいのだが、安寿美のように地方からでてきて、一人暮しをしている子たちが何かと連帯したがることが、安寿美にはわずらわしい。泊りにきてとか、泊りに行かせてとか、しょっちゅう言われ、断ると驚かれる。「どうして？」彼女たちは決ってそう訊くのだが、それこそ安寿美の訊きたいことだ。どうしてそんなことをしなきゃならないの？

午後三時。曇ってはいるが、灰色の空にはほんのすこし昼の光がまざっている。きょうはバイトのない日だ。大学は学年末の休みに突入した。この自由！　安寿美はこれから漫画三昧するつもりだ。「聖《セイント》☆おにいさん」を一巻目から読み返すのだ。これは安寿美が最近はまった漫画で、その前は「不思議な少年」だった。勿論、マイベストは揺ぎなく「グーグーだって猫である」なのだが。

ガラリと音がして玄関の戸があいたとき、安寿美は、また和枝さんの娘だろうと思った。遺品の整理とか何とか。でてきたのは、けれど和枝さんの娘ではなく孫で、安寿美を見ると、露骨にがっかりした顔をした。

「翔子《しょうこ》さんかと思った」

と言う。

「残念だったね」

安寿美はこたえ、

「彼女はもう実家に帰ってるよ、単位すっかり足りてるし。卒業式まで戻ってこないんじゃないかな」

と教えてやった。もう一人の間借り人のことだ。来月にはここをでて行ってしまう。そうなればこの家は、二階も一階も安寿美以外ほんとうに無人、ということになり、それはさすがに心細いので、安寿美も引越を考えている。ここは気に入っていたのだが。

「ふうん」

孫娘は言ったが、失望を隠せてはいなかった。

「翔子さんに用事？」

尋ねたが、返事はなかった。

「お母さん、なかにいるの？」

また返事なし。安寿美は肩をすくめる。

「ま、いいけど」

階段に向いかけると、うしろから、

「テレビみせてもらえる？」

と訊かれた。

「ここ、電気もガスも水道も、もう止まってるの」

と、小さな声でつけたす。

「えー、テレビ？」

漫画を読むときに、雑音があるのはいやだった。とはいえ、退屈しているらしい子供を暖房もない部屋に置いておくのはかわいそうだと思ったので、

「漫画にしなよ、貸してあげるから」

と言ってみた。

「どんな漫画？」

疑わしそうに訊かれ、

「いろいろあるよ」

と安寿美はこたえる。

「それに、二階の方があったかいし」

未来という名の子だ、と、ふいに思いだした。未来はね、あたしにも娘にも似ず別《べっ》嬪《ぴん》さんなの。和枝さんが、いつだったかそう言っていた。孫たちの話を、他にも安寿美はたくさん聞いた。誰々は心根がやさしいの、誰々はちっともじっとしてなくて——。

「じゃ、部屋にいるから、気が向いたらおいでね。お母さんにちゃんとそう言ってからね」

安寿美が言うと、未来はにっこり笑った。

「わかった。そうする」

見送られ、安寿美は階段をのぼった。すっかり馴染《なじ》んで〝我家〟な感じのする、黒い金属の階段。昔から、子供の相手は得意だった。すくなくとも、女子大生の相手をするよりずっといい。

解説『はだかんぼうたち』という本を抱く

山本 容子

原稿用紙が、残り一枚だということに気がつき、鉛筆で書き出した一行を、消しゴムで消した。これから原稿を、出来れば十枚書かなくてはいけない。だから慌てて文字を消し、真白な原稿用紙になったそれをヒラつかせ、コピー機のところまで走った。そして、二十枚分の原稿用紙をコピーした。

最新の機器は、あっという間に作動して、人肌のようにあたたかな原稿用紙をつくってくれた。両手で紙の束をとんとんと整え、刷りを確認し、あっと思った。なぜなら、二十枚の新しい原稿用紙の一枡目そのすべてに、同じ文字のぐずりと消され、でも完璧な消され方をしていない跡が残っていたからだった。慌てんぼうのルーズな仕業。

二十枚分に繰り返し残された文字の疵痕は、十分前の元の書き出しに戻れと、「脅迫じみたこと」を言い、関係の修復を望んでいる。ように思えた。江からはじまっていた書き出しは、江國香織さんの『はだかんぼうたち』の感想文であるから、江からはじめても、どこへでも続いて行かれるのに、原稿用紙事件を体験した後だったので、原から書きはじめた。『はだかんぼうたち』を二度読んでいたからだったのかもしれない。昔には戻りたくもないし、戻れない。

江國さんの本は、江國さんが本のタイトルに使っているように『絵本を抱えて　部屋のすみへ』といった場所を探して、ひとりきりでゆっくりと読みたくなる。今この世にいる誰にも邪魔されない状況をつくるのが大切。電話、宅配、家人にも連絡がつかない「絶対的に、すくなくとも」正しい道理にかなっている場所を見つけなくては。

バスルームに行った。本の扉を開ける前に「徐々に水位を上げていくバスタブに見入った」り、「湯の表面が動くにつれて、光が反射してちらちらときらめく」時間が、前戯のようだ。はだかになり、本を抱えて微温湯《ぬるまゆ》にすっぽりと身をおく。窓を開け放し、扉を開く。「迸《ほとばし》る湯の音、揺れる光」

「桃が帰宅したのは夕方だった。

前夜から降り続いている雨は止む気配がなく、鍵をあけるあいだも、閉じた傘の先から水がしたたっていた。」小説『はだかんぼうたち』の書き出しだ。江國さんの小説は、文字の読み飛ばしを拒否している。と、いつも読みはじめたときに、息を飲む。「桃」という女性の年齢、容姿、職業はわからなくとも、「鍵をあけるあいだ」で、一人暮らしかしらと思い、「閉じた傘の先から水がしたたっていた」という描写からは、ひっそりとした静けさを感じる。また、尖《とが》る傘の先からしたたり落ちる水滴の音に耳を澄ますと、孤独という言葉が浮かぶ。

一行と一行前と一行後を行ったり来たりする眼は、行間の余白をさまよい、誰なの、何が起こるのという展開を期待し、耳は季節の音や心臓の鼓動とステップを踏む。この眼と耳の踊りが身体に馴染んでくると、そのリズムがとてもゆったりとしていて、時々、江國さんの息つぎや唾を飲みこむ、あるいは、小さな咳払いの音にも気がつく。そして、小説を読むことの最大の愉《たの》しみ、だと思うのだが——ミヒャエル・エンデの書いた『はてしない物語』のバスチアン少年のように——物語の中に組み込まれてゆく読者が、時々ページから眼を上げて、眉間《まなかい》に皺を寄せ「訝《いぶか》る」をし、また物語を追いかける動作をする。「少女時代の人格を思いだす」をしながら、本を読んでいる今の自分と交歓をして、江國さんの創造する世界の住民と話をする。

「好奇心が疑念に、疑念が不満に、取って代わられたのだった」。湿気をすこし含んだ本を閉じ、濡らさないように滑らないようにと、老婆のような姿勢でバスタブから出て、バスタオルを胸から巻きつけソックスをはいた。湯冷めはご免。カーディガンを羽織り、あたたかき十一月と馬が言ふと口ずさむ。十一月十五日の吟行で詠んだ句。根岸台の馬の博物館で句会をしたのだった。連衆のひとりが選句してくれた。立冬を過ぎた十一月にしては、雨上りのあたたかさに包まれ、冬を忘れた日だった。身体がお湯にあたためられて、やわらかな気分になったせいか、ふんふんと鼻先をふくらませていた穏やかな馬の表情を思い出した。と同時に、江國さんにはカーディガンが似合うと、セーターではなくカーディガンだということに気がついた。厚みのある、でも小さな貝製のボタンを、ひたすらにひとつずつ止めてゆく仕草が「どこか決定的」に似合うと思いついた。江國さんの指をイメージしたのは、『はだかんぼうたち』に魅惑的な白くて小さな手が、幾度となく登場したからだったかもしれない。

三階のアトリエへと続く階段を上りながら、波多野睦美さんの歌う「イタリア歌曲集」が聞きたくなった。十七世紀バロックの様々な作曲家を集めたCDには、甘やかな恋の気分や、つれない人を呪う言葉、もう私を傷つけないでくれという懇願、そして苦しみの鎖を断ち切ってくださいという祈りの詞が歌われている。その全部の人の気持ちを、波多野さんの透明な声が歌いわける。「Le violette すみれ」(スカルラッティ作曲)が流れだした。

「露に濡れた、かぐわしい　可憐なすみれよ　お前たちは恥ずかしげに　半ば葉陰に

身を隠し　高きに過ぎる　わが望みを咎めだてている」（アドリアーノ・モルセッリ詩、佐竹淳訳）

アトリエは安心してひとりでいられる場所。今日は江國さんと波多野さんが加わった。

目次の章のタイトルは、「十一月」からはじまり、「二月」、「五月」、「八月」、「九月」、「十一月」そして「二月」で終わる。合計一年と三ヶ月の物語。秋から冬へと、時は移ってゆくが、あたたかな、そして暑い季節を挟み込む秋冬が、二度巡ることになる。この設定が、出来事を鎮静化してゆくといった時の流れをイメージさせる。予言のようなクールな文字たち。

登場人物は、二ダース強。夫婦、親子、姉妹など血脈の関係者。また、愛人、恋人という愛憎関係。友人、仕事仲間、管理人と下宿人、ゲストハウスの中で結ばれる関係もある。ここに亡き人、元の人という人間ならではの関係も持ち込まれている。これらの人々の関係構図を江國さんは、短い言葉で的確に伝えてくれる。登場人物一覧表などは必要のない物語の進行にかえってスリルを味わうことが出来る。この小説の中で重要なのは、映像的ではない、これらの何らかの関係を結んだ人々の登場の仕方にあると思う。

ひとつのシチュエーションが途切れると、一行を空けて次の人々のシチュエーションへと切り替わる。でも、映画のカット割りのような、視点の変化ではない。言葉が言葉を呼び、連歌あるいは、連詩のように続く様が見事で、物語が膨らみ、反復を喜ぶしかけがほどこされている。と思う。

たとえば、ママが登場するシーンが収束すると、賑やかな母親が活躍をはじめる。女親同士の関係のない関係の糸。白飯を食べ終えた、リタイアしたサラリーマンから、白いスタジオで働く若い男へと切り替わる。同じ白でも、ずいぶんと違う白のイメージ。眠ってしまった女子大生から、目覚めた人妻へ。濡れたパパの足から、ハイヒールで階段を降りる娘の足へ。食べ物の連鎖もあった。夕食に乾燥わかめを食べようかと迷う女性の下宿から、微発泡白ワインと串し揚げのコンビネーションについて語る女性の夕食シーンに。数の場合もある。四人の歯科衛生士たちの終業時から、ばたばたと慌しく立ち去る四人の家族たちの夕方へと言葉がスリップしてゆく。

これらのシチュエーションの変化の具合と、その中で紡ぎ出されてゆく、人々の関係の何らかの変質、変容は官能的だ。なぜなら、「人と人との関係のすべてに、名前をつけることなど可能だろうかと桃は訝る」り、「名前がそんなに大事だろうか」と江國さんが訝っていたそのままの時間が漂うから。

「だから観客としては、自分たちが芝居に取り込まれたような、芝居が現実にはみだしてきたような、奇妙な混乱と興奮を覚える」ながら、江國さんと「おなじ素材でできている者同士」として「はだかんぼうたち」をあぶりだす「共犯関係」を結びたいと願うのだ。

「はだかんぼうたち」の輪は、わたしひとりという孤独に安堵《あんど》しながら、そのことに、自信をもつ人の輪であってほしい。たとえ、原稿用紙がなくなっても、昔そうしたように、白い紙に線を引いてつくればよい。昔には戻れなくても、昔が微笑んでいるのだから。訝りながら、咎められることのない「はだかんぼうたち」である自由を生きたい。

本書は二〇一三年三月に小社より刊行された単行本に加筆・修正して文庫化したものです。

はだかんぼうたち

江《え》國《くに》香《か》織《おり》

平成28年 1月25日　初版発行

発行者●郡司 聡

発行●株式会社KADOKAWA
〒102-8177　東京都千代田区富士見2-13-3
電話 03-3238-8521（カスタマーサポート）
http://www.kadokawa.co.jp/

角川文庫 19554

印刷所●株式会社暁印刷　製本所●株式会社ビルディング・ブックセンター

表紙画●和田三造

ISBN978-4-04-103797-3　C0193

角川文庫発刊に際して

角　川　源　義

第二次世界大戦の敗北は、軍事力の敗北であった以上に、私たちの若い文化力の敗退であった。私たちの文化が戦争に対して如何に無力であり、単なるあだ花に過ぎなかったかを、私たちは身を以て体験し痛感した。西洋近代文化の摂取にとって、明治以後八十年の歳月は決して短かすぎたとは言えない。にもかかわらず、近代文化の伝統を確立し、自由な批判と柔軟な良識に富む文化層として自らを形成することに私たちは失敗して来た。そしてこれは、各層への文化の普及滲透を任務とする出版人の責任でもあった。

一九四五年以来、私たちは再び振出しに戻り、第一歩から踏み出すことを余儀なくされた。これは大きな不幸ではあるが、反面、これまでの混沌・未熟・歪曲の中にあった我が国の文化に秩序と確たる基礎を齎らすためには絶好の機会でもある。角川書店は、このような祖国の文化的危機にあたり、微力をも顧みず再建の礎石たるべき抱負と決意とをもって出発したが、ここに創立以来の念願を果すべく角川文庫を発刊する。これまで刊行されたあらゆる全集叢書文庫類の長所と短所とを検討し、古今東西の不朽の典籍を、良心的編集のもとに、廉価に、そして書架にふさわしい美本として、多くのひとびとに提供しようとする。しかし私たちは徒らに百科全書的な知識のジレッタントを作ることを目的とせず、あくまで祖国の文化に秩序と再建への道を示し、この文庫を角川書店の栄ある事業として、今後永久に継続発展せしめ、学芸と教養との殿堂として大成せんことを期したい。多くの読書子の愛情ある忠言と支持とによって、この希望と抱負とを完遂せしめられんことを願う。

一九四九年五月三日

角川文庫ベストセラー

落下する夕方　江國香織

別れた恋人の新しい恋人が、突然乗り込んできて、同居をはじめた。梨果にとって、いとおしいのは健悟なのに、彼は新しい恋人に会いにやってくる。新世代のスピリッツと空気感溢れる、リリカル・ストーリー。

泣かない子供　江國香織

子供から少女へ、少女から女へ……時を飛び越えて浮かんでは留まる遠近の記憶、あやふやに揺れる季節の中でも変わらぬ周囲へのまなざし。こだわりの時間を柔らかに、せつなく描いたエッセイ集。

冷静と情熱のあいだ　Ｒｏｓｓｏ　江國香織

2000年5月25日ミラノのドゥオモで再会を約したかつての恋人たち。江國香織、辻仁成が同じ物語をそれぞれ女の視点、男の視点で描く甘く切ない恋愛小説。

泣く大人　江國香織

夫、愛犬、男友達、旅、本にまつわる思い……刻一刻と姿を変える、さざなみのような日々の生活の積み重ねを、簡潔な洗練を重ねた文章で綴る。大人がほっとできるような、上質のエッセイ集。

あなたの獣　井上荒野

子を宿し幸福に満ちた妻は、病気の猫にしか見えなかった……女を苛立たせながらも、女の切れることのない男・櫻田哲生。その不穏にして幸福な生涯を描いた、著者渾身の長編小説。

角川文庫ベストセラー

恋をしよう。夢をみよう。旅にでよう。　角田光代

「褒め男」にくらっときたことありますか？　褒め方に下心がなく、しかし自分は特別だと錯覚させる。ついに遭遇した褒め男の言葉に私は……ゆるゆると語り合っているうちに元気になれる、傑作エッセイ集。

薄闇シルエット　角田光代

「結婚してやる」と恋人に得意げに言われ、ハナは反発する。結婚を「幸せ」と信じにくいが、自分なりの何かも見つからず、もう37歳。そんな自分に苛立ち、戸惑うが……ひたむきに生きる女性の心情を描く。

西荻窪キネマ銀光座　角田光代　三好銀

ちっぽけな町の古びた映画館。私は逃亡するみたいに座席のシートに潜り込んで、大きなスクリーンに映し出される物語に夢中になる――名作映画に寄せた想いを三好銀の漫画とともに綴る極上映画エッセイ！

幾千の夜、昨日の月　角田光代

初めて足を踏み入れた異国の日暮れ、終電後恋人にひと目逢おうと飛ばすタクシー、消灯後の母の病室……夜は私に思い出させる。自分が何も持っていなくて、ひとりぼっちであることを。追憶の名随筆。

いつかパラソルの下で　森絵都

厳格な父の教育に嫌気がさし、成人を機に家を飛び出していた柏原野々。その父も亡くなり、四十九日の法要を迎えようとしていたころ、生前の父と関係があったという女性から連絡が入り……。

角川文庫ベストセラー

リズム　森　絵都

中学一年生のさゆきは、近所に住んでいるいとこの真ちゃんが小さい頃から大好きだった。ある日、さゆきは真ちゃんの両親が離婚するかもしれないという話を聞き……講談社児童文学新人賞受賞のデビュー作！

ゴールド・フィッシュ　森　絵都

みんな、どうしてそんな簡単に夢を捨てられるのだろう？　中学三年生になったさゆきは、ロックバンドの夢を追いかけていたはずの真ちゃんに会いに行くが……『リズム』の2年後を描いた、初期代表作。

宇宙のみなしご　森　絵都

真夜中の屋根のぼりは、陽子・リン姉弟のとっておきの秘密の遊びだった。不登校の陽子と誰にでも優しいリン。やがて、仲良しグループから外された少女、パソコンオタクの少年が加わり……。

ラン　森　絵都

9年前、13歳の時に家族を事故で亡くした環は、ある日、仲良くなった自転車屋さんからもらったロードバイクに乗ったまま、異世界に紛れ込んでしまう。そこには死んだはずの家族が暮らしていた……。

気分上々　森　絵都

〝自分革命〟を起こすべく親友との縁を切った女子高生、一族に伝わる理不尽な〝掟〟に苦悩する有名女優、無銭飲食の罪を着せられた中2男子……森絵都の魅力をすべて凝縮した、多彩な9つの小説集。